# L'AUBE EST BLEUE SUR MARS

92, avenue de France, 75013 Paris

Loi n° 49-956 du 16 juillet 1949 sur les publications destinées à la jeunesse
modifiée par la loi n° 201-525 du 17 mai 2011
ISBN : 978-2-09-249436-3
Dépôt légal : août 2022

FLORENCE HINCKEL

# L'AUBE EST BLEUE SUR MARS

Nathan

*«Jamais auparavant il n'avait su ce que voulait dire la nuit.*
*C'était comme si le monde entier avait été figé*
*pour ne plus jamais se réveiller.»*

Selma Lagerlöf, *Le Merveilleux Voyage de Nils Holgersson*
*à travers la Suède.*

PARTIE 1

# LÀ OÙ LA VIE APPELLE

*« Ne vous limitez jamais à cause de l'imagination limitée des autres ; ne limitez jamais les autres à cause de votre propre imagination limitée. »*

Mae Jemison, astronaute

# 1.

*Vous désirez faire partie des premiers humains qui poseront le pied sur Mars ? Transmettez-nous votre candidature !*

*Profil attendu :*

*Vous avez moins de 25 ans. Vous disposez au moins d'une licence en ingénierie, biologie, sciences physiques ou mathématiques, mais c'est encore mieux si vous avez un master ou un doctorat.*

*Les premiers candidats présélectionnés devront également réussir les tests médicaux et psychologiques de la NASA attestant leur bonne condition physique et mentale pour un voyage de longue durée dans l'espace.*

*Trois d'entre eux seront choisis, pour une formation d'un an, puis pour le grand départ.*

*Ferez-vous partie de la plus incroyable aventure qui attend l'être humain durant ce siècle ? MarSpace et la NASA vous permettront peut-être de la vivre.*

On dirait le ticket d'or dans *Charlie et la chocolaterie* : je ne peux pas croire que ça puisse s'adresser à moi. Et d'ailleurs, je refuse de le croire.

– Et alors ? dis-je d'un air que j'essaie de rendre blasé.

En réalité, quelque chose commence à vibrer en moi. Mon père désigne l'écran de son ordinateur d'un air consterné.

– Comment ça, alors ? Tu as bien lu ?

– Oui, d'accord, c'est cool, mais en quoi ça me concerne ?

– Tu es sérieuse ?

Il se laisse aller contre le dossier de son fauteuil. Je me lève pour faire des étirements sur le tapis du salon, tournée vers la baie vitrée. Habitude que j'ai gardée, quand je ne sais pas quoi faire de mon corps, de mes cours de danse classique. L'un des nuages a pris la forme d'un dragon. Mon père m'observe. Ses sourcils froncés disparaissent comme sous l'effet d'une idée soudaine. Il est assez transparent, comme paternel. Souvent fuyant, souvent absent, mais transparent.

– C'est vrai, après tout, tu n'as pas du tout le profil. Tu n'as pas des résultats brillants en sciences depuis toujours. Tu n'es pas du tout passionnée d'astronomie depuis ton plus jeune âge. Tu n'as pas l'œil incessamment collé à ton télescope. Tu n'es pas en passe d'être major de ta dernière année de master d'astrophysique. Je suis vraiment stupide d'avoir pensé que ça pouvait t'intéresser.

Il ferme son ordinateur portable d'un geste sec.

– Arrête de faire comme si toi-même tu y croyais. Enfin, papa, tu connais la quantité de jeunes Américains qui passent toutes leurs vacances dans des space camps ? Ce sont eux qui seront recrutés, c'est évident. L'État américain les prépare à devenir astronautes dès le berceau. Cette annonce, c'est du flan, juste pour faire croire qu'ils recrutent à l'international, et que tout jeune scientifique a sa chance. Je n'y crois pas une seconde.

– Ils sont obligés de recruter un ou une Européenne, Esther. Si tu lis le règlement, tu verras qu'ils l'expliquent. C'est bien un projet international. L'Europe, le Japon, les États-Unis, le Canada y ont tous contribué, et ils cherchent des candidats originaires de ces…

– Alors tu penses vraiment que c'est moi qu'ils vont prendre ? Arrête de rêver, p'pa.

Un entrechat pour dissimuler mon excitation à l'idée que peut-être, une infime chance existe pour que…

– Peut-être que ce ne sera pas toi, en effet, mais… Bon sang, Esther, tu as le droit de rêver, surtout à ton âge ! On ne rêverait pas à 22 ans ? Mais quand, alors ? Qu'est-ce que ça te coûte de postuler ?

Je soupire. Mais la corde qui vibre en moi depuis tout à l'heure s'est transformée en une véritable harpe. Le dragon s'étire dans le ciel. On dirait vraiment qu'il crache du feu, à présent.

– Ça me coûte la possibilité d'un échec. Voilà ce que ça me coûte.

– Ça te coûte surtout le risque de souffrir un peu en cas d'échec. C'est cela que tu fuis, Esther. La souffrance.

– C'est quoi, cette psychologie de comptoir ? N'importe quoi !

Mais je pense subitement à Chloé.

Nous pensons tous les deux à Chloé.

Nous pensons tellement souvent, ensemble ou séparément, à Chloé.

Et, tout en levant la jambe le plus haut possible en m'appuyant sur le dossier d'une chaise, je la revois subitement sur la plage, douze ans auparavant.

# 2.

– Qu'est-ce que t'as trouvé, Chloé ?

Ma petite sœur lève son regard vers moi. Son visage fait face au soleil mais il rayonne de l'intérieur. Elle repousse de sa petite main une mèche de cheveux, fine et noire, qui lui barre le visage, puis tend vers moi sa trouvaille.

– Une étoile de mer ! Regarde !

Nous sommes seules sur la plage. Le printemps débute à peine, et aussi tôt dans la journée nous pouvons croire que l'endroit est à nous seules. On ne se prive pas d'en profiter. Dès le petit déjeuner avalé, quand il n'y a pas école, on se précipite dans le jardin qui surplombe la mer. On ouvre un portillon en bois, on dévale un petit chemin entre sable et verdure, et on y est. Maman a hérité de ses grands-parents cette maison bretonne à l'emplacement incroyable et que tout le monde appelle « Ti Melen », à cause de sa couleur jaune, en breton. J'y vis une enfance merveilleuse… jusqu'à ce jour.

Chloé a 8 ans. Je n'ai pas conscience de sa beauté, à ce moment-là. Plus tard elle me sautera aux yeux en regardant l'album photo. Ses yeux bleus étincellent dans une frimousse au petit nez et aux lèvres gourmandes, encadrée par des cheveux très noirs, généralement en pagaille. Rien qu'en la voyant on devine toute sa fantaisie et sa joie de vivre. Volontaires ou non, ses traits d'esprit font rire aux éclats les adultes enchantés. Si elle pose son regard sur vous, vous avez le sentiment d'une élection, et votre cœur se réchauffe pour une journée entière.

– J'en n'avais jamais vu des comme ça, des étoiles de mer.

J'approche le visage de ses menottes, et du haut de mes 10 ans, je prends un air de connaisseuse.

– C'est une espèce très rare.

En réalité, je n'y connais rien. Mais je sais que les étoiles de mer, d'ordinaire, ont une belle couleur rouge dominante, et une forme d'étoile à branches bien tendues du centre vers l'extérieur. Celle-ci est blanche et ses branches semblent toutes ramollies, recroquevillées sur elles-mêmes.

– Ou alors elle est malade.

Chloé pousse un cri et lâche immédiatement l'étoile de mer, avant de s'essuyer les mains sur son jean.

– Tu l'as trouvée où ?

– Ben là, au bord de l'eau. Sur un caillou.

– C'est bizarre qu'elle soit sortie de la mer.

– P'têt qu'elle allait chercher de l'aide ?

– Et elle t'a trouvée ! Mais tu ne peux plus rien faire pour elle.

L'étoile a l'air encore plus mal en point, échouée à l'envers sur le sable. Elle se ramasse encore plus sur elle-même, se tord et se fond dans le sable.

– Allez viens, on rentre à la maison. C'est bientôt midi, maman va encore s'énerver si on est en retard pour manger.

On court vers la maison jaune. Notre maison du bonheur, sereine et inaltérable. Combien de fois reverrai-je Chloé s'y précipiter en sautillant, souriant face au soleil, une mèche de cheveux barrant son visage ? Toutes ces images resteront gravées à jamais en moi. Et les phrases que j'aurais pu lui dire, que j'aurais dû lui dire ce jour-là, ne cesseront de tourner dans ma tête : « Va te laver les mains tout de suite, Chloé. Et ne les porte pas à ta bouche… »

Ces phrases que je n'ai pas dites.

La nuit venue, je retourne sur la plage, comme souvent. Mes parents me voient peut-être pousser le portillon sous la lueur de la lune, et sans doute me surveillent-ils par la fenêtre. Mais je me crois seule et libre. Ce sentiment est le plus beau des cadeaux qu'ils m'auront jamais faits. Je chérirai et rechercherai ce sentiment toute ma vie.

Dans cet endroit magique où je grandis, la pollution lumineuse est rare, et le ciel nocturne offre un spectacle clair et saisissant. Je m'allonge sur le sable, emmitouflée dans une doudoune, et j'observe d'autres étoiles que celles de mer. Celles du ciel se serrent en grappes dans la Voie lactée. Elles scintillent avec assurance, et une indifférence totale envers les petits humains tout en bas. Bas et haut ne veulent plus rien dire de toute façon, j'en suis déjà consciente. Se noyer dans l'univers, avec le son des vagues juste à côté, est vertigineux.

Le corps menu de Chloé vient se coller contre le mien quelques minutes plus tard. La maison est charmante mais exiguë, et on dort dans la même chambre. Ma petite sœur finit toujours par se rendre compte que je suis sortie, même si elle est déjà endormie. Et elle me rejoint en silence, pieds nus. Ce n'est pas la première fois.

C'est pour elle que j'ai appris le nom des étoiles et des constellations. Moi, il me suffisait d'en connaître les emplacements par cœur. Pour elle, j'ai voulu les nommer. Au bout de quelques semaines d'apprentissage désordonné et autonome, le ciel nocturne n'avait plus de secret ni pour elle, ni pour moi.

– Un jour on ira, me dit-elle ce soir-là en tendant le doigt vers le ciel.

– Wouah, c'est pas donné à tout le monde, d'aller là-haut, tu sais. En plus, je crois qu'ils préfèrent y envoyer des garçons. On ne voit pas encore beaucoup d'astronautes filles…

J'ai déjà étudié la question. Et je suis prête à accepter que ce n'est pas pour moi. Quand on est une fille, on apprend à ne pas trop rêver. On apprend à douter de tout, et d'abord de soi.

– On ira, je te dis, me répond-elle de sa petite voix. C'est pas possible qu'on n'y aille pas. Sur la Lune, ou sur un anneau de Saturne, ou sur une étoile toute brillante. Ou encore plus loin. Je sais pas. Mais on ira.

– D'accord, Chloé, on ira.

Elle frissonne puis est subitement secouée par une toux rauque qui semble lui déchirer la gorge. Le son de cette toux… Je l'entends encore parfois quand je dors, et je me réveille, en sueur.

– Chloé, ça va ?

Elle ne parvient pas à se calmer, si bien que je dois la ramener à la maison et prévenir les parents. Ma mère pose la paume de sa main sur son front, et secoue la tête, de l'air de dire « ah voilà ce que c'est de crapahuter dehors à une heure pareille ! On attrape la fièvre, c'est malin ». Après du sirop et un peu de Doliprane, Chloé se rendort. Personne n'est inquiet. Ce n'est qu'un petit rhume ou une petite grippe de printemps, ça arrive…

Mais le lendemain, ma mère ne secoue plus la tête quand elle touche le front de Chloé. Elle porte sa main à son cœur, comme pour le calmer. La température de Chloé est plus élevée, et sa toux paraît lui racler les poumons à présent. Mais ce qui inquiète le plus mes parents, c'est quelque chose qu'ils n'avaient jamais observé jusqu'ici, dont ils n'avaient jamais entendu parler : son corps est recouvert de plaques blanches, plus importantes sur ses mains. Ma mère appelle le médecin. Mon père essaie de ne pas montrer son inquiétude, mais il tourne en rond sans réussir à prendre aucune initiative : c'est un signe.

Dans de pareils cas, ma mère montre un sang-froid à toute épreuve, quand mon père perd tous ses moyens. Mon *père perd*... L'homophonie est perturbante.

Mon père. Il se réfugie, quand le monde lui paraît trop compliqué, dans son laboratoire aménagé au rez-de-chaussée de la maison. Il est entomologiste, avec une affection toute particulière pour les tardigrades. Il s'est pris de passion pour ces bestioles increvables de moins d'un millimètre qui ressemblent un peu à des oursons, dit-on, vus au microscope, et qui vivent en milieu aquatique. Moi je n'ai jamais vu en eux de mignons petits oursons mais des créatures effrayantes tout droit sorties d'un film de science-fiction : huit pattes, une peau semblable à une housse de tente militaire, pas d'yeux, et en guise d'orifice buccal un cercle parfait aux allures de bouchon de dentifrice. Mon père en élève plusieurs colonies pour mieux les observer, et certains laboratoires demandent qu'il leur en envoie des espèces en particulier. Il en existe plus de mille… Il est très fier d'avoir été contacté, récemment, par le centre spatial de Kourou. Il doit expédier une boîte de plusieurs spécimens de tardigrades en Guyane, pour qu'ils soient envoyés sur Mars, dans l'un des premiers vols français non habités vers cette planète. En tout cas non habités par des humains, car plusieurs bestioles doivent y prendre place à des fins expérimentales. Elles se baladeront sur Mars grâce à un rover nommé Power. J'envie follement ces petites bêtes qui vont vivre une aventure aussi incroyable.

Et le jour où il doit les envoyer, précisément ce jour-là, les taches blanches apparaissent sur le corps de Chloé. Pour canaliser son inquiétude, il accomplit ce qu'il a prévu d'accomplir depuis la veille : aller à la poste et envoyer ses tardigrades à Kourou, abandonnant Chloé à sa fièvre, ma mère à sa détresse, et moi… Moi, je ne compte pas dans tout ça. Je ne compte pas ce jour-là. Je rêve d'être une tardigrade, je rêve que mon père m'emmène à la poste, je rêve que ma mère retrouve le sourire, je rêve que Chloé recouvre la santé, je ne suis que rêves inutiles.

Mon père revient de la poste, les tardigrades ont commencé leur très long voyage, et ma mère est encore plus folle d'inquiétude : la fièvre de Chloé s'est aggravée. Le médecin préconise les urgences dès qu'il voit l'état de ma petite sœur. « Sa fièvre monte trop rapidement, et sa toux est descendue dans les bronches, elle doit être prise en charge. » « Prise en charge » : je comprendrai peu de temps plus tard que ça veut dire intubée, sous respirateur artificiel.

# 3.

Lorsqu'on a 10 ans, on est immortelle.

On a conscience que ses grands-parents ne le sont pas, mais les membres de la cellule familiale, père, mère, frères et sœurs, font tellement partie de nous qu'ils le sont aussi, immortels. Aussi n'ai-je absolument pas compris ce que l'on vient de m'annoncer très doucement. Pourquoi ne puis-je pas voir Chloé aujourd'hui ?

Cela fait quelques jours à peine qu'elle est entrée à l'hôpital, et j'ai pu constater l'évolution des taches blanches sur tout son corps. « Je deviens un nuage », m'a-t-elle chuchoté. Alors quand on m'a dit : « Ta petite sœur est montée au ciel », cela m'a paru tout naturel. Elle est là-haut.

Je ne comprends que peu à peu. Je comprends surtout en voyant mes parents effondrés. À 10 ans, on ne peut plus nier la réalité très longtemps. On ne croit plus au père Noël ni à la petite souris. Et l'immortalité fait long feu.

Mais même alors, je ne peux pas imaginer un corps inerte en lieu et place de ma petite sœur. Je ne peux qu'imaginer une Chloé entièrement blanche, cheveux compris, mais mouvante et parlante. Une petite fille fantôme. Elle l'était devenue avant même de mourir.

À la douleur de mes parents (moi, je ne suis pas sûre d'avoir mal, je ne sais même pas si j'existe, ni même si je suis bien là où je suis), s'ajoute une panique imprévue. L'une des infirmières manifeste les mêmes symptômes que Chloé, quelques heures après le décès de ma petite sœur. Toux rauque, fièvre, taches blanches. Puis une autre. Puis un médecin.

Ils y succombent tous les trois. La peau marbrée et blanchie. Sans aucun remède pour les soulager. Tous nuages, tous fantômes, puis tous inertes.

Il s'agit d'un virus. Nouveau. Inconnu. Encore un.

Nous passons notre deuil en quarantaine avec le personnel hospitalier, dans un hôtel réquisitionné pour l'occasion. On nous interroge longuement, mes parents et moi, patiemment, désolé de nous ennuyer dans une période aussi difficile. On nous demande de décrire tout ce qu'a fait Chloé les heures et les jours précédant sa maladie. À quoi a-t-elle joué, qui a-t-elle rencontré, qu'a-t-elle mangé, senti, touché… Nous décrivons tout. Nous autopsions nos journées et nos nuits, ses jeux et ses amitiés. Nous nous remémorons les objets, ses centres d'intérêt...

Lorsqu'une image de menottes, de sourire ravi et de mèche de cheveux fine barrant son petit visage me revient.

L'étoile de mer. Je me souviens subitement de l'étoile de mer.

Les chercheurs s'immobilisent quand je cite l'animal marin. Ils se raidissent quand je décris son apparence. Ils froncent les sourcils avec une gravité effrayante quand je confirme que Chloé s'est touché le visage, juste après.

Ils chuchotent, se concertent. Et agissent vite.

Des équipes de recherche trouvent d'autres spécimens, non loin de Ti Melen, touchés par une maladie qui les blanchit et les recroqueville. Les chercheurs les ramassent avec d'infinies précautions, les amènent dans leurs laboratoires, et diagnostiquent une forme nouvelle du syndrome de dépérissement de l'étoile de mer, connu depuis déjà des années. Ils arrivent rapidement à isoler le virus de cette variante de la maladie. Et par miracle, ils parviennent en un temps record à concocter un remède valable aussi bien pour les étoiles de mer que pour les humains.

On peut, oui, parler de miracle.

On le peut, au regard de la difficulté que l'humanité éprouve depuis plusieurs années à trouver le remède qui nous sauve, à chaque nouvelle apparition de chaque nouveau virus. Tous les sept ou huit ans il en apparaît un, et la recherche d'un vaccin prend généralement plus d'une année. Pendant de longs mois, le virus tue sans autres entraves que nos pauvres efforts de gestes barrières et de consignes sanitaires. Cette fois, la terreur n'aura duré que quelques semaines. Un record.

La chance de l'humanité, pour cette fois, c'est que le patient zéro a été rapidement détecté, ainsi que l'animal qui a été le vecteur du virus.

La malchance absolue : que ce patient zéro ait été ma petite sœur…

Mes parents et moi bénéficions du remède dès qu'il est élaboré. Mon père commençait déjà à tousser et à avoir de la température. Il a été sauvé in extremis. Nous devons rendre compte très précisément de nos emplois du temps et de toutes les personnes que nous avons touchées depuis le moment-étoile de mer. Je suis allée à l'école, ma mère à son cabinet de médecin généraliste, mon père au laboratoire où il travaille… Ça fait beaucoup, beaucoup de monde. Certaines sont déjà mortes… Les autres reçoivent l'injection qui sauve.

Les étoiles de mer malades sont traquées et ramassées, puis isolées une à une. Les saines sont étudiées. L'impact du virus sur d'autres espèces animales est jugé mineur, mais on découvre que les oursins et autres échinodermes sont des porteurs sains, donc des vecteurs potentiels de la maladie. Pour ne rien arranger, les oursins ont subitement vocation à proliférer puisque la population de l'un de leurs principaux prédateurs, l'étoile de mer, est décimée. Une espèce de cercle vicieux s'est enclenché. Un déséquilibre. Mais les biologistes nous rassurent. La nature s'adaptera, comme elle le fait souvent. Elle est si souple, si inventive, si surprenante.

Mais la nature n'est-elle pas fatiguée de devoir le faire, encore et encore ? Combien de temps y parviendra-t-elle ? Et combien de nouveaux virus va-t-elle devoir inventer pour nous faire comprendre qu'elle n'en peut plus ?

Très vite, la population est informée, pour se faire vacciner afin de stopper la pandémie. Ça fonctionne, mais on ne peut éviter des milliers de morts : ceux qui ne pensaient pas que c'était grave, ceux qui ne savaient pas, ceux qui ne voulaient plus entendre parler d'aucun vaccin…

Une variante du syndrome de dépérissement de l'étoile de mer.

Voilà donc ce que c'était.

Ce syndrome mal connu ne semble avoir qu'une cause possible : le réchauffement climatique, qui provoque déjà tsunamis et incendies incontrôlables, mais aussi la hausse des températures de la mer qui déséquilibre l'écosystème…

Combien de temps encore l'espèce humaine va-t-elle réussir à survivre à ces soubresauts de la nature face à nos folies ?

En attendant, elle doit continuer sans Chloé.

Les jours, les semaines, les mois suivants sont terribles et irréels.

Mon père s'isole de plus en plus souvent avec ses tardigrades chéris. Ma mère passe ses soirées devant des séries, allongée sous une montagne de couvertures. Et moi, je suis seule dans ma chambre. Je refuse qu'on enlève le lit de Chloé, prétextant vouloir en faire un canapé. Il est jonché de coussins de toutes les couleurs, mais c'est toujours son lit. La nuit, je rêve de son fantôme qui danse au milieu d'étoiles de mer et de tardigrades géants. Ils s'amusent follement, s'enlacent, s'embrassent et se donnent des coups de hanche (les étoiles et les oursons d'eau ont des hanches, dans mon rêve).

La plage est sinistre sans ma petite sœur. Je n'aime plus m'y rendre seule. Elle me fait peur. Je force ma mère ou mon père à m'accompagner… Jusqu'à ce que je remarque qu'ils ne le font plus que chacun à leur tour, et plus jamais ensemble.

Les premières disputes éclatent, toujours pour des raisons futiles : une chaussette qui traîne, des courses oubliées, un rendez-vous manqué… Et les pleurs. Je les surprends, l'un ou l'autre, à pleurer silencieusement en regardant par la fenêtre ou en caressant un meuble : quel souvenir de Chloé convoquent-ils alors ?

Chloé est partout dans cette maison et tout autour, on y pense à chaque instant et il m'arrive même de lui parler en chuchotant. Pour ne pas devenir folle, je ressens le besoin d'éprouver mon corps et de le sentir vivant. Je demande à mes parents de m'inscrire à des cours de danse. De la danse classique, parce que l'exigence technique m'attire. Mes professeuses me font vite comprendre que je n'ai pas le corps adapté pour aller bien loin dans cette discipline : une ligne de pied pas assez courbée, des membres pas assez longs, ou que sais-je encore. Peu importe, ce n'est pas une passion. Mon but est juste de me défouler. De me surpasser. De m'épuiser.

Mes parents s'éloignent de plus en plus, jusqu'à ne plus réussir à se rejoindre.

Mamie, la mère de mon père, qui vit dans le centre de la France, m'a dit un jour : « L'amour est un élastique. Même solide, si on tire trop dessus, il finit par se casser. Ce n'est pas si grave. C'est une loi physique, voilà tout. » Elle voulait, en plus de me servir de vieilles métaphores éculées, me déculpabiliser parce que je n'avais plus envie d'écrire à une copine qui avait déménagé. Mamie essayait de me faire comprendre qu'aucun lien humain n'est indéfectible. Et que c'est la vie. Je n'imaginais pas que cette métaphore pourrait s'appliquer à mes parents. C'est si douloureux de les voir devenir des étrangers l'un à l'autre, juste après la disparition de ma sœur…

Un jour, ma mère part.

Je ne comprendrai que longtemps après qu'elle a rencontré quelqu'un. Mais j'ai toujours su que la vraie raison de son départ, c'était qu'elle ne pouvait plus vivre là où avait vécu Chloé. Elle ne pouvait plus vivre avec le fantôme de sa fille. Alors ma mère est partie loin, en Angleterre, avec un dénommé Martin (qu'il faut prononcer « Martine », à l'anglo-saxonne).

Peu de temps plus tard, il est question de vendre la maison, puisqu'elle appartient à ma mère. Mais je supplie mes parents de ne pas le faire. J'y tiens trop, je l'aime, j'y suis bien… Heureusement, ma mère n'a pas vraiment besoin d'argent, alors elle permet à mon père d'y rester, en échange d'un loyer et de l'entretien. Et moi, je reste avec lui.

– Je m'en fiche de ne pas avoir de maison à moi, me dit-il. N'en être que locataire me suffit largement. Ce qui m'importe, c'est que cette maison soit à toi plus tard, Esther. Cela, oui, ça m'importe.

J'entends à la suite de ces mots ce qu'il pense fort, si fort, encore plus fort que ce qu'il vient d'exprimer tout haut : « Ce qui m'importe, c'est que cette maison renferme l'âme de Chloé. Ça, c'est précieux. »

J'ai toujours mieux compris mon père que ma mère, et cela se confirme de jour en jour, même si son caractère fantasque et peu attentionné envers moi me fait souvent souffrir. Moi aussi, j'ai besoin de rester là, tout près du souvenir d'une petite fille si pleine de vie et qui ne cesse de danser la nuit avec des animaux aquatiques.

Si j'ai voulu apprendre la danse, c'est peut-être pour danser avec Chloé dans mes rêves.

# 4.

Les années suivantes, je me comporte comme une petite fille « ordinaire », qui aime danser, avoir des amies, et adore se rendre chez elles pour s'amuser. J'aime aussi être seule, et j'aime peut-être trop cela pour oser m'y abandonner totalement. Ce serait me perdre, me déconnecter. Être seule, c'est lire des récits de voyages. J'aime particulièrement ceux en rapport avec les oiseaux : *Le Merveilleux Voyage de Nils Holgersson à travers la Suède*, le conte de Grimm *Les Six Frères cygnes*, et plus tard *Jonathan Livingston le goéland*… mais c'est aussi toujours penser à Chloé. Or mon instinct de survie me crie que la vie est ailleurs, et que la mort de Chloé ne doit pas m'isoler. Je m'arrache à mes rêveries en dansant, riant, copinant. Je refuse de tout mon être qu'on me colle une étiquette sur le front : « triste », ou « endeuillée », ou « orpheline de sœur ». Il n'y a pas de mot pour désigner quelqu'un qui perd un frère ou une sœur, c'est bizarre quand on y pense, mais cela m'arrange. Au moins ne peut-on pas me ranger dans une case. Il faut que je fasse oublier l'événement, alors j'accepte chaque invitation à un anniversaire, je me fais remarquer en acceptant des défis insensés, je danse à en mourir, et je surjoue la joie et la bonne humeur… jusqu'à ce que cela devienne ma réelle personnalité. Après tout, c'est sans doute de ce bois-là que je suis faite.

C'est d'un autre bois qu'est fait mon père. Lui, c'est tout le contraire : il ne veut surtout pas qu'on oublie qu'il a perdu Chloé. Il craint que cela ne fasse oublier Chloé elle-même. Pour faire vivre son souvenir, il fonde l'Association des enfants victimes de virus inconnus. De ces nouveaux virus qui apparaissent de plus en plus souvent et dont on ne sait rien, qu'on met trop longtemps à savoir combattre. Il milite pour que la médecine réagisse mieux quand elle détecte des symptômes inhabituels. D'après lui, Chloé aurait pu être sauvée si on lui avait tout de suite administré un antibiotique puissant. Le blanchiment progressif de ses doigts jusqu'à la racine de ses cheveux aurait dû alerter les médecins, et leur faire employer immédiatement les grands moyens. Au lieu de cela, elle n'a rien eu de plus qu'une bonne dose de Doliprane et un peu d'Advil.

Mais en réalité personne n'est dupe : il aurait dû appeler ça « *l'Association pour ne jamais oublier Chloé Gaudart* ».

L'ambiance à la maison prend une teinte mélancolique. Pas sinistre, car mon père s'efforce d'être un bon père pour la fille qui lui reste : moi. Il m'aide à faire mes devoirs, m'apprend des blagues, des jeux… Il est le père idéal à la maison, mais il ne m'accompagne jamais pour des sorties scolaires ou extrascolaires : il considère que mon activité extérieure m'appartient et qu'il n'a rien à y faire. Aurait-il peur de se perdre, et moi avec, s'il me guidait dans le monde ? Il a un regard lointain, souvent, et les pensées qui s'évadent. Je dois rivaliser avec son association et ses tardigrades, auxquelles je l'entends parler, parfois : « Si Chloé te voyait, petite bestiole, ça la ferait bien rigoler » ; « Tu n'aurais pas pu donner un peu de ta résistance à Chloé, toi, l'increvable ? »…

Pour ne pas plonger dans la tristesse, entre mes entraînements de danse et deux défis casse-cou (je m'essaie à l'urbex, au parkour, au saut à l'élastique…), je me trouve une vraie passion. À moins que ce ne soit cette passion qui m'ait trouvée, c'est impossible à déterminer tellement c'est évident. Comme une rencontre.

Les sciences.

Les sciences m'intéressent de plus en plus, c'est indéniable. Je comprends la passion de mon père pour les bêtes microscopiques, mais moi, c'est le macroscopique qui m'attire. Le grand, l'immense, le lointain. J'ai une grande facilité à comprendre les mathématiques. Est-ce une chance, un hasard, ou une prédisposition à vouloir tout comprendre, tout décortiquer, tout analyser ? Plus je comprends, plus la beauté des calculs m'apparaît. Me rassure, aussi. Tout y est carré, bien rangé, tout a une solution. C'est un monde où je me sens bien. Je tombe amoureuse du nombre d'or, par exemple, dont la perfection me donne autant de sensations fortes qu'un saut entre deux toits séparés par un vide de cinq mètres.

L'astronomie devient mon domaine de prédilection. Avoir la tête dans les étoiles n'a pas le même sens pour moi que pour la plupart des gens. Cela ne me rend pas rêveuse, au contraire : cela me permet de ne pas trop m'abîmer dans de vaines rêveries. Cela me rend de plus en plus curieuse et avide de travail pour en savoir plus sur le « très grand » (et bien sûr le « très grand » ou le « très haut » n'a pour moi aucun sens religieux).

Mon parcours est évident. Spécialités scientifiques au lycée, option danse – juste pour que, encore une fois, on ne m'étiquette pas, jamais, car je refuse d'être cataloguée comme étant seulement scientifique. Cela n'empêche pas mes professeurs de terminale de m'inscrire aux prestigieux concours généraux de physique-chimie et de mathématiques. J'obtiens le premier prix en physique-chimie, et le deuxième en maths… Après le bac, j'aurais pu être acceptée n'importe où, dans n'importe quelle grande école, mais je choisis la fac de sciences, option astrophysique, parce que c'est l'aspect « recherche » qui m'attire.

En secret, j'ai une autre idée que « chercheuse » en tête, mais je n'ose même pas en rêver…

★

Puis arrive ce moment où j'ai 22 ans, douze ans après la mort de Chloé.

Je suis en master 2 d'astronomie et d'astrophysique à Orsay, université Paris-Saclay.

La semaine précédant les vacances de Noël, ma mère vient me voir, alors qu'elle est en transit à Paris. Elle m'entraîne dans le tourbillon parisien où je ne me rends pas aussi souvent que je le voudrais, puisque le centre est à une heure de chez moi, et on dîne dans la petite chambre de bonne qu'elle a louée pour l'occasion, en plein Paris. On passe des moments drôles et tendres, avec bougies et bon vin, à se tordre le cou par le Velux pour tenter d'apercevoir un bout de tour Eiffel. Elle me raconte ses histoires de boulot, et même de couple. En retour, j'évoque mes quelques histoires d'amour toujours brèves.

Je m'entends mieux avec elle depuis que j'ai gagné mon autonomie, loin de mon père. Je commence à comprendre quel soulagement cela peut être, même chargé de culpabilité, de vivre sans le fantôme de Chloé. Pour soi.

Puis je rentre à Ti Melen pour les vacances de Noël, alors que ma mère retourne à sa vie britannique. Je suis triste de ne pas passer les fêtes avec elle, et avec son Martin que j'ai appris à apprécier, mais j'ai envie de profiter de ces quelques jours de congé pour partager de bons moments avec mon père, et pour retrouver l'ambiance des Noëls de mon enfance. Je ne peux pas imaginer un Noël sans ce sapin décoré, coloré et clignotant devant la véranda, et la mer qui se déchaîne au loin. Et je suis sûre que, si je ne venais pas, mon père ne ferait pas tous ces efforts.

Il est plus que jamais impliqué dans son association. Il ne sort presque plus de chez lui, mais pour parler de Chloé, il est prêt à tout. Il est même passé à la télévision. Son combat a le goût de l'amertume mais la couleur de la justice, et il est émouvant quand il évoque ce qui aurait pu être : un monde avec son enfant encore vivante. Alors on aime l'écouter. Cela donne le même sentiment de gratitude que lorsqu'on est remercié pour une bonne action.

Et parfois, il se souvient que j'existe plus fort que ses souvenirs…

Et il pense à moi lorsque ses contacts à Kourou lui transmettent une petite annonce de recrutement de la NASA.

# 5.

Le nuage en forme de dragon s'est effiloché.

– Ils pourraient vraiment recruter un jeune Français, tu crois ?

– Et même une jeune Française. La France est bien placée, tu sais. Elle a largement contribué à ce projet, et pas seulement financièrement. Les expériences menées par l'Agence spatiale française ont fait progresser significativement la conquête spatiale.

– Tu as conscience que je ne suis pas aussi résistante que tes tardigrades ?

– Je pense que tu as les épaules pour concurrencer la bestiole la plus increvable de l'ère animale.

Il se met à éclater d'un rire contagieux. Il m'a vaincue. Je hausse les épaules avec une fausse désinvolture et me lève pour, l'air de rien, rouvrir son ordinateur portable et mieux lire l'annonce. En parcourant les petites lignes du règlement, j'arrive enfin à croire que, peut-être, elle peut s'adresser à moi.

– Ils l'ont beaucoup fait tourner, cette annonce ?

– C'est une connaissance qui me l'a transmise, mais elle est largement disponible. Je l'ai retrouvée dans une revue scientifique en ligne. Et je l'ai vue sur Twitter. C'est diffusé partout. Absolument partout.

– Ça fera donc des milliers de candidatures…

– Cent pour cent des gagnants ont tenté leur chance !

– Oh pitié, pas ce vieux slogan démodé !

Pourtant, je suis déjà en train de tapoter sur le clavier pour essayer d'en savoir plus, sourire aux lèvres. C'est donc à Ti Melen, face à la plage, la mer, l'horizon, et grâce à mon père qui est redescendu de sa planète le temps de me faire croire que je peux côtoyer les étoiles, que tout commence.

J'entame le dossier de candidature pour devenir astronaute.

Le constituer me prend plus d'un mois. Bulletins scolaires depuis la terminale, appréciations des professeurs, lettres de recommandation, témoignages de proches sur ma passion pour l'astrophysique et l'astronomie, lettre de motivation et questions du type : « Pourquoi voulez-vous devenir astronaute ? » ou : « Rédigez un autoportrait franc, sans omettre de mentionner vos atouts et vos faiblesses », ou bien : « Si vous êtes recruté(e), acceptez-vous de partir loin de chez vous pendant de longs mois ? » ou encore : « Comment décririez-vous vos aptitudes manuelles (réparation, démontage et réassemblage, etc.) ? » Chaque réponse ne doit pas dépasser 750 mots. Je m'y tiens, en y mettant tout mon cœur et toute ma sincérité. Je me trouve trop naïve dans mes développements, et en envoyant le dossier je suis persuadée que c'est peine perdue. Comment la NASA et la société MarSpace pourraient-elles être intéressées par une jeune Française, certes aux résultats scolaires et universitaires brillants, mais à l'enthousiasme digne d'une gamine de 10 ans ?

Je reste un long moment perplexe devant mon écran, après le bruit du message qui part. *Pfiout.* Puis je secoue la tête, ferme mon ordinateur et poursuis ma vie d'étudiante ordinaire.

C'était un divertissement intéressant. Un peu étourdissant. Un de plus.

Quoi d'autre ?

# 6.

– Ça s'inspire pas mal d'Oasis, non ? me crie Morgane dans l'oreille, tout en battant le rythme avec sa tête. Tu sais, ce groupe des *nineties* ?

La toute petite salle en sous-sol est saturée de lumières, de sons et de fumigènes. Le groupe se démène sur l'estrade, baigné de rayons clignotants, pendant que les spectateurs dansent ou boivent des bières, ou font les deux à la fois dans la pénombre. Bien calés dans un petit coin autour d'une table basse, nous sirotons nos boissons en agitant le bout de nos pieds en cadence avec la musique.

– Eux-mêmes s'inspiraient des Beatles et des Rolling Stones, alors…

– Quoi ?

Stephen pose sa main sur mon bras avec un air qui signifie : « N'insiste pas, elle est bourrée », ce qui soudain m'apparaît évident. Je souris en observant Morgane yeux fermés et mains serrées autour de son verre. Elle s'imprègne de la musique, du lieu et du moment, et ça me fait plaisir pour elle. Elle sort à peine d'un chagrin d'amour qui l'a laminée. Elle mérite bien de réussir enfin à se changer les idées. Farid a dû penser comme moi car il pose son verre, se lève, lui prend la main, et l'amène au centre de la pièce pour danser.

– Je crois que Farid passe enfin à l'action, me crie Stephen.

Je le regarde avec stupéfaction. Farid draguerait Morgane ?

– Ne me dis pas que t'avais rien remarqué ?

– Mais non, je te jure !

Je les regarde danser. Effectivement, Farid a le regard rivé sur Morgane et sa boule de cheveux bouclés qui se balance de droite à gauche. Elle est jolie, ma Morgane, dans sa petite robe couleur vieux rose et ses bottes en daim. Quant à Farid, jamais je ne l'ai vu rayonner autant. Comment ai-je pu être aussi aveugle ?

– Je suis nulle, j'avais rien deviné ! je hurle à Stephen.

Un nouveau morceau commence, Stephen pousse un cri – il adore – et se précipite sur la piste.

J'observe mes amis avec tendresse. Morgane, Stephen et Farid, mes grands potes, se meuvent avec langueur ou conviction, ouvrent grands les bras ou les lèvent au ciel, se cherchent ou se trouvent. Je suis sûre qu'on sera amis toute la vie. Nous formons un petit groupe lié depuis nos années de licence de physique, à Orsay. Par miracle, chacun de nous y est resté pour son master. C'est assez rare pour le noter, car beaucoup de nos camarades sont partis dans une autre fac après la licence. Mais pas Morgane (master de sciences de la vie), Stephen (informatique), Farid (physique) et moi (astrophysique). Nous avons les mêmes préoccupations, les mêmes aspirations, et la même vision du monde. Réussir et profiter de la vie pourrait résumer notre philosophie, assez simpliste j'en conviens, mais qui nous suffit.

Et puis on est tous les quatre des férus de musique et de concerts. Les ambiances électriques et énergisantes nous rappellent combien nous sommes vivants.

On se débrouille pour faire au moins une virée par mois dans le cœur de Paris, pour profiter de petites salles sympas. J'en ai pour plus d'une heure de trajet chaque fois, mais rien ne m'arrêterait. Ça fait quatre ans que je vis dans un petit studio d'une résidence étudiante au milieu du campus de Paris-Saclay. J'ai parfois eu envie de changer, prendre un véritable appartement, mais je ne m'y suis finalement jamais résolue. D'abord, il aurait fallu que je demande plus d'argent à ma mère, et ensuite je dois bien admettre que je n'en ai pas réellement besoin. Que fais-je d'autre chez moi que lire, dormir ou étudier ? Bien sûr, comme j'ai toujours la bougeotte et que rester immobile est une torture, je suis souvent dehors, chez des amis, dans des bars ou ailleurs, et pour l'instant cela me suffit. Peut-être aurai-je envie d'un logement plus grand quand j'aurai un petit ami à recevoir, mais ce n'est pas vraiment d'actualité.

Stephen revient vers moi.

– Viens, on va sur le toit ! me crie-t-il dans l'oreille.

Danser sur les toits est dangereux et exaltant.

C'est pourquoi j'adore ça.

Et c'est pourquoi j'aime tant aller dans cette salle de concert, la Taverne, petite, cosy, pas très connue, et sans doute pas complètement en accord avec les normes de sécurité puisque les habitués peuvent utiliser l'échelle de secours pour atteindre le toit-terrasse dépourvu de rambarde de sécurité. Une folie, quand on y pense.

De là, on entend la musique, étouffée et énigmatique, mais surtout on est en prise directe avec le ciel étoilé. On danse avec lui. Les nuits d'avril sont particulièrement agréables, encore fraîches, enveloppantes, et pleines de mises en garde.

Le peu d'alcool que j'ai bu me donne envie de faire un truc fou. Par expérience, je dois me méfier de ce sentiment (la dernière fois que je l'ai éprouvé, je me suis retrouvée debout, bras étendus, au milieu d'une autoroute). On attrape nos vestes et on sort.

La fraîcheur de l'air nous assaille en même temps que la fumée de cigarette des clopeurs. Une petite dizaine de personnes est déjà là. Il y a beaucoup de mouvement, mais plus paisible et lent qu'en bas. Certains redescendent, d'autres montent, tous parlent bas comme s'il ne fallait pas déranger les étoiles. L'air n'est guère plus pur mais nos oreilles peuvent enfin espérer du repos, et par conséquent nos cordes vocales aussi.

– Ça fait combien de temps que Farid en pince pour Morgane ? je souffle tout en m'emmitouflant dans mon long gilet en laine.

– Sérieux, Esther ? T'avais vraiment rien vu ?

Stephen allume une cigarette, qu'il prend entre l'index et le majeur d'un air précieux pour l'éloigner de ses lèvres, et souffler la fumée en rejetant la tête en arrière. Ses airs de dandy m'amusent. Il regarde ostensiblement une jolie fille passer puis me pointe du bout de sa clope.

– Toi, ma vieille, t'es grave. Tout ça ne t'intéresse tellement pas que tu ne sens même pas quand ça crépite entre deux personnes, même quand il s'agit de tes meilleurs amis.

Qu'est-ce qu'il raconte ? J'ai déjà eu plein de mecs ! Je n'ai pas vraiment de problème pour séduire les garçons, d'ailleurs. Généralement, ils aiment mon énergie et mon côté fougueux... Mais ça ne dure jamais longtemps, c'est vrai. Je crois bien que, tout simplement, je ne suis jamais vraiment tombée amoureuse. Je ne suis même pas sûre de savoir ce que cela veut dire, en réalité.

Ma vie est suffisamment pleine, après tout. C'est ainsi que je raisonne : en termes de vide et de plein, persuadée qu'une vie peut déborder.

– Ça crépitait ? Vraiment ? Tu déconnes, là. Ils étaient comme toi et moi, c'est tout ! Et puis comment ça, ça ne m'intéresse pas ? De quoi tu parles ?

Il me jette un regard en coin.

– C'est bien ce que je disais, t'es grave. Ça fait deux ans que Farid kiffe Morgane à mort. Il me bassine avec ça tout le temps.

– Mais pourquoi il ne m'a rien dit, à moi ?

Stephen hausse les épaules.

– Je ne sais pas. Il doit sentir que tu es à des années-lumière de tout ça. Il n'a pas tort, je me trompe ? Et puis calme-toi, bon sang, tu sautilles comme si...

– Comme si j'avais envie de sautiller. Et puis hé, ne me fais pas passer pour quelqu'un d'insensible et sans empathie ! Je te signale que Morgane non plus ne m'en a jamais parlé. C'est pas gagné, son histoire.

– C'est ce que je crains…

Je m'approche du bord du toit, le bout de mes ballerines tutoyant le vide. J'aime étrangement ce sentiment de peur et de vertige. Et si j'avançais encore un peu ?

– J'espère que ça ne va pas instaurer un malaise entre eux, notre petit groupe ne serait plus pareil.

– C'est vrai que ta sensibilité et ton empathie crèvent les yeux… Mmm, recule un peu, Esther, j'aime pas ça, tu le sais.

Je hausse les épaules.

– L'amour, ça complique toujours tout. Je ne comprends pas qu'on y accorde tant d'importance, dans la vie. Tu ne trouves pas que les étoiles scintillent fort ce soir ?

– Recule, je te dis. Je te rappelle que tu as bu. Un jour, il faudrait que tu parles à un psy de ces tendances casse-cou qui se libèrent dès que tu as un peu d'alcool dans le sang. Allez viens, on rentre.

Il m'attrape le bras, parvient à me faire reculer, puis stoppe son mouvement tout en regardant derrière mon épaule.

– Te retourne pas, beauté, me chuchote-t-il en se penchant à mon oreille. Il y a un type qui te dévore du regard.

– Non ? Il est beau ?

– Parle moins fort ! Bah, moins beau que moi, forcément.

– Allez, arrête de déconner !

– Ouais, il est pas mal pour un mec, j'avoue. Mais tu es toujours avec ton joueur de baseball ou je ne sais pas quoi, non, de toute façon ?

– Joueur de handball ! Et non, on n'est plus ensemble depuis avant-hier. Je n'aimais pas sa façon de se croire le roi du monde partout où il allait. Cet air suffisant… C'était comme s'il prenait trop de place, sans être baraqué… Je sais pas si tu vois ?

– Pas vraiment… Ce que je sais, c'est que…

– Excuse-moi, t'aurais une cigarette s'il te plaît ? demande à Stephen quelqu'un qui vient de derrière moi.

Au regard affolé de Stephen, je devine qu'il s'agit du beau gosse en question. Stephen lui offre une cigarette, lui tend son briquet et annonce avec un grand sourire qu'il va retrouver Morgane et Farid à l'intérieur. Mon envie de toucher les étoiles et moi nous retrouvons seuls dehors, avec Beau-Gosse.

– Tu ne fumes pas ? me demande-t-il.

C'est vrai qu'il n'est pas mal du tout, avec ses yeux noisette en amande et son large sourire.

– Non, je fais partie de ces rares personnes qui adorent se geler dehors sans aucune raison valable.

– Figure-toi que moi non plus, je ne fume pas.

Il jette la cigarette à terre et l'écrase du talon. Devant mon air stupéfait, il a un petit rire très charmant.

– Rassure-moi, ce n'était pas ton copain ?

Il désigne la porte par laquelle a disparu Stephen.

– Stephen ? Oh non, c'est juste un pote.

– Parce que, au cas où tu ne l'aurais pas compris, c'était un prétexte, la clope.

– Un prétexte pour brancher Stephen ?

Je convoque un petit sourire en coin. Je m'arrange pour que ma mimique puisse aussi bien signifier que je plaisantais ou que j'étais sérieuse. Il m'est déjà arrivé de croire qu'un type me draguait alors qu'il était intéressé par le garçon à côté de moi, et il n'y a guère de plus grand malaise. Du coup je joue la prudence, maintenant, et bizarrement, rien n'est plus proche de l'ironie que le plus parfait premier degré. Beau-Gosse se tape le front du plat de la main.

– Et dire que je suis là avec toi au lieu de danser avec lui à l'intérieur, quelle buse !

Ce sourire ! Beau, classe, drôle. Il a chassé tout malaise et ambiguïté.

– Je m'appelle Esther, dis-je en lui tendant la main.

– Moi, c'est Hugo.

Il enveloppe entièrement ma main entre ses paumes au lieu de l'empoigner, ce qui me fait sursauter. Venant d'un autre, j'aurais pris ça pour une tentative de me maintenir sous son emprise, mais la chaleur de sa peau me communique un bien-être immédiat.

– Oh.

– Pardon, dit-il en lâchant ma main, et en rougissant de confusion. Je ne sais pas ce qui m'a pris. J'ai… Je ne sais pas, j'ai ressenti le besoin de prendre ta main comme on prend un oiseau tombé du nid.

– J'ai l'air d'un oiseau tombé du nid ?

Ma main se refroidit trop vite.

– Tu as l'air d'un oiseau qui a envie de tomber du nid.

Il jette un regard vers le bord du toit où j'étais la minute précédente. Je ne sais pas quoi répondre, légèrement déstabilisée.

– Pardon, je suis stupide, décidément, ce soir, dit-il.

Il place ses mains dans ses poches à la manière d'un petit garçon qui veut s'empêcher de faire une nouvelle bêtise. Son sourire se teinte de gêne, et désormais il me regarde par en dessous. J'ai peur qu'il s'en aille.

– Pourquoi tu es venu me parler ? je demande promptement. Pourquoi moi ?

Je n'ai pas l'habitude de tourner autour du pot. Je n'aime pas perdre du temps. Et puis c'est vrai, une bonne dizaine de filles plus jolies que moi discutent, boivent ou fument, en bas, dans la salle de concert. Ce type n'a aucune raison d'être là avec moi.

– C'est à cause de ton visage quand tu es arrivée sur le toit. Je ne l'avais pas remarqué jusqu'ici, c'est trop sombre à l'intérieur. Ton expression m'a fasciné. Tu n'es pas consciente de ce que tu dégages ? J'ai rarement vu une telle force émaner de quelqu'un. Quand tu m'as tourné le dos sans me voir, j'ai été hyper frustré. Je n'avais pas eu le temps de bien voir la couleur de tes yeux. Quand j'ai cru que t'allais te balancer dans le vide pour t'écrabouiller par terre, j'ai entrevu la catastrophe. Toute ma vie, je me serais baladé avec cette question déchirante : avait-elle les yeux noisette ou vert amande ?

Je ferme mes paupières par réflexe. C'est quoi ce garçon ? Jamais on ne m'a draguée comme ça. Il semble un peu trop sûr de lui. Et si c'était juste un baratineur ?

Une tignasse apparaît en haut de l'échelle de secours. C'est Morgane, en sueur et tout échevelée.

– Hé, Esther, tu viens ? C'est un morceau que t'aimes bien !

Elle a les joues rouges de s'être démenée sur la piste. Elle jette un regard pétillant à Hugo.

– J'arrive, ma Momo ! je lui lance.

– Prends ton temps, ma belle, y a des priorités dans la vie !

Et elle disparaît dans un éclat de rire. Je suppose que je rougis. C'est malin.

– Retourne avec tes amis, dit Hugo en écrasant encore la cigarette qu'il n'a pas fumée. Je dois y aller, de toute façon.

– Ah. OK.

J'ai tout foiré. Je suis nulle. Je ne lui plais pas, au final. J'aurais dû être plus sexy. Ou au contraire plus sérieuse. Moins ironique. Plus…

– On se revoit quand ?

Il m'aurait lancé une bouée de sauvetage que je n'aurais pas été plus soulagée. C'est seulement alors que je vois la lune derrière lui, entre deux rangées de cheminées. Elle est pleine, entourée d'étoiles scintillant faiblement, à cause de la pollution lumineuse propre aux capitales.

Nous nous donnons rendez-vous le samedi suivant, aux Tuileries. Le temps est doux, typique du printemps débutant, et nous nous installons sur deux chaises en métal pour observer les pigeons et les enfants qui poussent leurs petits bateaux dans l'eau du bassin. J'observe son profil en réalisant que je ne sais rien de lui. Juste son prénom. Qu'il ne fume pas. Et qu'on se plaît. Peut-être cela suffit-il ?

Une petite fille court après un ballon, juste devant nous, et elle a ce rire qu'avait parfois Chloé, en cascade claire. Mon cœur se serre. Il m'arrive souvent de penser à elle ainsi, de façon inopportune, aux pires moments. Parce que non, je n'ai pas envie de penser à elle. Pas maintenant. Je vais chercher un sourire vaillant tout au fond de moi.

– Je ne sais rien de toi.

Je n'ai rien trouvé d'autre à dire. Morgane m'aurait filé un sacré coup de coude si elle avait été là. Je sais draguer avec légèreté, je sais même minauder, en étant spirituelle et ironique, mais dès le deuxième rendez-vous, quand je sens qu'il faut être un peu plus profonde, je bloque. Je deviens soit trop lourde, soit décalée. Soit stupide.

– C'est faux. Tu connais mon prénom. Tu sais que j'avais envie de te revoir. C'est déjà pas mal, non ? Qu'est-ce que tu as besoin de savoir de plus ?

– D'accord. Est-ce que ça te ferait plaisir qu'on aille voir l'expo de photos du Jeu de paume ?

Il reste interdit puis éclate de rire.

– Je n'ai jamais vu personne abandonner si vite face à sa curiosité !

– Peut-être que tu la surestimes, cette curiosité ? On y va ?

Je suis déjà debout et en route. Décidément, rester assise là est trop insupportable. Il court pour être à ma hauteur, plonge ses mains dans ses poches et marche à mes côtés avec un sourire moqueur.

– Va pour le Jeu de paume !

Une heure plus tard, nous nous arrêtons devant une photographie d'André Kertész. Pas devant une photo d'amoureux qui s'embrassent, ni devant l'image de la femme du photographe, Élisabeth, qu'il adorait, mais devant l'image de son frère cadet Jenö, pris en ombre chinoise en train de sauter nu devant un ciel clair. Cette silhouette suspendue à tout jamais dans une posture de jeu ou d'imitation (on dirait un héron) me bouleverse plus que de raison. « Il n'atterrira jamais, voilà ce que je pense. Il ne touchera jamais le sol », et c'est sans réfléchir que je me tourne vers Hugo, avide de l'embrasser pour mettre fin à ce vertige. Ou pour lui donner un autre sens.

Car le vertige ne prend pas fin. Le baiser m'embarque ailleurs. Loin. Dans un endroit inexploré. Hugo se détache de moi avec un air tout aussi surpris que celui que je dois avoir. Il se passe quelque chose d'inédit pour tous les deux, et chacun de nous le sait. Cette magie-là est-elle si courante ? Combien d'êtres humains sur Terre l'ont connue avant nous ? Et combien sont aussi stupides et égocentriques que moi pour penser qu'elle est unique ?

– J'ai 23 ans, et je suis étudiant en sciences politiques, murmure-t-il alors qu'une rougeur charmante teinte ses joues.

– À la Sorbonne ? je demande en passant ma langue sur mes lèvres comme pour y retrouver encore le goût des siennes.

– En effet, à la Sorbonne.

Il rit.

– Tu noteras que dans « Sorbonne » on entend le mot « orbe ». Tout ça est un peu vertigineux, non ?

Je ris à mon tour. On est idiots et on le sait, mais on s'en fiche puisqu'on parle la même langue. Les heures suivantes sont délicieuses et intenses. Je me raconte que je vis une aventure unique, après tout c'est peut-être le cas, et je me persuade que ce garçon est aussi sincère qu'on puisse l'être, et que pour lui aussi il se passe quelque chose de nouveau.

Il m'arrive enfin quelque chose.

Connaîtrai-je rien d'autre de plus beau dans ma vie ?

# 7.

Le cœur en permanence attaché à un fil et gonflé à l'hélium, j'arrive malgré tout à penser à de petites choses pragmatiques. Par exemple, j'ai perfectionné mon rituel du matin, lorsque les cours commencent tard, ou durant les week-ends. J'avale un solide petit déjeuner, enfile une tenue de sport, vais faire mon jogging, puis rentre chez moi pour étudier – mais désormais cela peut être aussi pour me préparer à aller voir Hugo, ou que lui vienne chez moi. On alterne les déplacements, pour une journée délicieuse, même si elle est souvent studieuse.

Nous préparons tous les deux nos partiels de fin d'année. Je découvre au fil de ces heures passées à ses côtés que Hugo a la pensée vive, précise et fine. Je finis par comprendre que lui aussi a toujours obtenu des résultats brillants, ses domaines de prédilection étant les sciences humaines et politiques. Cela se sait: ses potes étudiants l'appellent souvent pour qu'il les aide ou les conseille. C'est flippant de constater que je suis attirée par un garçon qui semble avoir un QI proche du mien ! Heureusement qu'à part ça, nous ne nous ressemblons guère. L'aventure semblerait moins belle.

Avant de remonter dans ma chambre après mon jogging, je vais toujours faire un tour dans l'espace réservé aux boîtes aux lettres, dans un coin du hall.

Généralement, j'y trouve des prospectus, des courriers administratifs, ou des petits colis que je me fais livrer : des sous-vêtements ou des pulls que je n'ai pas eu le temps ni l'envie d'aller acheter dans une boutique.

Mais en ce jour de début mai, une lettre inhabituelle m'y attend sagement. Elle est posée là comme si elle y avait été oubliée, ou déposée par une chouette nommée Hedwige.

Une lettre estampillée du logo de la NASA.

Et d'un autre logo, celui de MarSpace.

J'avais complètement oublié ma candidature, trois mois plus tôt.

Je n'y croyais tellement pas.

Je n'y crois toujours pas.

J'ouvre l'enveloppe sans émotion particulière, certaine qu'il ne peut s'agir que d'une lettre type de refus, me remerciant d'avoir postulé et me souhaitant bonne chance pour la suite de mes études. Je la jetterai dans la corbeille à papier et le cours de ma journée puis de ma vie se poursuivront normalement. Dans quelques heures, j'aurai déjà tout oublié, dans les bras de Hugo.

Un couple de filles descend les escaliers en riant bruyamment, un chien aboie dehors, mon téléphone vibre dans ma poche, alors que je lis ces mots qui ne parviennent que difficilement à se frayer un chemin jusqu'à ma conscience :

*Nous sommes heureux de vous apprendre que vous êtes retenue pour participer à la phase de tests qui déterminera si vous êtes apte à participer au programme Hyperion.*

★

Cet instant, moi en short et tee-shirt, transpirante, plantée dans le hall de la résidence étudiante, en train de lire une lettre qui décidera peut-être de ma vie entière, de mon destin, de mon devenir, je m'en souviendrai toujours.

★

Il me faut une bonne heure pour réaliser ce qui m'arrive. Est-ce que je réalise vraiment ? Pas sûr… Je dois ressortir et prolonger mon jogging pour évacuer l'énergie confuse que cette annonce a déclenchée en moi. Je ne m'arrête qu'épuisée, le cœur battant à tout rompre, et je me jette sur un banc pour appeler Hugo. Quinze jours à peine que nous sommes ensemble et voilà que…

– Hugo ? Je dois te dire un truc. Il m'arrive quelque chose de… pas banal… Une mauvaise nouvelle ? Non ! Mais… je dois te voir pour t'expliquer. C'est… important.

Important, peut-être.

Important : est-ce que je l'espère ?

La harpe de l'ambition se remet à vibrer tout doucement en moi.

# 8.

– Tu as été choisie ? Tu as vraiment été choisie ?

Dans la voix de mon père, que j'appelle juste après, s'entendent la joie, la fierté, mais aussi une immense inquiétude, et beaucoup de tristesse. Je n'avais pas prévu de sentiment négatif de sa part, d'autant moins que c'est lui qui m'a mis cette annonce sous le nez, il y a quatre mois. Mais sans doute lui-même ne l'avait-il pas anticipé. Peut-on, en tant que parent, imaginer ce que l'on ressentira si son enfant annonce qu'il risque de partir à des millions de kilomètres pendant de longs mois ? Est-ce que ça a été comme ça pour tous les astronautes avant moi ? Il me vient la furieuse envie d'interviewer un autre visiteur de l'espace, avant de me souvenir qu'aucun n'a encore fait de voyage aussi long… mais aussi qu'il y a encore de fortes chances (de fortes malchances ?) pour que je ne le fasse pas non plus. Nous sommes trente à avoir été choisis, et il n'en restera que trois. J'ai dix pour cent de chances d'être retenue.

– Attends papa, t'emballe pas, c'est pas encore fait. Je n'ai été choisie que pour voir si… je pouvais être choisie ! Je vais rater les tests, si ça se trouve.

Dans le tourbillon de pensées et d'émotions qui me submergent, me vient une question. Qu'en aurait dit Chloé ? Comme chaque fois que quelque chose d'important m'arrive, je pense à elle. J'ai envie de lui parler, et de lui demander son avis. Parfois j'imagine qu'elle a grandi en même temps que moi. Elle m'apparaît alors avec deux ans seulement de moins que moi, portant une étoile de mer bien rouge et en pleine santé dans ses mains placées en coupelle. Elle la pose sur son épaule, ou sur sa tête.

Elle est restée très joueuse malgré ses 20 ans.

– Je n'ai aucune inquiétude, Esther, tu vas réussir. Tu as été choisie. Tu te rends compte ?

– Préchoisie, papa. Mais même ça, c'est fou, hein ? Je n'arrive pas à y croire. Pourquoi moi ? Il devait y avoir des milliers et des milliers de candidatures, avec des gens mieux formés, ou au profil plus intéressant…

Et pourtant, j'ai trouvé le ticket d'or. Moi.

– Tu as le profil parfait, ma chérie, je l'ai toujours su. Ils ne sont pas si stupides que ça, les Amerloques ! Ils ont su repérer la meilleure d'entre toutes. Tu vas rentrer dans l'histoire, tu en es consciente ?

– Non. Arrête, tu vas trop vite. Ça me fait peur ! Par pitié, ne commence pas à l'annoncer autour de toi et à en parler à tout le monde. Ce sera trop la honte après, si je ne suis pas retenue. Il y a tous ces tests à réussir…

Dix pour cent de chances…

– D'accord, Esther, je te promets de garder tout ça pour moi. Au fait, comment ça va se passer ? C'est quoi la suite des événements ?

La lettre stipule que la personne chargée des relations avec les astronautes va me contacter pour tout m'expliquer, si je suis toujours d'accord pour partir sur Mars. Je ne sais même pas combien de temps ils envisagent que va durer la mission. Ni combien de temps durera la préparation à cette mission. Ni quand elle se déroulera. Je ne sais rien. Rien du tout. Les seules choses qui sont spécifiées, c'est que les tests dureront deux mois, se dérouleront aux États-Unis, et qu'on sera trente, sur lesquels il en restera trois. Dix pour cent. Et la seule chose que je sais, c'est que jamais de ma vie je n'ai autant eu envie de réussir quelque chose. Mais je ne ressens aucun besoin d'expliquer tout cela à mon père. Ces détails m'appartiennent.

– Je ne sais pas trop mais… je dois m'organiser.

Je dois parler à Hugo.

C'est moi qui me déplace. Je prends le RER pour me rendre dans le centre de Paris. J'ai l'impression confuse, peut-être erronée, que je lui dois bien ça. Je souhaite lui annoncer la nouvelle dans un lieu vivant et intime tout à la fois. Le Café Panis, où l'on peut admirer la cathédrale Notre-Dame à travers de grandes vitres, me paraît tout indiqué.

Il a gentiment bougonné au téléphone quand j'ai mentionné le lieu où je l'attendais, comme chaque fois que je le traîne dans un lieu public. J'ai appris de lui ces derniers jours qu'il est une sorte de sauvage aimable et pince-sans-rire, qui évite la foule, préfère la nature à la ville, les grands espaces aux grands ensembles. Je me suis étonnée qu'il se soit trouvé sur le toit de cette salle de concert, le soir de notre rencontre (à moins que ça n'ait été le matin ; c'était si grisant, la notion du temps en a été abolie). C'était par pur hasard. « Ou plutôt par accident », a-t-il précisé. Ce genre de lieu le met si mal à l'aise… Ses potes étudiants l'avaient traîné là en le menaçant de le traiter d'ermite tout le restant de l'année s'il refusait encore. Il s'était laissé convaincre, sans tenir plus de cinq minutes dans l'atmosphère surchauffée et bondée de la toute petite salle du sous-sol. Quand il m'a abordée, il commençait à peine à retrouver son souffle grâce à l'air du dehors. « Si tu n'étais pas apparue, je serais mort de manque d'air, pouf, à terre le Hugo, mais heureusement je t'ai vue, et tu as été la goulée d'air pur qui m'a rendu la vie. » Toujours ce sourire l'air de rien en débitant des énormités.

Je suis exactement là, dans un coin, derrière une vitre, face à Notre-Dame, vieille rescapée de l'histoire, d'incendies et de révolutions, quand il me rejoint accompagné de l'énergie du dehors. J'ai toujours aimé arriver en avance dans les cafés, rien que pour ce plaisir de voir apparaître celui ou celle que j'attends, nimbé de fraîcheur, de mouvement et de particules d'étrangeté dans la bulle que je me suis créée.

– Je n'aime pas trop les annonces importantes, déclare-t-il de but en blanc en s'installant face à moi.

– Je ne suis pas enceinte, si ça peut tout de suite te mettre à l'aise.

Il porte la main à son cœur, dans une posture de soulagement exagérée.

– Tu te souviens que je fais des études d'astrophysique ? dis-je.

– Bien entendu. Ça a un pouvoir contraceptif ?

– Ce n'est pas ce que je veux dire. Je...

Il a ce don de me faire rire... Je pouffe en me demandant comment lui apprendre une nouvelle aussi sérieuse.

– Ça me rend si admiratif, reprend-il. J'ai décroché en maths dès la seconde, alors tu imagines.

Le serveur approche.

– Qu'est-ce que tu veux boire, Hugo ? je lui demande.

– Une bière, répond-il au serveur. Merci, monsieur.

Moi, je suis déjà en train d'en siroter une. Je lui prends la main alors que le serveur s'éloigne.

– Si j'ai choisi ces études, c'est parce que…

– Tu as la tête dans les étoiles ?

– Non. Parce que j'aimerais l'avoir.

– Tu es une pragmatique qui rêve de rêver ? Ça doit être diffici…

– J'ai candidaté pour devenir astronaute.

– Ma foi, c'est bien le meilleur moyen d'y parvenir.

– Hugo, écoute-moi : j'ai candidaté pour devenir astronaute.

– La plupart des gens regardent par la fenêtre pour avoir la tête dans les étoiles, s'esclaffe-t-il. Mais toi…

Comme je reste silencieuse un long moment, il commence à comprendre que je suis sérieuse.

– Astronaute ? Vraiment ? Tu as postulé pour ça ?

– Oui. J'ai fait ça.

– Tu ne m'as jamais parlé de ce désir-là, jusqu'ici.

– On ne se fréquente que depuis deux semaines, Hugo, je n'ai pas eu le temps de te raconter toute ma vie. Je viens à peine de comprendre à quel point tu es écolo, c'est dire. Je n'en ai pris conscience que l'autre fois, quand on a fait des kilomètres pour trouver un marché bio. Ton obstination à ne pas manger de viande aurait déjà dû me mettre la puce à l'oreille.

– Oui mais enfin, on est des millions à se soucier d'écologie, ce n'est pas exceptionnel. Alors que tu es la première personne de plus de 8 ans et demi que je rencontre qui rêve de devenir astronaute. C'est beau d'avoir des rêves aussi grands. J'imagine que la sélection doit être draconienne, non ? Il faut sans doute avoir fait une formation spé…

– J'ai été présélectionnée par l'ESA, l'Agence spatiale européenne, puis par la NASA. Avec vingt-neuf autres. Je vais passer des tests qui détermineront si je vais, oui ou non, devenir astronaute.

– Quoi ?

Il met un moment à accuser le coup. Bêtement, j'espérais qu'il éclaterait de joie pour moi. Mais ça semble plutôt l'assommer.

– J'étais sûre de ne pas être prise, j'explique avec précipitation. J'avais même oublié que j'avais postulé. Tu m'aurais prise pour une folle si je t'avais dit que je rêvais d'aller sur Mars. Et cela ne me semblait pas essentiel que tu le saches, alors…

– Mars ? Il s'agit d'aller sur Mars ? Tu rêves vraiment de ça ?

– Oui ! Bien sûr que oui ! Tu imagines ? Mars !

Il me regarde subitement comme si j'étais une autre, et cela me fait mal.

– Je n'imagine pas trop, non, répond-il froidement en retirant sa main de la mienne.

Je reste interdite un instant.

– C'est juste la présélection, Hugo, je ne serai sans doute pas prise de toute façon, et…

Pourquoi je me justifie ? Pourquoi je minimise ? C'est quoi le problème si ce n'est que je vais devoir partir quelques semaines loin de lui ? Qui se mueront, mais peu probablement, en plusieurs mois ? Il est si accro que ça ?

– Les tests ne dureront certainement que deux mois, peut-être moins. Je reviendrai vite.

– Je ne suis pas possessif, Esther, ce n'est pas ça. Bien sûr que tu peux partir quelque temps loin de moi, il ne manquerait plus que ça. Tu es libre.

– Ah, tu me rassures.

– Mais c'est quoi le but de cette expédition sur Mars ?

Je m'apprête à lui répondre mais je n'ai même pas le temps d'ouvrir la bouche.

– Attends, laisse-moi deviner, c'est pour voir si des êtres humains pourraient y vivre ? Histoire d'y envoyer la population la plus riche tout en bousillant gaiement la planète qui restera aux autres ? D'ailleurs tiens, raconte-moi un peu combien ça coûte en énergie, l'envoi d'un vaisseau sur Mars… Combien de matériaux pourris ça nécessite ?

Je recule comme s'il avait tenté de me gifler. Jamais il ne m'a parlé sur ce ton. Il est tout à fait sérieux, pour la première fois depuis notre rencontre. Je me détourne. Le choc rend Notre-Dame vacillante, derrière la vitre. Puis je me ressaisis, lui fais face, avance mon buste vers lui et pose les coudes sur la table.

– C'est quoi, le but d'une expédition, Hugo ? C'est ça que tu veux savoir ? C'est exactement ce que se sont demandé Magellan et Christophe Colomb, j'imagine. Est-ce que les gars se sont dit : en apprendre plus sur notre environnement, découvrir d'autres contrées, agrandir le champ des possibles de l'humanité entière ? Nan, en fait, ça coûte trop cher, on va pas le faire. Est-ce qu'ils ont pensé aux dégâts matériels et humains que cela allait causer ? Oh oui, sans doute. Eux-mêmes risquaient gros, d'ailleurs. On ne sait jamais si on reviendra vivant d'une telle exploration. Est-ce qu'ils ont été critiqués avant de partir ? Par des gens comme toi ? Je n'y avais jamais songé, mais sans doute que oui. Il y a sans doute toujours eu des gens comme toi.

À son tour d'accuser le coup. Il recule, puis se rapproche un peu.

– Tu n'y es pas, Esther. Ça n'a rien à voir. L'époque n'est pas la même. La situation de la planète non plus. Tu as remarqué le temps qu'il fait dehors ? Là on est bien tranquilles dans ce café climatisé, je me dégoûte moi-même d'être là, d'ailleurs, alors que dehors il fait trente degrés. Trente degrés début mai, Esther, 30 ! En juin, il fera 40 degrés, facile. Ça fait des dizaines d'années qu'on alerte sur la situation mais rien ne change. Ils attendent quoi ? Qu'on crame ? Ah mais non, je suis bête, on se ménage une sortie de secours sur Mars, alors tout va bien, pas vrai ?

Il soupire en se laissant aller contre le dossier de sa chaise.

– Je suis désolé, vraiment, mais je trouve ça absurde. Chacun de nous devrait mettre toute son énergie à sauver la planète au lieu de chercher à la fuir, tu ne crois pas ?

– Pour moi, on peut faire les deux. Et il ne s'agit pas d'une fuite.

Il secoue la tête et perd son regard à travers la vitre. Réalise-t-il que le monument qu'il contemple n'aurait pas existé sans l'ambition teintée de folie qui caractérise l'humanité ? La flèche reconstruite il y a peu a coûté un fric fou. Fallait-il pour autant ne pas le faire ? On ne peut pas être raisonnable tout le temps. On a besoin de se déployer, dans l'espace et dans le temps, envers et contre tout.

– Excuse-moi Esther mais… j'ai besoin de réfléchir.

– Quoi ?

Il se lève et enfile sa veste.

– De toute façon, tu vas partir pendant pas mal de temps, non ? Peut-être qu'on devrait en profiter pour réfléchir…

– Réfléchir à quoi ?

– À nous deux. Ça ne rime peut-être à rien.

Il ne me laisse pas le temps de répondre et part sans se retourner.

Je reste abasourdie.

Nous deux, ça ne rimerait à rien ? Après ces deux semaines enchantées ? Mais qu'est-ce que ça veut dire ?

Est-ce un aperçu de ma vie, désormais ?

Des choses que j'aurais pu vivre, et que je ne vivrai jamais ?

Mais des choses que j'aurais pu ne pas vivre, aussi, et que je vivrai.

# 9.

Je reçois les billets d'avion quinze jours plus tard, pour un départ fin juin.

Les tests doivent se dérouler à Huntsville, en Alabama, aux États-Unis, pendant les deux mois d'été. À leur issue, seulement trois astronautes seront retenus. Ces fameux dix pour cent ne cessent de tourner dans ma tête. La proportion me laisse si peu de chances que j'hésite à abandonner. Pourquoi prendre le risque de perdre Hugo, si au final je retourne dans ma petite vie près de Paris en septembre, comme si rien ne s'était passé ? Le sacrifice est grand pour un gain si hypothétique.

Pourtant, même durant ces instants d'hésitation, ma détermination ne faiblit pas. Je n'abandonnerai pas. Au fond de moi, je meurs d'envie de tenter le coup. Et si je réussissais les tests ? Ce serait si incroyable ! Impossible de passer à côté d'une telle opportunité.

Alors, je me résigne à oublier Hugo, même si cela s'avère plus difficile que prévu. Aucun garçon ne m'avait autant plu auparavant, et je m'y suis attachée plus que je ne le croyais. Deux semaines après qu'il m'a plantée là, dans ce bistrot près de Notre-Dame, je suis déjà dans un sérieux état de manque.

Mais je tiens bon.

Et je me résigne à souffrir à en crever.

Heureusement, je suis très occupée à préparer mon départ.

Ma mère vient me rejoindre afin de m'aider, et pour me dire au revoir. Elle a pris une chambre d'hôtel avec Martin, dans Paris. Nous passons du bon temps, ensemble, dans les grands magasins ou les salons de thé, mais je surprends parfois un regard à la fois admiratif, triste et interrogateur posé sur moi.

Comme maintenant au beau milieu des Galeries Lafayette, alors qu'elle tend une robe d'été devant moi pour estimer comment elle m'irait. Elle n'a jamais su cacher ses sentiments.

– Qu'est-ce qu'il y a, maman ?

– Je réalise que tu n'auras pas beaucoup l'occasion de la porter, cette robe…

– Je ne passerai pas tout l'été dans une centrifugeuse, tu sais. Bien sûr que si, je la porterai !

– Mais pas l'été d'après. Et quant aux suivants... Je ne sais même pas combien de temps durera cette mission sur Mars !

– Il est prévu de ne passer qu'un mois sur place si ce qu'on y trouve n'est pas prometteur. Et dix-huit mois, sinon... Mais pour y aller, il en faut sept, et pareil pour en revenir. Bref, il est probable que le voyage ne dure que quinze mois.

– Quinze mois... Et avant cela, j'imagine qu'ils vont te former, n'est-ce pas ?

– Arrête d'en parler comme si j'étais déjà retenue. Ou pire, comme si on allait me mettre en prison. Papa fait pareil, vous allez me porter la poisse ! Pour l'instant, je ne prévois de partir que deux mois pendant lesquels j'aurai tout à fait le droit de m'habiller de manière féminine.

Enfin, je crois. Mais peu importe. Ne pas pouvoir porter de robe pendant l'été, c'est le cadet de mes soucis.

– Tu vois, tu es songeuse, me fait-elle remarquer.

Je replace la robe à sa place dans le rayon et fais mine d'être absorbée par des tops colorés. Je pense à Hugo. Mettre ma vie amoureuse entre parenthèses alors qu'elle démarrait à peine, ça, c'est un vrai souci, même si j'essaie de m'en défendre.

*Ding !* Un message sur mon portable. Je le sors de ma poche.

– Tiens tiens, minaude ma mère. On aurait allumé une ampoule dans ton cœur que tu n'aurais pas une autre tête !

Mince, on dirait que je tiens de ma mère pour l'incapacité à cacher mes émotions.

– Ça te ferait de la peine si on repoussait notre dîner à demain ?

Ma mère m'embrasse sur la joue.

– Ce qui me ferait de la peine, c'est que tu ne fasses pas ce qui te fait plaisir.

Elle ajoute en désignant mon portable :

– Et ça, ça a l'air de te faire très très plaisir.

★

Rendez-vous ce soir à 19 h
bv mpvwsf.

Hugo est donc moins fier que moi… Mais cela semble l'avoir tant ému qu'il a bugué, à la fin du message. Il en faut, du courage, pour faire le premier pas. Et un tel courage, ça ne se repousse pas.

Courage ou pas, j'ai juste trop envie de le voir.

Seul hic : je ne sais pas du tout où on est censés se retrouver.

Un quart d'heure plus tard, alors que je viens d'embrasser ma mère qui s'est engouffrée dans le métro, un nouveau SMS arrive :

**Pour se retrouver, il va falloir que tu fasses un petit pas en arrière.**

Pourquoi parle-t-il ainsi par énigmes ? Qu'est-ce que ça signifie ? Quand je comprends enfin, je ne peux m'empêcher de pouffer en pleine rue, juste devant chez moi. Le pas en arrière, il faut que je l'effectue dans l'alphabet. Si je prends chaque lettre qui se trouve avant celles qui composent *bv mpvwsf*, cela donne : *au Louvre.*

« Ce mec est taré », je pense avec un mélange de joie et de consternation (comment peut-on faire un truc aussi nul ?).

Pourquoi le Louvre ? Je l'ignore mais peu importe, je rentre chez moi pour prendre une douche puis enfiler la robe que vient de m'offrir ma mère. Avec une veste en cuir et des bottines, elle est parfaite.

★

Hugo m'attend là, devant le soleil déclinant quoique formidable, aux rayons reflétés par les vitres de la pyramide, sous un ciel parfaitement bleu… Et sous un parapluie rouge. Il se moque totalement des regards interrogateurs ou moqueurs des passants. Il semble n'être intéressé que par moi, qui approche en souriant. Ce garçon bizarre me plaît décidément beaucoup. Son mélange à la fois réservé et un peu fou me fait fondre. Je tente de me ressaisir avant de piquer un baiser sur sa joue: « Notre histoire est vouée à l'échec », voilà ce que je me répète. « Je pars dans quelques semaines », « Si ça se trouve, je ne reviendrai au plus tôt que dans deux ans »...

– Viens, dit-il en refermant son parapluie.

– Où ça ? Et c'est quoi ce parapluie ?

– Un parapluie ?... Ah oui ! C'était absurde, n'est-ce pas, de le laisser ouvert en attendant une pluie hypothétique, alors qu'il fait grand beau temps ?

– Eh bien, plutôt, oui.

– Ceci est une métaphore, ma chère.

– Les étudiants de la Sorbonne... dis-je en me frappant le front avec désespoir.

– Tu sais parfaitement ce qu'est une métaphore, toi aussi.

– Évidemment. Mais je n'en fais pas avec de vrais objets, et encore moins des parapluies. Et je ne l'ai pas comprise, ta métaphore.

– Il faut vraiment tout t'expliquer, ma parole. On ne se balade pas avec un parapluie ouvert quand il fait beau, tu es d'accord ? Alors pourquoi on s'empêcherait de se voir alors que c'est possible et qu'on est bien ensemble ? On ne va pas ouvrir un parapluie entre nous tant que tu n'es pas partie pour ta mission ridicule ! Ce serait absurde.

– Ma mission ridi… ?

Je secoue la tête.

– Je vais essayer d'oublier le dernier mot de cette phrase, pour l'unique raison que ta métaphore est réussie, à part ça.

– Voilà, tu es en train de comprendre.

Il pose son parapluie sur le rebord de la fontaine et passe son bras sous le mien.

– Tu le laisses là ?

– Je n'en ai plus besoin. Il sera peut-être utile à quelqu'un d'autre ? Moi, je suis avec toi, et j'ai décidé de ne plus me protéger de rien.

– Il va falloir le faire un peu quand même. Je ne suis pas un paratonnerre et je tiens à ta vie.

– Ah oui ?…

On s'engouffre sous la pyramide du Louvre. C'est un soir de nocturne, où le musée est ouvert plus longtemps. Nous nous promenons quelques minutes sans rien dire au milieu des œuvres d'art, savourant l'ambiance donnée par la nuit et les quelques musiciens présents avec leurs violoncelles ou munis d'une voix à pleurer d'émotion.

– Pourquoi ici ? J'ai bien compris ton histoire de parapluie, mais qu'est-ce qu'on est en train de faire, Hugo ? Je pars dans un mois, tu s…

Il pose son index sur ma bouche.

– Tais-toi. Je t'ai amenée ici pour deux raisons. D'abord, parce qu'on a échangé notre premier baiser dans un musée, et que donc ça y est, pour moi c'est le plus merveilleux des endroits. Même plus beau que les chutes d'Iguaçu, et Dieu sait que j'ai aimé les chutes d'Iguaçu.

Je ne retiens pas un sourire en coin, après qu'il a ôté sa main. Je sais qu'il exagère. Il préférera toujours un espace naturel à un musée fermé. Nature et culture entrent en opposition, dans son esprit.

– Ensuite, poursuit-il, parce que c'est un lieu hors du temps. Regarde autour de toi, toutes ces œuvres d'art sont figées. Depuis l'instant où elles ont été terminées par l'artiste, elles n'ont plus changé d'apparence, sauf accident. Et pourtant… elles sont toujours là. Elles ont traversé les siècles. Et celles que tu aimes le plus resteront pour toujours en toi, même si tu ne reviens jamais ici.

– Tu comptes vraiment endosser le rôle de l'intello ? Parce que moi aussi je pourrais…

– Réfléchis. Quoi qu'il arrive, ce moment qu'on vit maintenant aura existé, et on s'en souviendra toujours. Quand l'un de nous reviendra ici, il le revivra.

– C'est un brin emphatique, non ?

– Tu oses critiquer un discours aussi romantique ?

– C'est peut-être mieux quand tu ne dis rien.

Je saisis le col de sa chemise et l'embrasse sur les lèvres. Il reprend son souffle.

– Ça veut dire que tu m'acceptes là maintenant comme je suis ? Même si je te dis que ta veste en cuir est une hérésie ? Tu sais qu'un animal a été tué pour ça ? Cela va à l'encontre de tous…

– Tais-toi.

Les jours suivants, on s'interdit de parler au futur, mais mon propre avenir devient de plus en plus concret et m'accapare davantage : la date de mon départ approche, et les consignes se précisent. J'essaie de perfectionner mon anglais et je me mets au russe grâce à une appli sur mon portable. L'anglais et le russe sont les deux langues officielles des astronautes depuis la construction de la Station spatiale internationale, à laquelle les États-Unis et la Russie ont le plus contribué. Depuis que MarSpace est dans l'équation, on ne risque plus guère de se trouver confronté à des appareils aux commandes entièrement données en russe, comme c'était le cas dans la capsule Soyouz, mais cet apprentissage est resté comme une tradition. Cela permet aussi de sélectionner les candidats qui ont le plus de facilités dans le domaine des langues. Je suis également un programme sportif strict. La forme physique est l'un des critères de réussite aux tests, je le sais. J'ai toujours beaucoup pratiqué la natation, et je suis très forte en apnée. Pour m'amuser, je m'entraîne à embrasser Hugo le plus longtemps possible, sans prendre une seule goulée d'oxygène.

Je passe beaucoup de temps chez lui, car son appartement est plus grand que le mien. Je peux y mesurer son engagement écologique. Plus je prête attention aux détails, plus je réalise que cela s'approche davantage du militantisme que du simple intérêt. Il laisse traîner un peu partout, jusque dans sa salle de bains, des livres parlant de collapsologie, de théories de l'effondrement et de décroissance. Toute son énergie et toute sa réflexion sont tournées vers une seule direction : la Terre. Son obsession : comment la sauver.

– Je ne veux pas partir pour abandonner notre belle planète, tu sais, lui dis-je doucement un matin, devant un bol de café au lait. C'est tout le contraire. Explorer l'ailleurs, ça a toujours été pour…

– Tu m'as déjà expliqué tout ça. Je vais partir, moi aussi.

– Quoi ?

– Je prévois d'aller au pôle Nord. Pour rejoindre le pôle Sud.

– C'est une blague ?

– Tu crois que tu es la seule à vouloir voyager ? À te sentir investie d'une mission ?

– Mais pourquoi ? Qu'est-ce que… ?

– J'ai aussi mes petits secrets. Je suis engagé à Lungs depuis déjà quelque temps.

– Ah oui ?

Lungs (qui se traduit par « poumons ») est une ONG internationale de lutte pour l'environnement. Elle a été fondée au siècle dernier au Canada, par une poignée de militants écologistes pacifiques : des quakers, des hippies, des journalistes, des déserteurs de la guerre du Vietnam… Ils ont commencé par lutter contre les essais nucléaires américains en Alaska. La fin de ces essais a signé leur première victoire et le début de leur notoriété. Aujourd'hui, Lungs a son siège à Amsterdam, emploie plus de deux mille personnes réparties dans une trentaine de pays, est forte d'une dizaine de milliers de volontaires, de centaines de milliers d'euros de dons de ses adhérents, et son nom est mondialement connu. Je suis un peu blessée que Hugo ne m'ait pas encore parlé de son engagement. Mais je suis mal placée pour lui en vouloir.

– Une mission est en préparation pour alerter sur la situation des océans. Le départ est prévu dans plus d'un an, le temps de tout mettre en place. J'ai demandé à en faire partie.

– Aux pôles ? Tu vas sauver des bébés phoques ?

– Peut-être bien. J'y vais parce que je crois encore qu'on peut arrêter toutes ces conneries. Qu'on peut faire machine arrière. Et qu'on peut convaincre les politiques de le faire. Ne pense pas que je suis un collapsologue forcené, malgré les quelques bouquins que tu as pu voir sur ma table de nuit. Ces théories m'intéressent, mais je suis plus optimiste que ça. Je fais partie des gens qui croient qu'on peut éviter l'effondrement si on prend des mesures maintenant. De vraies mesures. Sinon, je ne me battrais pas pour que ça change. Mais toi…

– Quoi, moi ? Tu l'as dit toi-même : je t'ai déjà expliqué ! Mais pourquoi tu ne veux pas m'entendre ? Je ne m'enfuis pas ! Je n'ai pas abandonné le combat ici ! Au contraire, toutes les recherches et toutes les trouvailles qu'on fait pendant un voyage spatial sont utiles à notre vie sur Terre. Pour optimiser la vie dans un vaisseau, la recherche avance vite dans la mise en place de circuits courts de recyclage, par exemple. La vie sur Terre va bénéficier de ces recherches. Je vais devoir te répéter tout ça combien de fois ?

– Mais l'urgence n'est pas là. Pas maintenant. On doit utiliser notre force, notre énergie et l'argent, surtout l'argent, à des causes plus immédiates. Le danger est immense, Esther, tu réalises que…

– Hugo, pitié, je ne suis pas prête pour un discours anti-progrès au petit déj' !

– Anti-progrès ? Mais c'est quoi ton idée du progrès ? Et surtout, où est-ce que tu le vois ?

– Arrête avec tes leçons de morale. Ah, ça te va bien de jouer au mec parfait. Et ton bateau qui va aller de pôle en pôle, il va avancer comment ? Tu vas souffler dessus pour qu'il avance, peut-être ? Est-ce qu'il ne va pas consommer des tonnes de fioul ? Elle est belle, l'écologie moraliste…

– Tu veux qu'on compare avec ce que va consommer ta jolie petite fusée ? Vraiment, Esther, tu oses me dire ça à moi ?

– Je t'en prie, arrête, dis-je plus doucement.

La réalité nous apparaît crûment : on ne peut pas vivre éternellement au présent, quand on sait qu'il sera bouleversé. Je me lève sans rien dire mais il m'attrape par la main, se lève à son tour et me prend dans ses bras. Je me dégage de son étreinte, juste pour l'inverser. Il n'est pas beaucoup plus grand que moi, aussi il m'est facile de l'enlacer par les épaules, comme il a l'habitude de le faire avec moi. Contre toute attente, il se blottit dans mes bras et y prend de longues inspirations.

– Tu dégages une force incroyable, murmure-t-il. Le plus dur, c'est de savoir que je ne te ferai pas changer d'avis.

– Alors fais comme moi : n'essaie pas. Nos choix divergent, mais une chose est sûre, on est bien ensemble… Non ?

– Oui. Je suis bien avec toi. Comme je ne l'ai jamais été.

– Ça veut dire qu'il y a quelque chose entre nous. Quelque chose de fort. Si on essayait juste de garder ça ?

Il se serre davantage contre moi.

Dans deux jours, je partirai. Sans rien promettre à Hugo, comme lui ne me promettra rien.

PARTIE 2

# SWEET HOME ALABAMA

*« Mais les étoiles ne sont pas seulement belles, elles vivent et respirent comme les arbres de la forêt. »*

Haruki Murakami, romancier

# 10.

– Impressionnant ! souffle une grande brune face à l'immense reproduction de la fusée Saturn V suspendue au plafond du hall.

Elle et moi faisons partie des trente candidats réunis au space camp de Huntsville, en Alabama, en ce début juillet. Alabama… Je ne cesse de chanter dans ma tête les paroles de la célèbre chanson, depuis que je suis arrivée ici :

*Sweet home Alabama*

*Where the skies are so blue…*

Qu'est-ce qui nous attend sous ces cieux si bleus ?

Nous venons des quatre coins du monde.

Nous avons tous et toutes moins de 25 ans.

Nous mesurons tous et toutes moins de 1,91 mètre (pour ne pas tenir trop de place dans une capsule).

Et nous sommes tous et toutes dotés de gros cerveaux dans des corps en grande forme physique. Des petits génies qui ont sauté une ou deux classes ont même 20 ans à tout casser. Beaucoup possèdent un diplôme d'ingénieur. Pour ma part, j'ai bouclé ma cinquième année de fac en juin. Je m'imaginais, en cette période, être en quête d'un premier job, et finalement, il me sera peut-être servi sur un plateau. Un plateau très, très haut placé.

Mais rien de moins sûr, puisque sur nous trente, seuls trois seront retenus pour la mission Hyperion. Dans deux mois, je devrai peut-être réellement chercher du travail.

En attendant, mon cœur bondit de reconnaissance en entendant la grande brune parler ma langue maternelle.

– Tu es française, toi aussi ?

La fille me lance un regard vipérin.

– Oui. Et ça fait de nous deux des rivales farouches.

– Quoi ?

– Je n'ai aucune envie d'être désagréable avec toi, m'explique-t-elle avec une mauvaise volonté évidente, mais ils ne risquent pas de choisir deux Françaises. Ils vont déjà devoir faire un choix cornélien pour que les agences spatiales américaine, canadienne, russe, japonaise ou européenne ne soient pas trop mécontentes, vu que ce sont elles qui ont le plus contribué financièrement, alors… Qu'on soit allemand, espagnol, italien, français ou que sais-je, on n'est même pas sûr qu'un seul d'entre nous sera choisi.

– J'en suis consciente. Est-ce que ça nous empêche de nous soutenir un peu ?

– Désolée, mais on n'a que deux mois pour faire nos preuves. Je suis là pour ça, pas pour me faire des amis. Je n'ai rien contre toi, mais je préfère me concentrer sur mon objectif : être la meilleure. Ils ne garderont que les meilleurs.

Elle se détourne pour faire mine d'admirer la fusée.

C'est ici, à Huntsville, dans le sud-est des États-Unis, qu'ont été développées les fusées qui ont envoyé des êtres humains sur la Lune. C'est là aussi que se trouvent le centre de vol spatial Marshall, ainsi que le plus grand musée mondial dédié aux vols spatiaux. Et c'est par ce musée que commence la visite du centre, avant même qu'on nous ait montré nos chambres.

– C'est un peu vexant d'être hébergés dans un space camp, grommelle un garçon en anglais. C'est pour les gosses, normalement.

– C'est normal, répond une fille avec un fort accent canadien. Seuls les astronautes sont admis à l'entraînement au centre de vol spatial. Ce n'est pas loin, mais on n'est pas encore astronautes.

Un silence lourd s'installe dans le groupe. La pression est palpable, et on ne sait toujours pas à quelle sauce on sera mangés. Des petites phrases balancées de-ci, de-là fabriquent les rumeurs.

« Il paraît qu'ils ne font plus le test de la centrifugeuse ou ce genre de torture physique », « C'est davantage des tests psychologiques », « Il y a des tests médicaux pas du tout agréables », « On m'a dit qu'on était filmés tout le temps, même dans nos chambres, pour mieux nous connaître »... J'écoute en faisant le tri. Je tente de me persuader que la dernière rumeur est fausse. On ne postule pas à un jeu de télé-réalité, mais à un programme spatial... Que croire cependant quand ce programme est cofinancé par un multi-milliardaire excentrique comme Mark Row, qui adore ça ? Est-ce qu'il ne trouverait pas drôle de nous filmer pour nous évaluer et pouvoir ensuite monnayer les images des astronautes retenus aux grands médias ? La rumeur, sans que je m'en rende compte, s'infuse en moi insidieusement. Je ne me sentirai pas sereine une fois dans ma chambre, et cela ajoutera au stress. C'est une très mauvaise chose pour mon mental !

– Direction les dortoirs, nous annonce notre guide, un homme trapu aux traits indo-américains.

J'espérais des chambres de deux, au maximum.

Mais ce sont des dortoirs de six. Cela fait certainement partie du test. Dans une navette spatiale, il faut s'habituer à vivre étroitement avec le reste de l'équipage. Nos interactions et notre capacité à vivre ensemble dans un petit espace seront aussi évaluées.

Nos valises ont été entreposées là pendant que nous traversions le musée. Je n'ose pas transporter la mienne dans une autre pièce que là où elle a été déposée. Aucune de nous ne l'ose, par crainte d'être mal jugée. J'aurais pourtant préféré être avec l'Espagnole au rire franc ou avec cette Roumaine aux yeux pétillants, ou encore avec la Canadienne qui rougit dès qu'on lui parle, mais comme par un mauvais hasard, aucune d'elles ne se trouve avec moi, suite à cette distribution arbitraire de nos bagages.

Je vais devoir passer deux mois en étroite compagnie de la Française-porte-de-prison (elle me lâche son prénom par pure convenance : Émilie), d'une Italienne à qui il semble qu'on n'a jamais appris à sourire, d'une fille au teint mat qui me regarde avec plus d'animosité encore qu'Émilie, d'une Russe baraquée qui toise tout le monde avec arrogance de son bon mètre quatre-vingt-dix, et d'une splendide Américaine qui aurait pu tout aussi bien postuler pour Miss Monde, et qui semble surtout en être très consciente. À côté de ces cinq spécimens de filles, je me sens soit fade, soit insignifiante, soit un élément gênant à écrabouiller dès que possible. Ces deux mois vont être très, très longs.

Je prends une grande inspiration, je regarde par la fenêtre le ciel si bleu d'Alabama, et je rassemble tout mon courage pour tenir le coup.

# 11.

Dès le lendemain, commence un programme intense.

Nous passons la première quinzaine devant un ordinateur : des séquences de tests de trois quarts d'heure entrecoupées de pauses de quinze minutes, de 9 heures à 17 heures. Calcul mental ; logique ; mémoire visuelle ; connaissances techniques en électricité, motorisation, physique, outillage ; concentration ; maîtrise de l'anglais ; exercices de mesure ; tests d'aptitude linguistique…

La deuxième moitié du mois de juillet, nous alternons visites chez le psychologue et avec l'équipe médicale. Notre acuité visuelle est mesurée, mais aussi nos aptitudes cognitives, mentales et sociales. Nous ne devons bien sûr être atteints d'aucune maladie, ne présenter aucune addiction aux drogues, à l'alcool ou au tabac, et ne souffrir d'aucun trouble psychiatrique. On nous fait faire des jeux de rôle pour évaluer notre façon d'interagir avec les autres, nos ambitions personnelles, ou notre aptitude à parler aux médias.

Toutes ces évaluations écrites et orales peuvent parfois paraître totalement absurdes, mais elles mesurent des compétences propres à un séjour long dans l'espace. On ne cesse de nous répéter qu'il n'y a pas de réponse meilleure qu'une autre, mais des façons de raisonner davantage recherchées. La phrase qui revient le plus souvent, c'est : « Un astronaute doit se focaliser tout de suite sur la solution, et pas sur le problème. » On voit immédiatement celui ou celle qui se perd dans le stress, contrairement à celles et ceux qui réfléchissent avec sang-froid.

Durant nos rares moments de liberté, deux camps se forment. Les solitaires poursuivent les exercices physiques imposés, ou bien se plongent dans des livres de science. Les autres font connaissance. Tous les scientifiques ne sont pas des *nerds* introvertis ! Moi la première. De plus, dans de telles circonstances, exilée, loin de tous ceux que j'aime, et dans cette atmosphère de compétition et d'évaluation permanente, j'ai besoin d'aller à la recherche d'humanité.

Très vite, je me trouve à l'aise dans un petit groupe qui ne peut pas remplacer Morgane, Farid et Stephen, mais qui me permet de ressentir un peu d'amitié et de chaleur.

On prend l'habitude de se retrouver pour discuter sur l'une des pelouses si bien entretenues du camp, ou bien à la cafétéria. Avec eux, je réussis à être moi-même et à plaisanter, ce qui se révèle tout à fait impossible dans mon dortoir aussi accueillant qu'un camion frigorifique, où les filles se couchent à la fin de la journée et ronflent sans avoir échangé un seul mot.

Une première sélection a lieu à la fin du mois de juillet, sans qu'on en ait été prévenus auparavant. On apprend de but en blanc que 50 % d'entre nous seront éliminés. C'est la stupéfaction parmi nos rangs. Depuis le début on nous explique que c'est surtout le résultat des visites médicales qui sera décisif, mais on ne pensait pas que ça le serait si tôt.

Nous nous croyons tous en excellente santé, mais une personne qui pourrait vivre centenaire sur Terre peut tomber très vite malade dans l'espace, à cause de faiblesses indétectables avec des examens ordinaires, au niveau cardiovasculaire, des artères, du cœur ou de la rétine.

– Tapez 1 pour éliminer Machine, 2 pour garder Truc avec nous, lance quelqu'un au réfectoire, le jour des résultats de ces « demi-finales » imprévues.

Je souris mais je n'en mène pas large. Peut-être est-ce déjà la fin de l'aventure pour moi… Les résultats seront donnés en ligne, sur la même plateforme que celle sur laquelle nous avons dû nous inscrire aux tests. Émilie arbore une assurance insolente depuis le début, avec la certitude apparente d'être retenue. Certains candidats, comme elle, pensent que dissimuler son stress, et paraître fort et sûr de soi en toutes circonstances, peut être évalué positivement. Ils s'imaginent aussi que leur foi en eux pourra déteindre sur les évaluateurs. La NASA et MarSpace cherchent-ils plutôt des êtres humains, ou bien des robots? Chacun de nous se pose plus ou moins la question, et hésite sur l'attitude à adopter. Je n'ai jamais su maquiller mes sentiments, je le sais, je suis comme ma mère sur ce point, si bien que je ne fais même pas d'efforts, ni dans un sens ni dans l'autre. Ils me prendront comme je suis. Ou bien ils ne me prendront pas.

De toute façon, tout est joué.

Je dois sortir pour bouger. J'espère que mon léger syndrome d'hyperactivité n'aura pas joué en ma défaveur. Quand je stresse, je dois bouger pour décharger mon angoisse: considèrent-ils que ça pourrait être un inconvénient dans l'espace réduit d'une capsule? Tout en me sentant toujours observée et évaluée, comme durant le mois qui vient de s'écouler, je marche le long des bâtiments et des grandes pelouses. J'échange des SMS avec Morgane, Stephen et Farid. Ils n'en reviennent toujours pas de ce qui m'arrive.

**MORGANE** : J'ai toujours senti que tu avais un destin extraordinaire.

**MOI** : Je vais peut-être être éjectée dans quelques instants, je te ferais dire.

**FARID** : Tu rigoles ou quoi ? Personne ne t'a jamais éjectée, ça ne va pas commencer maintenant.

**MOI** : Tu es loin de connaître toute ma vie privée !

**STEPHEN** : S'ils te virent, je casse la gueule à Mark Row, moi !

Des cris me parviennent. De joie, et de déception. Les résultats sont tombés.

**MOI** : Croisez les doigts pour moi, les amis.

Je me connecte fébrilement à l'application. Je relis plusieurs fois pour être sûre de ne pas me tromper. De ne pas mal interpréter. Est-ce bien vrai ?

« Esther Gaudart… *accepted* »

Acceptée ? *Really* ? Enfin, vraiment ?

– Youhou !!

**MOI** : L'aventure continue, guys !

J'informe mes parents avec le même enthousiasme, mais j'évite de contacter Hugo. Nous nous sommes très peu écrit ou parlé depuis mon arrivée ici. Non seulement je suis très occupée, mais en plus j'ai peur qu'il me déconcentre ou me déstabilise. Peut-être ne comprendra-t-il pas ma froideur, mais être ici décuple ma détermination à vouloir partir dans l'espace. Rien ne doit me détourner de ce projet. Même pas lui.

En me dirigeant vers les dortoirs, je croise Émilie avec sa valise, qui évite mon regard et me bouscule sans s'écarter du chemin. Elle a les yeux rouges.

Nous ne sommes plus que quinze en lice.

★

Le deuxième mois s'annonce très différent. Les tests médicaux se font plus rares. Ce qui est surtout évalué, désormais, c'est notre comportement en situation réelle.

Le but : nous apprendre à gérer la rentrée dans l'atmosphère au retour d'une mission spatiale. Il faut d'abord savoir se changer dans l'espace très réduit d'une capsule MarSpace. Je n'ose pas imaginer comment cela devait être dans les minuscules capsules Soyouz ! Dans la réplique d'une vraie capsule, nous nous entraînons à ôter notre combinaison pressurisée pour passer des vêtements de protection thermique, ainsi qu'une combinaison étanche pour le cas où on atterrirait dans l'eau, au retour.

Le module de descente peut en effet se poser dans des environnements très hostiles. Pour nous préparer, les évaluateurs nous apprennent que des stages de survie ont été organisés… en situation réelle, bien évidemment ! Aucun simulateur ne peut permettre de savoir comment nous réagirons réellement.

Dans quelques jours, nous serons lâchés en petits groupes dans le désert, en pleine mer, dans une forêt enneigée, dans une grotte profonde, en milieu tropical ou sur un glacier. Cela peut être dans la jungle du Panamá, à Lanzarote dans les îles Canaries, dans le réseau souterrain de Sa Grutta en Sardaigne, ou en pleine cordillère des Andes.

Résolution de conflit, prise de décision dans un environnement extrême… Nous serons évalués sur tout cela, et en plus du stress de devoir affronter des situations problématiques s'ajoute l'autosurveillance que nous nous imposons pour être les meilleurs.

Au moins ne nous fait-on pas subir l'expérience atroce qu'ont vécue trois Russes en 1967 : isolés du monde pendant un an, sous l'œil perpétuel des caméras, dans une cellule d'à peine 12 mètres carrés. Le challenge était de recycler les déchets organiques issus de la consommation des ressources (oxygène, eau et aliments) et de se passer de tout ravitaillement extérieur. En réalité, seul l'acide carbonique était évacué, pas le méthane ni les excréments, et la pièce n'a jamais été aérée. On imagine à quel point l'atmosphère devait être irrespirable… Mais surtout, surtout, les trois hommes ont dit ressentir des périodes d'aversion terrible, de la haine aveugle, du dégoût physique, et même des envies de meurtre…

Heureusement, nos conditions ne seront pas si affreuses et désespérantes ! Elles seront extrêmes dans un sens plus aventureux, ce qui me convient très bien.

Le jour du départ pour je ne sais où est arrivé. Une fois dans l'avion, on nous apprend, à moi et à mes trois camarades de survie, que nous nous dirigeons vers l'Utah. Objectif : la grotte de Nutty Putty, connue pour la mort d'un spéléologue coincé la tête en bas dans une cavité si étroite qu'on n'a pu l'en déloger. Nous raconter ce genre de « petites » histoires l'air de rien fait sans doute partie du test de nos capacités nerveuses…

Après plusieurs heures d'avion, puis d'hélicoptère, d'hélitreuillage et enfin de descente le long d'une corde, nous sommes abandonnés en plein cœur de cette grotte peu engageante.

J'aurais aimé être en compagnie de mes nouveaux amis, mais seul l'un d'eux n'a pas été éliminé, et on ne choisit pas ses coéquipiers. Mon groupe est constitué d'une fille et un garçon avec qui je m'entends très bien et d'un Américain prénommé Jason, qui me fait tout de suite penser à Émilie la Française. Pas de bol.

Notre mission : survivre et remonter à la surface avec le minimum de vivres et de matériel.

Jason plaque en permanence un sourire sur son visage de beau gosse, pour être évalué comme un bon camarade, mais ses yeux sont parcourus d'ombres noires par intermittence. Lorsque son regard chargé d'orages croise le mien, bien trop souvent à mon goût, c'est comme si mon âme se glaçait d'un coup. Je me fais peut-être des idées, et peut-être est-ce une réaction courante en situation de survie, mais parfois il me semble qu'il ne serre pas assez un nœud de la cordée, ou qu'il utilise sciemment un mousqueton défectueux en lieu et place de celui censé me soutenir…

J'ai vraiment failli mourir, le jour du mousqueton défectueux. Ce dernier ne fermait pas et s'est détaché de l'anneau métallique fiché dans la roche. J'ai dégringolé de cinq mètres avant de réussir à me récupérer par miracle en agrippant une avancée saillante. Sinon, je tombais dans un vide de plusieurs centaines de mètres, où j'aurais rebondi plusieurs fois contre les parois escarpées telle une boule de flipper lancée à haute vitesse. Je n'aurais eu aucune chance d'en réchapper, sans compter qu'il aurait été très difficile de me rejoindre pour me sauver. J'ai réussi à me hisser jusqu'à l'anneau pour y fixer l'un de mes mousquetons. Lorsque je suis parvenue au plateau supérieur, où j'ai enfin pu m'affaler pour reprendre mon souffle, Jason m'a lancé un de ses regards ambigus, entre haine et mépris.

C'est sans doute mon esprit qui me joue des tours, car nous sommes entre jeunes gens civilisés, intelligents et triés sur le volet. Un aussi mauvais esprit aurait-il pu passer entre les mailles du filet de cette sélection drastique ?

Je ne peux pas le croire, et je ne le peux toujours pas, même lorsque l'autre garçon me glisse à l'oreille, pendant l'un de nos pique-niques spéléologiques, que Jason est le fils de Michael Whitaker, le président-directeur général de la plus grande firme d'extraction pétrolière et minière des États-Unis, et que ce dernier est très ami avec Mark Row.

– La rumeur dit que s'il est parmi nous, ce n'est pas pour ses capacités…

De quoi voir Jason autrement. D'un autre côté, s'il est si soutenu et pistonné, il n'a besoin d'éliminer personne, et n'a aucune raison de ressentir de l'antipathie envers moi. J'essaie donc de ne pas en éprouver à son égard, pour ne pas donner de prise à ce mépris, qu'il soit imaginaire ou réel. Mais cela s'avère très difficile. Est-ce à force de l'entendre déblatérer sur ses succès scolaires ou sportifs à Harvard, ou bien sur ses innombrables conquêtes amoureuses, ou encore sur le destin hors norme qui l'attend sans aucun doute? C'est bien possible… De fait, une semaine après notre arrivée au fond de cette grotte, je me retiens de ne pas lui sauter à la gorge afin qu'il cesse de s'autoglorifier en permanence. Ma résistance nerveuse est soumise à rude épreuve.

Et soudain, enfin, la lumière apparaît au-dessus de nous. J'en ressens une joie intense et une forme de regret. J'ai aimé la beauté calme et inquiétante de ces souterrains.

Le jour n'a jamais autant d'intensité qu'après un séjour prolongé dans la nuit.

Peut-être ai-je besoin de ces contrastes puissants pour me sentir vivante.

Et puis je suis soulagée de ne plus avoir à supporter la présence dérangeante de Jason. J'espère que MarSpace et la NASA sauront choisir des personnalités compatibles pour ce long voyage sur Mars. J'ai pu avoir un minuscule aperçu de ce que cela peut être de vivre étroitement avec quelqu'un qui vous révulse, et le discours des Russes concernant l'expérience de 1967, lorsqu'ils ont avoué avoir eu réellement envie de tuer leurs collègues, a pris une réalité assez terrifiante.

Les jours restants sont presque ennuyeux en comparaison de ce stage de survie que j'ai adoré pour ses défis et son caractère inédit. Je n'avais jamais fait de spéléologie, et je sais déjà que j'en referai. C'est merveilleux de découvrir un autre monde, au sein même de celui où nous vivons. Ce monde sous nos pieds est aussi fascinant que celui au-dessus de nos têtes.

★

Les tests et les jeux de rôle reprennent. J'ai plus de temps libre pour communiquer avec mes amis, mes parents, et un peu avec Hugo. Mais je reste distante. Je m'emploie à me détacher de lui.

Mon espoir d'être choisie a pris de la force. Et c'est presque instinctivement que je fais en sorte que lui aussi se détache de moi au cas où je serais sélectionnée. Par instants rares et brefs, je me prends à penser à ce qui se passerait si j'échouais. Si je n'étais pas retenue. Je pourrais aller retrouver Hugo pour lui crier : « Surprise ! Je suis une fille normale et au destin normal, finalement ! On peut s'aimer ! » Mais l'instant d'après l'angoisse me serre la gorge : quoi, je ne serais pas l'une des premières humaines à mettre le pied sur Mars ? Impossible.

Il faut que je sois choisie. Quels que soient les sacrifices.

Demain, le verdict sera rendu. Trois d'entre nous ont abandonné, suite aux stages de survie : accidents, crises de nerfs, prises de conscience de sa propre faiblesse…

Nous sommes donc désormais douze, et demain il n'en restera que trois.

Ce soir, je m'endors en pensant à Chloé, dans le dortoir où nous ne sommes plus que deux (l'autre, c'est la Russe baraquée). Chloé est toujours présente à mon esprit dans les moments clés de mon existence. Ma petite Chloé devenue grande par le simple pouvoir de mon imagination. Chloé, si tu savais… Tu as vu où je suis ? Si proche de mon rêve. Et si proche du tien…

# 12.

L'atmosphère de l'auditorium du space camp est électrique. La fébrilité des douze candidats restants, moi y compris, la fait vibrer comme si elle était composée de centaines de cordes – retentissant sur ma harpe intérieure, toujours bien présente.

Il y a deux mois, nous étions exactement au même endroit, un peu perdus, à peine débarqués de nos contrées souvent très reculées, puis nous avons vu nos camarades (ou nos rivaux) abandonner ou être éliminés et, dans quelques minutes, nous saurons enfin qui sera sélectionné.

En deux mois, chacun s'est fait une opinion sur les autres. Fausse, peut-être. Fausse, sans doute. Pour ma part, j'ai repéré trois gagnants potentiels parmi ceux qui ont le plus d'assurance. Jason en fait partie. J'ai beau avoir souvent vu, au cours de mes études, des étudiants effacés damer le pion brillamment à tout le monde, je reste scotchée par les personnes au menton haut, au sourire franc, au regard droit. « Une attitude de winner révèle forcément un winner ! » me chuchote mon inconscient de façon incorrigible. C'est stupide, mais cela fait fondre mon assurance comme neige au soleil au fur et à mesure que les minutes s'égrènent.

L'ensemble des aspirants astronautes se redressent et cessent de respirer : Mark Row vient d'apparaître sur la scène. Row est célèbre dans le monde entier, d'abord parce qu'il est richissime, mais aussi parce qu'il utilise sa fortune pour financer sa passion : le progrès technologique. Voiture volante, domotique intelligente, androïdes… Il aimerait que la vie devienne un roman de science-fiction. Ce n'est pas moi qui m'en moquerais. Même si certains de ses projets paraissent totalement saugrenus, voire ridicules, c'est grâce à de tels rêveurs que nos plus grandes avancées technologiques et scientifiques ont pu voir le jour. Je me compte moi-même parmi les rêveuses de ce monde. Le destin me dira si je suis une petite ou une grande rêveuse.

Mark Row a ce petit sourire de qui détient un secret. Malgré ses 50 ans bien tassés, et malgré la solennité qu'on attend de ce moment, il est habillé et coiffé comme un jeune homme : baskets, jean, tee-shirt noir. Sa décontraction n'est pas un mal, après tout : elle brise l'aspect solennel du moment.

J'aimerais déjà être dans une heure, dehors, respirer, savoir, poursuivre ma vie en connaissant sa direction, quelle qu'elle soit. Et, surtout, son sens. Mais je patiente en cachant ma nervosité.

Row se poste devant le micro, avec un sourire à la fois charmeur et carnassier.

– Tout d'abord (il fait une pause, laissant sa voix résonner en nous, s'en délectant lui-même), tout d'abord j'aimerais vous féliciter, tous et toutes.

Son sourire s'élargit. Il goûte la tension électrique de la pièce. Il apprécie que chacun soit suspendu à ses lèvres. Je réalise que mon pouce droit est en sang : j'ai trituré la peau autour de l'ongle jusqu'à en arracher un morceau. Si je vais dans l'espace, je devrai faire attention à cette tendance à l'autocannibalisme. Je ricane bêtement à cette idée. On me jette des regards en coin.

– Sachez que vous êtes tous et toutes méritants. Être arrivés jusqu'ici est déjà une belle preuve de votre valeur. De plus, si vous n'êtes pas retenus aujourd'hui, vous le serez peut-être à la prochaine session de recrutement. Si tout se passe bien, nous aurons besoin de nombreux astronautes dans les années à venir. Nous aurons besoin de vous, quoi qu'il arrive aujourd'hui.

Allez, grouille-toi, nom d'un chien. Tu vas les cracher, ces trois noms ?

– Le choix a été vraiment très difficile, je peux vous l'assurer…

Et bla et bla et bla… Une odeur aigre de sueur commence à envahir l'auditorium. Le stress est à son comble.

– Les « élus » devront encore être formés pendant plusieurs mois avant de rejoindre l'équipe d'astronautes chevronnés qui auront pour mission d'achever leur formation dans l'espace. Qui eût cru qu'« apprendre sur le tas » pouvait aussi s'appliquer aux astronautes ?

Quelques rires nerveux.

– Trêve de plaisanterie.

Oui, ce serait pas mal…

Il sort de sa poche un bristol rectangulaire, comme à une cérémonie de remise des prix.

– Les trois noms sont inscrits ici. Ils entreront dans l'histoire. Mais vous en êtes conscients, bien sûr.

Mais vas-y, lis-les ces noms, bon sang !

Il s'accorde un silence étudié. Ce type a certainement loupé sa vocation d'animateur télé. Il aurait adoré annoncer les lauréats aux Oscars, ou ce genre de choses.

– Jason Whitaker ! tonne-t-il soudain, au point que j'en sursaute.

Jason se lève comme s'il était assis sur un ressort. J'étais certaine qu'il serait choisi, mais ça ne m'empêche pas d'être dépitée. S'il est l'étalon de l'état d'esprit recherché chez les néo-astronautes, c'est mort non seulement pour moi, mais aussi pour tous les candidats ici présents qui ont ma sympathie. Certains se lancent des regards consternés. Je n'écoute même plus, alors que vient le deuxième nom. Un nom russe, c'est tout ce que j'arrive à discerner. Je suis écrasée par la déception aussi sûrement que si un trente-six tonnes m'était passé sur le corps.

Les deux premiers « élus » (quelle expression stupide ! Mark Row se croit dans *Matrix* ?) se positionnent sur la scène, aux côtés du milliardaire. Mes oreilles bourdonnent. J'entends quelque chose comme « é-è-o-a ». Mon voisin me pousse du coude.

– Esther Gaudart !

Quoi ?

– Esther Gaudart est là ?

Moi ?

– Oui ?

– Esther Gaudart ?

– Oui ? Oui ! Oui, je suis là !

Je rejoins les deux autres dans un état second, avec le cœur qui bat à mille à l'heure.

Je suis vraiment retenue ?

Je ne rêve pas ?

L'extraordinaire vient d'entrer dans ma vie.

C'est vrai de vrai ?

Je viens d'entrer dans l'histoire, quoi qu'il se passe…

*Alea jacta est.*

Après un an de formation, je partirai pour Mars.

Je-partirai-pour-Mars.

MARS.

PARTIE 3

# DÉPARTS

*« Si on vous offre une place sur une fusée, ne demandez pas quelle place. Montez simplement. »*

Christa McAuliffe, astronaute

# 13.

# UN AN PLUS TARD

7 septembre

**AU MILIEU DE L'OCÉAN ATLANTIQUE**

Ma très, très chère Esther,

Tu me manques déjà…
Tu as donc vraiment cru pouvoir faire une croix sur nous deux, durant tout ce temps? Pendant tes deux mois à Huntsville, ton silence m'a fait mal mais je le pensais nécessaire pour que tu puisses te concentrer. Lorsqu'il s'est poursuivi, en revanche, j'ai abdiqué. Je me suis dit que tu avais rencontré quelqu'un. Et j'ai essayé de me faire une raison. C'était très difficile, mais j'ai essayé. Dire qu'en réalité

c'était pour « me protéger » ! Tu savais que tu serais trop occupée pendant les mois à venir, trop pour me consacrer du temps, et qu'ensuite tu partirais. Tu n'as pas voulu m'entraîner dans une relation si frustrante, si « décevante », as-tu dit. Frustrante, sans doute, mais décevante, jamais. T'aimer ne peut pas être décevant... Heureusement que tu as fini par me recontacter avant de partir !
Je t'écris de la cabine que je vais occuper pendant plusieurs mois, tout en luttant contre un léger mal de mer. Il va bien falloir que je m'adapte au roulis persistant. J'adorais le jeu du tonneau roulant dans le parc où j'allais enfant, je n'ai qu'à me convaincre que c'est pareil. Tu sais mieux que moi combien le mental peut faire des miracles, enfin j'imagine qu'on t'a appris ça pendant toute ton année de formation. Je n'ai qu'à être aussi fort que toi, voilà tout ! (Comme si c'était facile, toi qui es si forte.)
J'ai envie de ne parler que de nous, que de toi (ta peau, ton odeur, ton rire), mais je vais essayer d'être quand même un tout petit peu factuel pour que tu te rendes compte de mon quotidien. Par exemple, aujourd'hui, comme tu le sais, c'était le jour du grand départ. L'expédition Save the Oceans suivra le même trajet que celui effectué il y a quelques années par l'*Ahora* (qui signifie « maintenant », en espagnol). Escales prévues : Arctique, Lost City, mer

des Sargasses, récif de l'Amazone, sud-ouest de l'océan Atlantique, Antarctique.

J'essaie de ne pas penser à quel point il est nécessaire de refaire une telle expédition, avec les mêmes actions chocs pour tenter de changer les choses. La première expédition aurait dû suffire. «Il faut imaginer Sisyphe heureux», a écrit Camus un jour d'optimisme absurde, ou d'absurdité optimiste, va savoir… Il n'avait sans doute pas envisagé que le rocher de Sisyphe finirait par détruire la planète à force de retomber.

C'est ainsi pourtant, on remonte de nouveau le rocher. L'*Ahora* fraîchement rénové est parti de Londres, et m'a récupéré au large du Finistère. Hors de question de prendre l'avion pour Londres, bien entendu. Empreinte carbone trop appuyée.

Plus le hors-bord approchait du navire à la coque verte, de plus de 70 mètres de long, plus mon excitation grandissait. L'aventure était là, sur ce pont. Une fois embarqué, j'ai fait un tour complet sur moi-même pour apprécier l'ambiance, le lieu, pour dire: «Hello, *Ahora*, c'est moi, Hugo, merci de m'accueillir à ton bord.»

J'ai salué l'équipage, formé du capitaine, de trois matelots et du bosco, le maître d'équipage. Puis je me suis présenté à l'opérateur radio, au chef ingénieur et à ses seconds.

Je n'ai pas oublié le chef cuisinier et son assistant. Il est important d'en être bien vu, pour un voyage aussi long!

Et enfin, j'ai passé du temps avec l'équipe de campagne qui mène le projet, et dont je suis censé être le sous-chef. Le chef de campagne océans se nomme Sébastien Parlier. Je l'admire pas mal. Ça fait quinze ans qu'il est à Lungs et j'espère en apprendre beaucoup auprès de lui. Il y a aussi cinq scientifiques de l'Observatoire Pelagis du CNRS, qui nous accompagnent. Ils sont chargés d'observer les populations de mammifères et oiseaux marins. Leur mission m'intéresse au plus haut point. J'ai tellement envie de voir le monde et ses beautés vives !

Je ne rencontrerai ceux qu'on appelle « les invités » que plus tard. Je ne suis pas pressé... Pour assurer la médiatisation de l'expédition, des personnalités, des influenceurs, des photographes et des vidéastes embarqueront à tour de rôle. Il y aura toujours avec nous une star du monde du cinéma ou de la musique, chargée de démocratiser la sensibilisation écologique à laquelle on travaille. C'est triste d'avoir besoin de cela pour faire comprendre à quel point notre mission est importante. L'aura suscitée par ce genre de personnes sur le bateau me dérange à l'avance. Leurs motivations sont forcément troubles, entre autopromotion et militantisme véritable. Je suis bien décidé à les éviter de la façon la plus diplomate possible.

Ma préoccupation première pour le moment est de regarder le rivage s'éloigner, sentir la brise sur ma peau et humer l'air marin. J'ai le sentiment de respirer mieux après une longue apnée... Qui a débuté quand tu es repartie pour les États-Unis, Esther, il y a quelques jours de cela.
Je n'arrête pas de revivre en boucle nos retrouvailles.
Est-ce une chance ou une malédiction qu'on soit retombés dans les bras l'un de l'autre, avant ton départ en avion pour la Floride, durant ton séjour en France ? Ne te méprends surtout pas, j'ai trouvé cela merveilleux. C'était si doux, si beau, si grand, si intense. Merci, Esther. MERCI. Ta peau m'a fait renaître. Mais elle me manque tellement, désormais, alors que j'avais plus ou moins réussi à m'en sevrer durant les longs mois précédents... La lueur taquine dans tes yeux, ta voix un peu rauque, ta façon de te mordiller la lèvre inférieure quand tu cherches un mot... C'est si difficile que tout cela parte aussi loin de moi. Même s'il est vrai que moi aussi je pars, j'ai le sentiment de faire du surplace comparé à toi, qui t'en vas dans une semaine. Et qui t'en vas aussi loin. Si loin !
Je suis mortifié à l'idée de ne pas pouvoir t'accompagner durant ces quelques jours avant ton grand départ, puisque je suis déjà parti de mon côté. Je me console en me disant que ç'aurait été de toute façon au-dessus de mes forces. Et peut-

être même t'aurais-je gêné pendant les préparatifs. Et puis quelle légitimité aurais-je eu d'être là-bas auprès de toi ? Qui sommes-nous l'un pour l'autre, officiellement, sinon deux êtres aimantés l'un par l'autre comme le sont deux planètes entre elles ?

Est-ce notre destin de se retrouver toujours, Esther, pour toujours se quitter ensuite ? Que nous réservent nos vies chaotiques dans un monde qui ne l'est pas moins ? Tu me manques tant que j'espère sincèrement qu'une sorte de fatalité nous rapprochera encore, dans pas trop longtemps.

Qu'est-ce que cela veut dire, longtemps ?

Cette notion n'est plus la même avec toi.

Tu pars si loin...

Je t'aime, mon étoile...

Hugo

# 14.

# CAP CANAVERAL

**Esther Gaudart, bonjour et merci de prendre le temps de répondre à nos questions, je sais que vous êtes très occupée. Vous allez vous envoler pour Mars dans quelques heures. Pouvez-vous nous expliquer comment doit se dérouler le décollage afin de pouvoir atteindre Mars ?**

Eh bien, pour atteindre la planète rouge, qui fait partie du système solaire interne, il faut partir dans la même direction que celle que la Terre suit sur son orbite. Et le meilleur moment pour cela, c'est lorsque la Terre et Mars sont le plus proches possible l'une de l'autre, c'est-à-dire distantes de « seulement »

56 millions de kilomètres à peu près. Le mieux, c'est de vous faire un dessin. Regardez...

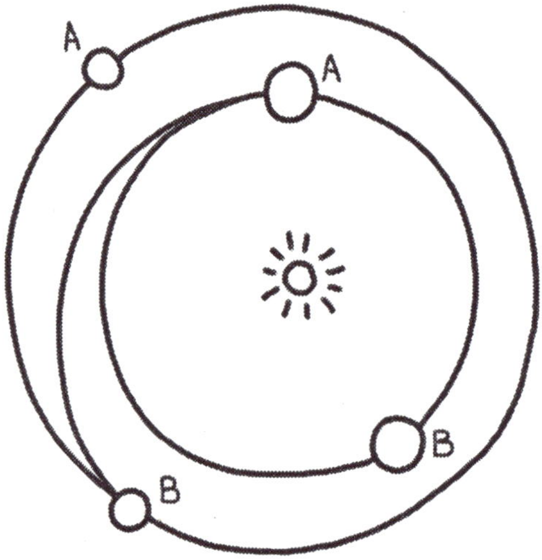


**Et... cela arrive souvent ?**

Non. Cette fenêtre de tir n'arrive que tous les deux ans. Elle est importante car elle permet le voyage le plus court, d'environ sept mois. Évidemment, cette contrainte s'impose aussi pour le retour. On devra alors choisir entre deux solutions : soit on restera un à deux mois maximum sur Mars avant de repartir, soit on sera obligés d'attendre plus d'un an et demi sur place. Ce qui va déterminer ce choix, c'est ce que nous allons trouver là-bas. Des conditions optimales nous permettront de rester plus longtemps. Sinon, il nous faudra préparer le plus vite possible de quoi permettre à la prochaine vague d'astronautes de rester plus longtemps.

Ce genre d'interview, j'en ai fait des centaines ces dernières semaines. Je connais les réponses par cœur. Mais aujourd'hui, c'est la dernière fois que j'y répondrai, du moins avec les deux pieds sur Terre.

L'ensemble de la presse internationale a les yeux braqués sur nous. Nous sommes sept, protégés par une paroi transparente. Pourquoi cette paroi entre eux et nous ? Parce que après quinze jours de quarantaine pour ne pas embarquer de virus dans la capsule, ce serait bête de tout gâcher à cause de l'éternuement d'un journaliste venu du fin fond de l'Oregon.

Les flashs crépitent et m'éblouissent, et j'essaie de me raccrocher à la normalité de visages familiers. Heureusement, il y en a ! Pour l'occasion, mes amis Morgane, Stephen et Farid ont fait le déplacement. Ils en profitent pour s'offrir de super vacances, de celles que j'aurais rêvé de passer avec eux, avant d'avoir d'autres projets. Je les ai enviés, je l'avoue, quand ils m'ont envoyé des photos d'eux au pied de la statue de la Liberté, à Manhattan, au parc national des Everglades, à Miami Beach… « On refera ça dans deux ou trois ans avec toi ! » m'a assuré Morgane.

Mes trois amis ont réussi à se frayer un passage jusqu'au dernier rang de la foule de journalistes. Je distingue aussi quelques candidats malheureux que j'ai côtoyés l'été dernier. Ils sont venus toucher du doigt leur rêve envolé. « Ne t'occupe pas de nous, a modéré lors d'une discussion en visio le garçon avec qui j'ai effectué le stage de survie dans les grottes de Nutty Putty, grâce à toi on sait tous désormais que les rêves peuvent se réaliser. Même si ce n'est pas aussi grand, ni aussi exceptionnel que celui que tu accomplis toi… »

– Bonjour, et merci d'être là.

Bénédicte Mitchell s'est détachée du rang que nous formons, mes cinq autres coéquipiers et moi, pour s'avancer vers le micro. Nous portons tous l'uniforme bleu de MarSpace, une combinaison hyper stylée imaginée par un grand couturier (un énième caprice de Mark Row), mais celui de Mitchell comporte en plus des galons de commandante sur l'épaule.

– Demain est un grand jour, comme vous le savez. Pour la première fois, la NASA, Roscosmos, l'agence spatiale russe, la JAXA, l'agence spatiale japonaise, l'ESA, l'Agence spatiale européenne, ainsi que la Canadian Space Agency se sont associées pour permettre le voyage habité le plus long et le plus lointain jamais réalisé dans l'espace. Un voyage vers Mars. Et tout cela grâce au soutien essentiel de MarSpace, bien sûr. C'est un immense honneur pour moi de diriger l'équipe exceptionnelle qui participera à cette aventure. L'une ou l'un de nous sera la première ou le premier à poser le pied sur la planète rouge. On pense tirer à la courte paille. Ou bien ce sera le dernier survivant… d'une *murder party* à bord du vaisseau !

Des rires émanent de la forêt d'objectifs qui nous fait face. Je ne sais pas comment je percevrai l'humour très discutable de la commandante au bout de plusieurs mois en sa compagnie, mais pour l'instant, je m'autorise un sourire. Et puis elle m'est sympathique, cette femme d'à peine 1,60 mètre, à la queue-de-cheval blonde, qu'on pourrait prendre pour une toute jeune fille avant de l'entendre discuter de notions d'astrophysique pointues avec l'aisance de la spécialiste de haut niveau qu'elle est. J'ai eu l'occasion de côtoyer chaque membre de l'équipage pendant mon année de formation et j'ai pu constater qu'elle sait manier compétence, autorité et blagues pourries avec un aplomb admirable.

– Je me sens très impatiente de vivre cette aventure humaine hors du commun.

Elle jette un coup d'œil vers les coulisses à sa droite avant de reprendre.

– On me signale que M. Mark Row est là. Vous savez ce que c'est, il y a toujours des embouteillages qui vous empêchent d'être à l'heure à la conférence de presse du prochain vol spatial !

Nouveaux rires. A-t-elle eu des consignes pour rendre tout ça moins solennel ? C'est possible. Elle redevient sérieuse.

– Nous sommes tous ici depuis des heures, dans l'attente de vous parler de ce jour historique. Je répondrai à vos questions, mais auparavant je laisse la parole à M. Mark Row, président de MarSpace.

Mitchell reprend sa place dans le rang alors qu'apparaît Mark Row de l'autre côté de la paroi vitrée. J'ai l'impression que nous sommes déjà hors du monde. Il rejoint le micro sous les applaudissements, d'un pas assuré et un peu théâtral. C'est la première fois que je le vois devant un public de journalistes, et c'est comme si les ondes de son charisme s'épanouissaient d'aise. Il paraît plus grand, plus imposant, plus charmeur. Il a fait un effort vestimentaire, qui plus est. Son allure n'est pas mal du tout dans son costume bien coupé. Il en joue avec des attitudes de gentleman anglais.

– Merci, commandante Mitchell…

Je traduis mentalement en français le terme *commander* par « commandante », sans être du tout persuadée qu'il utiliserait le terme au féminin, mais dans le doute, inutile de se faire du mal.

– Vous n'imaginez pas la joie que je ressens aujourd'hui. Ceci est l'accomplissement d'un rêve de gosse. J'aurais tellement aimé faire partie du voyage ! Mais je serai du prochain, vous pouvez me croire.

Des murmures parcourent la foule. Stephen, Farid et Morgane regardent Row avec fascination. Pour moi, le milliardaire a acquis une forme de banalité, ou de familiarité si l'on veut : je l'ai vu très souvent durant ces derniers mois de formation. Il ne se contente pas de financer ce voyage, il s'y implique vraiment, et il a tenu à assister à nos sessions d'entraînement, comme il a sans aucun doute participé aux réunions avec les ingénieurs et les techniciens de la NASA. Il a discuté avec chacun de nous, les astronautes, pour mieux nous connaître, et j'ai découvert un homme hyper séducteur (et hyper séduisant, disons-le), à l'œil qui frise et à l'apparence chaleureuse, cachant à mon avis une angoisse et une forme d'hyperactivité que je connais assez bien.

– En attendant, je vous demande d'applaudir nos astronautes, derrière moi, bien mieux préparés que je ne le suis ! De part et d'autre de Bénédicte Mitchell, voici Robert Finley, notre ingénieur de vol, et Aoi Kusuriko, notre pilote. Je vous demande aussi d'applaudir notre spécialiste de mission, Micaela Gonzales. C'est la mission spatiale la plus féminine de tous les temps !

Applaudissements. Chacun de ces astronautes confirmés a bénéficié de sept ans de formation. Tous sont allés au moins une fois dans l'espace. Ils nous serviront de tuteurs et nous, nous serons leurs stagiaires. Mon tuteur est Robert, un Canadien débonnaire aux cheveux entièrement blancs et à l'œil malicieux. Tant mieux, je l'aime bien. C'est le plus vieux de l'équipage, 46 ans, mais aussi le plus drôle. Il est marié à Micaela, une femme splendide de nationalité américaine qui ressemble vaguement à Jennifer Lopez. Les psychologues tenaient à ce qu'un couple solide fasse partie de l'équipage : d'après eux, cela pourrait éviter des conflits. J'imagine qu'aucun des psys de la NASA n'a vu ses parents se disputer, et qu'ils ou elles sont tous célibataires, pour penser une chose pareille ! Quant à Aoi, c'est une Japonaise qui dégage une force impressionnante. Cheveux coupés ras, mâchoire carrée et yeux revolver, elle me fait penser à un roc tout autant rassurant qu'intimidant.

Effectivement, j'ai été très étonnée pendant notre formation de découvrir que nous serions cinq femmes pour deux hommes. Jusqu'ici, c'était systématiquement le ratio inverse. La NASA et MarSpace ont beaucoup été interrogés sur cette question dans les médias, et ils n'ont cessé de marteler que la sélection ne s'était faite qu'au mérite, avec une majorité de tests anonymes. Ils auraient été les premiers surpris.

Les chercheurs de la NASA ont fini par admettre que les femmes réussissent mieux les tests psychologiques d'enfermement sur la longueur. C'est ce qui a fait la différence.

– Vous reconnaissez également nos courageux stagiaires, les plus jeunes à s'aventurer dans l'espace ! Jason Whitaker, Olga Vodianova et Esther Gaudart.

Applaudissements encore plus fournis. Je me sens rougir. Nous sommes les vraies stars de la mission, et nous le savons. Jamais d'aussi jeunes personnes n'avaient été envoyées dans l'espace. Et non content de nous faire quitter la stratosphère, on nous envoie sur Mars. Cet événement captive le monde entier. Je savourerais complètement cette divine fascination si la présence de Jason ne persistait à me mettre mal à l'aise. Durant toute l'année de formation, nous n'avons pas souvent suivi le même entraînement ensemble. C'était volontaire, pour que nous ne nous lassions pas les uns des autres avant même de commencer la mission. Mais quand cela arrivait, parce qu'un entraînement requérait une expérience d'équipe, je prenais sur moi afin de surmonter mon aversion. Lui ne s'est pas abaissé à un tel effort. Il n'a pas cessé de me jeter des regards haineux et de lever le menton de façon ridicule dès qu'il passait devant moi… alors que je ne lui ai jamais rien fait ! Au moins n'a-t-il pas pu me faire de crasses : nous étions tous surveillés en permanence. Si seulement je connaissais les raisons de son attitude envers moi ! Heureusement, Olga, sans être chaleureuse, n'est pas hostile. Elle me paraît être une fille sans histoires qui a juste envie de bien faire. Je n'ai aucune appréhension à passer tout ce temps avec elle.

– La mission Hyperion, comme vous le savez, est un challenge. Toutes les missions spatiales le sont, mais encore davantage lorsque nous voulons aller plus loin qu'aucun être humain auparavant. Je suis heureux que nous ayons retrouvé l'état d'esprit des missions Apollo, quand vouloir progresser technologiquement apparaissait fou mais évident. Nous avons retrouvé l'esprit des grandes explorations !

Il marque une pause. Je connais assez bien Mark Row, maintenant, pour savoir qu'il va s'abîmer dans des explications qui, souvent, n'intéressent que lui. Il a le syndrome du type qui a peur de ne pas être compris.

– Trop d'échecs avaient conduit les nations à délaisser la conquête spatiale, pendant trop longtemps. Allions-nous continuer à nier que l'étude de l'infiniment petit ne peut progresser sans l'étude de l'infiniment grand ?

Misère… Mark Row est atteint de « lyrismite ». D'accord, j'ai inventé le terme : il s'éclate dans des envolées lyriques, voilà ce que je veux dire. Heureusement, il se fait violence et ne verse pas dans le discours interminable.

– Je remercie chaleureusement la NASA d'avoir cru en mon projet. Et je rends hommage au gouvernement américain, à l'Union européenne, au Japon, à la Russie et au Canada qui se sont associés pour qu'il voie le jour. Cette union des nations, pour un tel objectif, est tout simplement magnifique.

La Chine est dans tous les esprits, lors de tels discours, parce qu'elle ne fait pas partie de cette belle union, malgré plusieurs tentatives de rapprochements, qui se sont tous soldés par des conflits d'autorité. Depuis plusieurs années, elle fait bande à part dans la course à l'exploration spatiale. Et la NASA jubile certainement d'avoir pu mettre sur pied une telle expédition avant les Chinois, qu'on imagine trépigner de rage. Même si nous ignorons beaucoup de leurs projets et avancées, nous savons une chose : nous sommes les premiers. Le choix du nom de la mission n'est pas anodin : *hyperion* signifie, en grec ancien, « celui qui est au-dessus ». Quasiment de la provocation.

La salve d'applaudissements ne s'éteint qu'au bout d'une minute entière. Malgré tous ses défauts (pour mémoire : hyperactivité prononcée, lyrismite aiguë et probablement mégalomanie indécrottable), Row a des talents d'orateur évidents. C'est un animal médiatique. Il sait capter l'attention des foules, et sait s'en faire apprécier.

Les journalistes vibrionnent.

– Monsieur Row, la finalité de cette première exploration humaine de Mars est d'abord scientifique, n'est-ce pas ?

– Oui. Nous en savons beaucoup sur Mars grâce aux photos satellites et aux robots qui sont déjà sur place, mais seuls des humains pourront explorer le sous-sol de la planète, ou mener certaines expériences. Nous en saurons plus aussi sur la résistance du corps humain à un aussi long voyage, aussi loin. Grâce à ces retours d'expériences, nous saurons ce que sera Mars pour nous, à l'avenir. Juste un lieu d'études ? Un nouveau puits de ressources ? Ou bien… un nouvel endroit où vivre ?

Bruissements. Murmures.

– Nous ne nous en sommes jamais cachés, ajoute-t-il. L'une des missions de l'équipe d'Hyperion sera d'évaluer la possibilité de vivre sur Mars. Et s'il s'avère que cette possibilité existe, l'équipe sera investie d'une autre mission : préparer les meilleures conditions de vie possible pour les prochains êtres humains à s'envoler pour la planète rouge. Peut-être que les astronautes que vous voyez derrière moi seront les pionniers de toute une colonie à venir. Peut-être aussi que cela s'avérera impossible, mais il faut le tenter.

Les yeux des journalistes brillent plus que jamais. Les questions fusent, mais la conférence de presse est terminée. Nous nous replions dans les coulisses. Jason arbore un regard fier et rempli de défi. Olga semble isolée au fin fond d'elle-même. Mitchell me fait un clin d'œil. Les autres astronautes chevronnés adoptent une décontraction toute professionnelle. Et moi, de quoi ai-je l'air ? J'ai du mal à faire le tri de mes émotions, toutes violentes, et je dois le cacher à tout le monde.

★

– Comment tu te sens ? me demande mon père au téléphone, quelques instants plus tard.

– Excitée. Formidablement excitée. Tu es sûr que tu ne veux pas venir assister au lancement ?

– Je suis désolé, Esther… Tu sais combien j'ai du mal à quitter Ti Melen… Je te suivrai en streaming.

Mon père meurt de peur que le décollage se passe mal. Il crève de trouille à l'idée de perdre sa deuxième fille. Et en plus, il déteste partir loin de chez lui. Heureusement, ma mère sera là. Quant à Hugo… Il est parti avant moi. Il est déjà sur l'*Ahora* depuis plusieurs jours. Pour la première fois, je me demande si je ne serais pas, par le plus grand des hasards, tombée amoureuse d'un garçon qui ressemble furieusement à mon père : ce genre de gars qui trouve de superbes excuses et de magnifiques prétextes pour éviter d'affronter ce qui lui fait le plus peur au monde, ou ce qui serait susceptible de le rendre trop vulnérable : ses propres émotions. Œdipe, mon vieux, t'aurais pu être un peu plus transparent dès le début. Te dévoiler comme ça la veille de mon départ sur Mars, c'est pas cool.

J'ai beau m'en prendre à un mythe grec, j'en veux terriblement à Hugo de ne pas avoir tout fait pour assister à mon départ. Son absence est une provocation qui signifie que son projet vaut mieux que le mien. A-t-il seulement réalisé à quel point j'aurais eu besoin de lui ? À quel point je crève de trouille ? Et à quel point je l'aime ?…

★

On a beau être occupé en permanence, et ressentir un milliard d'émotions fortes et contradictoires, on ne peut pas oublier, avant d'aller dans l'espace, que 5 % de toutes les personnes qui y sont allées n'en sont jamais revenues.

Pour prendre un exemple tout à fait au hasard (pas vraiment, en réalité), en 1986 la navette spatiale Challenger a explosé soixante-treize secondes après son lancement, quand des gaz chauds se sont échappés des moteurs-fusées, et ont formé un trou dans le réservoir extérieur. Les sept membres d'équipage ont péri dans l'accident. Parmi eux se trouvait Christa McAuliffe, professeuse de lycée. Elle avait été choisie parmi des milliers de postulants astronautes pour devenir la première citoyenne de l'espace. Elle était la seule à ne pas être astronaute professionnelle… exactement comme moi.

J'aimerais bien que la comparaison s'arrête là.

Impossible de nier que demain, moi aussi je serai assise sur une bombe.

# 15.

13 septembre

## AU MILIEU DE L'ATLANTIQUE

Esther, ô étoile de mes nuits (petit clin d'œil à ton goût prononcé pour la « lyrismite », comme tu dis !),

Plus le temps passe, plus il me semble que nos retrouvailles relevaient du miracle. Je me les remémore en boucle, avec délice.

As-tu conscience d'être devenue l'une des Françaises les plus célèbres, en une année ? J'étais persuadé que tu m'avais bel et bien oublié, dans un tel tourbillon. J'avais été l'un de tes derniers amants avant d'atteindre le firmament, voilà ce que je me disais pour me consoler. Une fois au sommet, tu ne me jetterais pas même un regard – en supposant que je puisse t'approcher. Voilà ce que je pensais. Je chérissais le souvenir de ce que nous avions vécu, comme le font les midinettes qui ont une aventure, un jour, avec une star du rock ou de YouTube. Je me sentais fier et un peu abandonné, mais fier. Et pourtant, un jour de juin, alors que je venais de finir de payer mes courses au Franprix, ton nom est apparu sur l'écran de mon téléphone. C'était pile un an après notre dernière soirée ensemble, lorsque tu te préparais à ton départ pour tes deux mois de tests.

Je ne t'ai pas dit: je me suis précipité pour sortir du magasin en essayant de ne pas faire tomber mon sac en tissu rempli de mes vivres pour la semaine, et j'ai tremblé en décrochant. Je ne devrais peut-être pas t'avouer cela, mais tu as sans doute entendu ma voix chevroter, non?...

«Salut Hugo. C'est Esther. Tu te souviens de moi?» C'est ce que tu as dit. Tu réalises? Esther Gaudart qui me demandait si je me souvenais d'elle?

Puis tu m'as donné rendez-vous «dmbnqd zt kntuqd», information accompagnée du message: «Cette fois, avançons.»

«Il y a donc un endroit où nous réussissons à nous rejoindre.» C'est la première phrase que tu m'as adressée, avec un petit sourire craquant, dès que j'ai été à portée de ta voix.

Derrière toi, la pyramide du Louvre préfigurait ta trajectoire: toutes les lignes de fuite vers le ciel. La transparence du monument et sa modernité te ressemblaient. Moi, j'étais plutôt les vieilles pierres tout autour, résistantes, fondations profondément ancrées dans le sol, entourant le prisme d'apparence légère. Les passants te jetaient des regards appuyés, avant de se murmurer des choses à l'oreille. Tu leur souriais, ou leur adressais des acquiescements par un mouvement de menton. Une petite fille a couru vers toi pour te demander un autographe. Tu as gribouillé son petit carnet à couverture fleurie, elle est repartie en sautillant, ivre de joie, et tu m'as glissé à l'oreille: «Allons dans un endroit plus isolé.»

J'étais accompagné d'une star, une véritable étoile qui côtoierait les vraies.

J'aurais aimé que nous flânions encore une fois dans le jardin des Tuileries, mais tu as choisi le coin le plus sombre d'un bistrot qui sentait l'humidité. Tu me paraissais comme éloignée de toi-même.

On s'est donné des nouvelles, parlé de tout et de rien, puis tu m'as fait cette demande saugrenue: «Pourras-tu communiquer avec moi lorsque je serai là-haut?» Tu as ajouté: «Comme avec une fille ordinaire?» Tu savais que la deuxième partie de la demande était mission impossible. Mais bien entendu, j'ai accepté… malgré ce terme refroidissant: communiquer. J'aurais aimé que tu me dises: «Écris-moi des lettres d'amour enflammées et j'en ferai autant.» Mais tu te protégeais encore, ou déjà, ou bien les deux. J'ai compris que tu avais besoin de nouvelles de la Terre. Pas seulement celles des infos, celles de tes parents, ou celles de tes amis. Les miennes, qui seront d'ailleurs, du froid, des pôles, de la surface des mers. Tu auras besoin de nouvelles de la mer. Et peut-être un peu besoin des miennes, j'ai osé le croire. J'ai décidé de ne pas t'en vouloir de ne pas m'avoir contacté du tout, toi, pendant un an. Tu essayais de m'oublier, je le sais. J'ai essayé aussi. Et de toute évidence, aucun de nous n'a réussi.

Toi non plus, la star, tu n'y as pas réussi. Cette joie quand je l'ai compris!

Alors, rappelle-toi, cela m'a semblé un excellent moment pour t'embrasser.

Nous avons passé plusieurs jours merveilleux ensemble, en nous efforçant de ne pas parler d'avenir tout en y pensant très fort, cette fois en y parvenant vraiment, un véritable défi.

Nous nous sommes quittés sans rien dire. Je voyais que ton cœur était lourd, mais tes yeux brillaient d'excitation. Tu savais que les mois qui allaient suivre n'auraient rien de banal, et tu avais hâte de les vivre.

Est-ce que je peux t'avouer que j'ai cru qu'une fois de plus, je n'aurais plus de nouvelles de toi ? Quel garçon peut rivaliser avec un voyage interstellaire ?
Pourtant, quelques jours plus tard, j'ai reçu un colis par la poste. C'était une écharpe en angora grise accompagnée d'un mot : « N'attrape pas froid. » Signé : Esther. Tu continuais à penser à moi… En retour, je t'ai transféré la photo d'un bonnet en laine colorée si immense qu'il aurait pu recouvrir une personne entière. « Toi non plus. » Signé : Hugo.
Je suis surtout heureux d'avoir eu l'idée de t'offrir, avant que tu t'envoles, ce pendentif en or avec sa chaîne. Je me souviens, tu l'as regardé au creux de ta main, puis tu l'as empoché avec un sourire. Je l'ai choisi en forme d'étoile.
Je t'aime, je ne sais si tu peux imaginer à quel point.
Est-ce que ce genre de « communication » te convient, dis-moi, pour rester attachée aux choses terrestres ?
Hugo

# 16.

**Vous allez passer sept mois confinée avec les six autres astronautes dans la navette spatiale. La plus basse estimation de la durée de votre séjour sur Mars est d'une trentaine de jours, mais si les conditions sont réunies, vous y resterez un an et demi. Quoi qu'il en soit, vous ne serez pas de retour avant dix-huit mois. Plus d'un an et demi. À votre âge, cela doit paraître une éternité ? Ne craignez-vous pas de gâcher ce que l'on appelle le plus bel âge de la vie ?**

Gâcher ? Je vais vivre une aventure hors du commun. Je vais explorer une planète vierge d'humains jusqu'ici. Je suis chanceuse au contraire de vivre une telle chose aussi jeune. Il est certain que mes 23 ans ne ressembleront pas à l'idée qu'on s'en fait. Je ne vais pas faire la fête, connaître l'ivresse des rencontres impromptues, ou bien voyager sac au dos. Mais je vais parcourir le monde d'une autre façon, je connaîtrai l'ivresse des découvertes, et je vais me rapprocher des étoiles que je contemple depuis l'enfance. Ce sera la plus belle des fêtes dont je puisse rêver, croyez-moi.

**Comment avez-vous vécu ces dernières semaines ?**

J'ai essayé de passer le plus de temps possible avec mes proches. Puis l'équipage au complet s'est confiné, alors on s'est préparés, et on a essayé de passer du bon temps sur Terre.

**Vous pourriez nous en dire plus ?**

Une photo vaut mieux qu'un long discours. Regardez, ça, c'est nous tous sur la plage de Cocoa Beach. On profite de la Floride !

La rampe de lancement du site historique de Cap Canaveral se trouve à une hauteur plus élevée que je ne l'imaginais. C'est de là que sont partis les astronautes d'Apollo 11 avant de poser le premier pas sur la Lune. Théoriquement, le site le plus adapté pour décoller en direction de Mars est celui de Kourou, en Guyane. Positionné sur l'équateur, il aurait permis une moindre poussée. Mais ç'aurait été sans compter les pressions financières et politiques. La France n'ayant pu investir qu'une petite somme dans cette mission, en tout cas petite à l'échelle du budget total, phénoménal, elle n'a pas pu avoir gain de cause pour Kourou. Les États-Unis, mais aussi Mark Row, voulaient que cette mission historique parte de chez eux, et personne n'a eu les moyens de le contester…

En combinaison, nos casques sous le bras, nous sourions sous le crépitement des flashs, comme nous venons de le faire en bas, sur le pas de tir, avant de prendre l'ascenseur pour arriver au niveau du lanceur. Juste avant, chacun de nous a salué les membres de sa famille à travers la paroi de verre. Nous ne les verrons pas physiquement pendant de longs mois. Seule ma mère était là, avec ce petit air navré qui veut toujours excuser les manquements de mon père, si abîmé dans son deuil, si occupé par son association en mémoire de Chloé.

J'ai essayé de ne pas penser à Hugo jusqu'ici pour ne pas me déconcentrer, en tout cas pas trop, mais ça a été plus fort que moi. Notre dernière étreinte m'a transportée. Je me sens déjà plus haut que Mars. Je suis si amoureuse que cela me fait peur. Surtout au moment de le quitter si longtemps. De m'apprêter à mettre tant de distance physique entre lui et moi.

Je n'ai pas pu m'empêcher de l'imaginer sur le pont de son bateau, cheveux au vent, dans une posture romantique... Au lieu d'être avec sa petite amie qui a l'air d'un bibendum prêt à vanter les mérites d'une marque de pneu. Comme d'habitude, il s'en sort avec plus d'élégance que moi.

J'ai essayé d'oublier les absences criantes en embrassant ma mère de loin. J'essaie de nouveau de ne pas y songer juste avant de m'enfermer dans la capsule avec les autres astronautes... mais tout à coup c'est impossible. J'aurais voulu que mon père soit là. Pourquoi est-il si lâche ? Et Hugo me manque atrocement.

L'émotion me serre la gorge et je panique soudain à l'idée de pleurer devant la Terre entière.

J'imagine qu'ils sont quand même tous deux devant un écran, comme l'écrasante majorité des citoyens européens, japonais, russes, américains, et bien d'autres. Quelqu'un a fait des statistiques – il y a des statistiques sur absolument tout et n'importe quoi de nos jours –, et elles disaient que 70 % de la population de la Terre regarderait le décollage. Des écrans géants ont été disposés dans des parcs, sur les places des grandes villes, ont été fixés sur les façades des mairies... Les gens sont massés devant le spectacle. Ils attendent tous une grande joie, et eux aussi repoussent le fichu souvenir catastrophique de la navette Challenger.

Défaillance d'un joint. Un simple joint.

« L'avenir n'appartient pas aux timorés, mais à ceux qui ont du cran », a déclaré Ronald Reagan lors de la cérémonie funéraire de la mission Challenger. *So American*… L'Amérique dans son ensemble est atteinte de pathologie lyrique depuis un bout de temps.

★

Les assistants techniques fixent les casques sur nos têtes, puis nous empruntons l'ascenseur qui nous fait glisser le long du propulseur, jusqu'à la passerelle qui mène à l'entrée de la capsule Orion. Nous nous asseyons dans nos sièges et nous sanglons avec l'aide des assistants. Puis ils nous tapotent l'épaule, nous adressent des « bon voyage », avant de s'éclipser. La porte en métal se referme lourdement derrière nous. *Clong*. Le silence se fait. C'est comme si la foule au-dehors n'existait plus. Elle s'est tue. Elle se taira pendant des mois. Nous sommes seuls. Mais nous n'échangeons pas un regard. Pas encore.

Heureusement, la capsule conçue par MarSpace est bien plus spacieuse que les vieux Soyouz où les astronautes étaient serrés comme des sardines. Nous échappons aussi aux boutons-poussoirs, ou aux interrupteurs surmontés d'indications en russe, dignes d'engins de la guerre froide dans les vieux *James Bond*. Place aux écrans tactiles, et à l'espace entre les fauteuils moulés à la forme de notre corps, pour que nous accusions le coup du décollage avec le moins de désagréments possible. Mitchell est au milieu de nous, un peu en retrait et munie d'une baguette pour pouvoir atteindre les commandes des écrans.

Nous avons une heure à attendre là que les réservoirs se remplissent. Cinq cents tonnes d'un mélange de kérosène et d'oxygène liquide au premier étage. C'est si froid (– 200 degrés) que de la vapeur se crée, visible de l'extérieur.

L'attente nous paraît interminable. De plus, le monde entier nous regarde. Alors, pour frimer, on joue à pierre, feuille, papier, ciseaux. Robert, l'ingénieur de vol, à la droite de Mitchell, fait des blagues qui détendent l'atmosphère. Je lui en suis reconnaissante. Tous deux aiment bien manier l'humour, contrairement à Aoi, notre pilote et médecin, ou à Micaela, notre agronome, qui peuvent être cool, mais pas trop. Parmi les stagiaires, ce n'est pas forcément non plus la grosse rigolade. Olga semble un peu coincée, en général, dans la vie, ce n'est donc pas ici et maintenant qu'elle va commencer à se détendre. Quant à Jason, son humour est si égocentrique qu'il devrait déjà être en orbite. Mais le plus important, c'est que l'entente soit cordiale entre nous. On nous l'a martelé pendant la formation… J'espère que pour y arriver, Jason fera un effort et qu'il desserrera les dents un jour. Ou alors c'est qu'il meurt de trouille.

Nous échangeons avec nos proches, présents dans le centre de contrôle de MarSpace avec toute l'équipe chargée de nous guider dans chacun de nos gestes, et accessoirement de nous maintenir en vie à distance. Pour moi, les échanges se résument à ceux avec ma mère. Mes amis n'ont pas été autorisés à être là. Olga, elle, discute avec ses parents, de graves personnes flanquées d'une petite sœur tout aussi sérieuse. Le père de Jason n'est pas accompagné. Les médias qui s'intéressent à la vie privée des magnats de l'économie américaine ont relaté un divorce houleux récent, puis un remariage avec une nymphette plus jeune que moi, sans doute retenue pour cause de pyjama party. Whitaker père trône aux côtés de Mark Row, jambes écartées et bras croisés, comme si c'était lui qui avait fabriqué tout ça. Nous devinons qu'Aoi est célibataire sans enfant (seuls ses parents sont présents), et que Mitchell a un mari à l'air gentil et un petit garçon charmant. Robert et Micaela ont quant à eux fait venir leurs familles respectives. Ça fait du monde dans le centre de contrôle, et un paquet d'angoisses.

– Sachez que, quoi qu'il arrive, je suis fière d'être ici avec vous, nous dit Mitchell, dix minutes avant le décollage.

On va réussir à mettre le pied sur Mars, j'en suis convaincue. Vous êtes les meilleurs.

En anglais, notre langue de communication, « *You are the best* » me fait immédiatement penser à *We Are the Champions* de Queen, que je me retiens de fredonner. L'heure est grave, et le décollage imminent.

Le refroidissement des moteurs commence sept minutes avant le décollage.

*Hugo, pense à moi très fort, s'il te plaît.*

On effectue les dernières vérifications une minute avant le décollage. Jenny, notre Capcom attitrée (pour *capsule communicator*, qu'on pourrait traduire par « contrôleur de vol »), nous informe que tout est OK. Elle demande à ses sous-directeurs si tout se passe bien. D'après ce qu'on entend dans nos oreillettes, oui, tout se passe bien.

Le décompte commence, égrené par Jenny. La procédure se déclenche.

– 10, 9, 8…

J'entends Robert marmonner une prière.

– 7, 6…

Envie de lui intimer de se taire. À la place, je régule ma respiration.

– 5, 4, 3…

Par un jeu de commandes sur les écrans, Aoi fait basculer notre vaisseau sur l'alimentation électrique interne. Nos gestes sont professionnels et précis. Répétés depuis des mois. Notre concentration garantira la réussite du décollage, puis de la mission. Nous actionnons les commandes suivant le protocole, et suivant ce que nous indique Jenny. Mitchell répond par phrases brèves ponctuées de «*copy*» (bien reçu). Nous nous calons contre les dossiers de nos sièges, le corps tout entier tendu.

Un vrombissement tonitruant précède une sensation inédite et incroyable, que jamais aucun manège de fête foraine ne pourra procurer. Nous atteignons la vitesse du son en une minute. Mais on est encore loin du compte. Le rôle du lanceur est de nous faire atteindre la première vitesse cosmique, qui est de 7,9 kilomètres par seconde. C'est la vitesse nécessaire pour pouvoir se placer en orbite autour de la Terre. Si la vitesse est inférieure, on suivra une trajectoire balistique en décrivant une belle courbe qui nous fera revenir sur Terre. *Pouf*. La deuxième vitesse cosmique, de 11,2 kilomètres par seconde, représente la vitesse limite permettant de s'évader définitivement de l'influence gravitationnelle de la Terre. On l'appelle aussi «vitesse de libération».

Me rappeler tout ça m'aide à ne pas paniquer totalement. J'aime aussi me souvenir que nous faisons partie d'un mouvement plus global. Car le lanceur n'est pas seul à participer à cette impulsion initiale donnée à notre sonde. Notre engin spatial profite avant tout de la vitesse de révolution de la Terre autour du Soleil. Notre planète avance en effet sur son orbite à une vitesse d'environ 108 000 kilomètres-heure ! Il serait dommage de ne pas profiter de la formidable poussée que procure ce mouvement.

Donc, nous en profitons.

L'accélération est phénoménale. La secousse, monstrueuse.

On ne tarde pas à atteindre « *Max Q* », le point où les forces exercées sur nous sont les plus importantes. Nous prenons 4 g dans les dents, et sur tout le corps bien sûr, pendant plus d'une dizaine de secondes. « 4 g », ça signifie quatre fois son propre poids. Au bout d'une minute trente, nous avons parcouru l'équivalent de plus de deux fois la hauteur de l'Everest. Vitesse : 3 000 kilomètres-heure. L'atmosphère est de moins en moins dense, les flammes se déploient. C'est violent, spectaculaire, et je l'avoue : j'en pleure. De choc et d'émotion. Nous restons quelques minutes dans cette stupeur puis… Les moteurs se coupent. Mon estomac se révolte. Un œil au-dehors…

Nous sommes dans l'espace.

Nous sommes en impesanteur.

Une peluche passe devant moi en flottant. C'est celle du petit garçon de la commandante. Elle représente un alligator, et joue le rôle important d'indicateur d'impesanteur.

Nous y sommes.

Le premier étage de notre fusée coupe ses neuf moteurs à 75 kilomètres d'altitude.

– Séparation réussie. *Out.*

Jenny a déjà l'air très loin. Le moteur du deuxième étage s'allume.

Sur un écran, on distingue les ailettes grillagées du premier étage qui se déploient, pour bien revenir sur Terre, une fois qu'il sera entré dans l'atmosphère. Des jets de gaz froid lui permettent de s'orienter avant l'entrée dans l'atmosphère. Puis il allumera ses moteurs pour ralentir et se posera sur une barge dans l'Atlantique.

Puis c'est au tour du deuxième étage de s'éteindre au bout de vingt minutes, quand 25 000 kilomètres-heure sont atteints. Il se détache du tronc de la capsule.

– Tout est OK. *Out.*

On respire. Robert et Micaela font des cœurs avec les mains en direction des caméras. Au centre de contrôle, c'est l'explosion de joie. Accolades et embrassades soulagées.

Le décollage s'est bien passé.

Olga vomit dans un sac prévu à cet effet.

# 17.

15 septembre

**AU MILIEU DE L'ATLANTIQUE**

Mon Esther,

J'étais là, tu sais. J'étais avec toi. Je ne pensais pas ressentir une telle émotion, pendant les huit minutes qu'a duré votre mise en orbite.
Dans le bateau, nous avons une salle de repos munie d'un téléviseur. Une bonne partie de l'équipage était présente. Je n'ai dit à personne que je te connaissais, parce que... D'une, on penserait que je suis mytho. De deux, notre histoire m'appartient. Je n'ai envie d'en parler à personne, ici. Je sais donc que les réactions de tous ces gens qui t'admirent ne sont pas biaisées. Ils t'admirent vraiment. Tu es une héroïne pour eux. Le sais-tu?

Je ne peux pas imaginer dans quel état d'esprit tu es désormais, après ce décollage réussi. Ce doit être puissant. Ici, tout le monde a applaudi. Je t'ai vue sur l'écran jouer avec la peluche-alligator. J'ai vu ton regard brillant. Ton destin est incroyable.

De mon côté de l'univers, l'*Ahora* est en pleine mer, en route pour l'Arctique. Après l'émotion de ton arrivée dans l'espace, je suis sorti sur le pont. J'ai regardé le ciel, puis la mer. Un dauphin nageait près de moi. Je me suis demandé si tu ne l'avais pas envoyé pour me faire un signe. Me tenir compagnie. Mais tu n'as pas de pouvoirs magiques, n'est-ce pas?

Quand me liras-tu? Je ne sais même pas ce qui se passe après un décollage. Quelles procédures, et combien de temps avant que tu puisses te reposer, et me répondre? Tu évolues dans un inconnu qui m'est total. Il est bien possible que je t'en aime davantage.

Je t'embrasse dans le cou, à cet endroit précis où ta peau est si fine, sous l'oreille droite,

Hugo

# 18.

Nous avons quitté la capsule pour nous rendre dans les modules d'habitation, où nous avons pu ôter nos combinaisons encombrantes pour passer des vêtements ordinaires. De là, nous avons communiqué avec la Terre, de nouveau avec nos proches présents dans la station de contrôle, dont certains sont en pleurs, de soulagement, de choc, de peur, puis pour adresser quelques mots aux médias. Ensuite, j'ai pu contacter mon père, que j'ai senti très ébranlé. Il a eu la peur de sa vie, c'est évident.

Et enfin nous avons pu prendre du temps pour nous. Pour encaisser tout ça.

C'est le moment que j'ai choisi pour lire les messages de Hugo. Plus il m'écrit, plus je l'aime. Je sens au travers de ses mots une âme qui me paraît de plus en plus belle. Je pensais pourtant avoir réussi à faire une croix sur lui, pendant mon année de formation. J'ai trouvé si épuisant de me disputer avec lui à propos de sa vision du monde si ancrée… Et puis je ne voulais pas l'embarquer dans une histoire avec moi alors que j'allais partir si longtemps. Pourtant, j'ai craqué. Littéralement craqué. J'avais besoin de le revoir, ne serait-ce qu'une fois, avant de me couper du monde entier. C'était viscéral. Vital. Et nous avons basculé… Il aurait de bonnes raisons de m'en vouloir. J'aurais dû continuer à l'ignorer, pour le laisser tranquille et pour qu'il ait toutes les chances de tomber amoureux d'une autre, une Terrienne, une vraie. Néanmoins, je ne parviens pas à regretter quoi que ce soit. Je suis si heureuse de ce que je ressens pour lui. Et de ce qu'il ressent pour moi… Même si je suis ici.

Ici, dans l'espace.

Nous sommes dans l'espace.

En route vers Mars.

Le silence m'enveloppe. Chacun notre tour, nous passons quelques minutes seuls devant la réplique de la coupole élaborée dans l'ISS, la Station spatiale internationale – « la Cupola », puisqu'elle a été fabriquée par des Italiens. Dans notre vaisseau, nous avons la chance d'en avoir deux, à des côtés opposés. L'une nous permettra de voir Mars approcher, dans de longues semaines, et celle-ci, plus petite, nous montre la beauté de la Terre dont nous nous éloignons.

Je verse des larmes d'émotion à la vue de cette planète magnifique, d'une rondeur émouvante. Je l'ai vue mille fois sur des photos ou des vidéos d'astronautes qui l'ont contemplée de l'ISS, mais c'est si différent de la voir en vrai… Sur ce bleu profond, par ici, j'y pose mon doigt, c'est le bateau sur lequel se trouve Hugo. Je prends la photo et la lui envoie. « Coucou », écris-je en commentaire.

Le message tarde un peu, car tout passe par le centre de Houston, mais il arrive, accompagné d'une photo du ciel: «Tu y es. Tu es là-haut. J'ai du mal à y croire… Love.» Je réponds: «Heureuse que Flipper t'ait trouvé. Il a été difficile à convaincre, ce sale dauphin, tu n'imagines pas ses exigences! Je me suis ruinée en calamars… Merci, Hugo. Je suis touchée que tu aies suivi le décollage. Je t'aime.»

Tout n'est pas si romantique. Jason a vomi ses tripes, quelques minutes après Olga. Moi, je ne dirai pas que la couche dont j'étais munie, comme nous tous, était complètement sèche (on appelle ça «sous-vêtement d'absorption maximale», pour diminuer le côté infantile – ou sénile – de la chose). Je sens aussi que mon visage est gonflé. Ce n'est que le début, car les tissus frontaux s'épaississent dans l'espace.

Nous allons aussi subir une diminution du volume des jambes. Je ne le sens pas encore, mais j'ai peut-être déjà perdu environ un litre de sang par jambe. Je n'ai pas hâte de les voir, quand je me déshabillerai ce soir. Les astronautes qui sont déjà passés par là parlent de «jambes de poulet» à cause de leur aspect tout sec. *Glamour, isn't it?* Voilà quelque chose que j'omettrai de raconter à Hugo… Au fil du temps, nos colonnes vertébrales vont aussi s'allonger. Dans l'espace, on grandit! Normal, on n'a plus la force gravitationnelle qui pèse sur nous. Pour moi qui me suis toujours trouvée pas assez grande, c'est à peu près la seule bonne nouvelle corporelle… Même si on retrouve vite sa taille normale une fois de retour sur Terre.

★

– C'est parti pour une petite visite du vaisseau!

Olga flotte à quelques centimètres au-dessus du sol et fait un grand geste de la main qui nous invite, moi qui tiens la caméra et tout le public terrien intéressé par notre voyage historique, à la suivre pour mieux connaître l'intérieur du Starship 300. Son corps menu en lévitation et ses cheveux courts et bruns qui lui font une couronne mouvante me rappellent l'incongruité de la situation. Tout cela est profondément anormal, et pourtant bien réel.

– Le volume habitable du vaisseau est de 100 mètres cubes, poursuit-elle dans son anglais aux fortes intonations russes. Heureusement, sinon nous aurions tôt fait de nous entre-tuer, même si nous avons été choisis pour notre résistance face à de telles pulsions.

Un clin d'œil dans ma direction, ou dans celle de la caméra, je ne sais pas, je ne connais pas encore assez Olga. Je la suis dans les couloirs foisonnants de câbles et d'appareils en tout genre. Ça clignote de partout dans un joyeux bazar parfaitement maîtrisé. Dans les films de science-fiction, on nous sert des images de vaisseaux spacieux et épurés, mais dans la réalité c'est beaucoup moins stylé. J'ai plutôt l'impression de vivre désormais dans la salle des machines d'un sous-marin, constamment vrombissante, tel un monstre endormi qu'il faut sans cesse nourrir et panser. On arrive dans le module le plus vaste, qui bénéficie de la cupola la plus grande en guise de baie vitrée.

– Ça, c'est en quelque sorte la pièce à vivre. C'est là qu'on va se retrouver pour chaque repas, prendre un en-cas, un café, mais aussi pour toutes les réunions. On l'appelle « le salon ». Eh oui, on a un distributeur à café ! Presque comme celui de la fac où j'étais encore il y a quelques mois.

Parmi les consignes de communication qu'on a reçues, celle d'insister sur notre jeunesse était assez récurrente.

Parler de fac et de préoccupations de jeunes adultes plaît particulièrement au public d'en bas, et surtout, bien sûr, au jeune public, celui que MarSpace et la NASA ont voulu conquérir en nous recrutant. Ce n'est pas une mince affaire, car de nos jours, les Hugo sont plus fréquents que les Esther. Notre génération en a tellement soupé de l'inaction de nos aînés face aux alertes écologiques qu'elle a décidé de prendre les choses en main, de façon souvent radicale: décroissance, refus du progrès, repli dans les campagnes, autosuffisance… Notre exemple, à Olga, Jason et moi, va peut-être redonner à nos congénères le goût de l'exploration vers l'inconnu. Je sais que ça a déjà commencé, surtout parmi les plus jeunes. Durant mon année de formation, j'ai reçu quantité de courriers, d'e-mails ou de vidéos tous plus drôles ou émouvants les uns que les autres d'élèves de primaire ou de collège. De cet âge qui souhaite rêver, qui sait rêver, et que les adultes n'ont pas encore désillusionné.

– Voici le couloir où se trouvent nos cabines. Oh, vous vous demandez sans doute où elles sont. À mes pieds! Regardez.

J'oriente l'œil de la caméra vers le sol… En tout cas vers ce qui se trouve au bas de mon corps. Il n'y a plus de haut ni de bas, ici.

– Ça, par exemple, c'est ma couchette. Eh oui, ce n'est pas plus grand qu'un placard, mais rappelez-vous que l'espace est précieux dans un tel vaisseau. Nous avons préféré réserver l'espace disponible au stockage de matériel et de vivres. Vous voyez, pour dormir je me glisse dans ce lit fixé à la paroi. Et tout autour, on a des scratchs pour y fixer nos stylos, nos cahiers, nos photos de famille ou notre tablette. On n'a pas beaucoup d'espace, mais c'est le nôtre. C'est précieux, surtout pour un voyage de sept mois. Et ne croyez pas que ça ressemble à une ambiance de cité U ! Les journées sont chargées, il y a beaucoup à faire, alors quand on entre là-dedans, la plupart du temps c'est pour dormir.

– Quand je pense qu'on m'a conseillé de prendre des sudokus ! j'ajoute de derrière l'objectif.

Olga rit de bon cœur. C'est la première fois que je la vois rire. Est-ce sincère ou spécialement étudié pour cet exercice de communication ?

– Des ignorants de la vie spatiale, c'est évident ! Il y a toujours à faire sur un vaisseau. Notre mission essentielle est de veiller au bon fonctionnement du système de support de vie. Venez voir, il est dans cet autre petit module, par ici.

Nouveau déplacement. Olga désigne un coffre fixé au plafond.

– Son rôle est de remplacer périodiquement le dioxygène que nous consommons, d'éliminer le dioxyde de carbone expiré, de filtrer les micro-organismes, particules et gaz organiques, de mettre à disposition l'eau nécessaire aux différents usages, de contrôler et maintenir la température, la pression et la composition de l'atmosphère à un niveau acceptable pour l'être humain, de surveiller l'apparition d'incendies et éventuellement de les combattre, et enfin de nous apporter une protection suffisante contre les agressions extérieures, tels les rayonnements spatiaux ou les micrométéorites.

– Brrr…

– Ne t'inquiète pas, Esther, nous sommes protégés de tout ça.

– Je sais, heureusement ! Et si tu parlais de nos expériences ?

– Avec plaisir ! L'une de nos missions ici, la principale, même, est de mener diverses expériences qui nous amèneront à progresser en matière de recyclage, de neurosciences, de biologie ou de sciences de la matière… La plupart d'entre elles se feront dans ce qu'on appelle « le laboratoire », qui contient toutes les innovations technologiques et industrielles. On vous parlera de ces expériences en détail dans d'autres vidéos. On a quelques mois devant nous, après tout !

– Et on a aussi besoin de maintenir en forme cette grosse machine volante.

– En effet, il faut surveiller en permanence le vaisseau, et s'occuper de la maintenance. Ce n'est pas rien. Son entretien nous occupe une bonne partie du temps. Ah, voici notre salle de sport. Il est primordial de pratiquer du sport pour se maintenir en forme. On doit en faire au moins deux heures trente par jour. Je vous présente le CEVIS, une sorte de vélo d'appartement avec système de stabilisation, et voici un tapis roulant du doux nom de T2, et enfin ARED : une machine de musculation très sophistiquée. Ce sont les mêmes équipements que ceux de la Station internationale, mais nous, on a une petite nouveauté. Venez voir.

Olga désigne un hublot large d'un mètre de diamètre.

– Regardez. Par là, vous avez l'endroit le plus impressionnant du vaisseau : la salle de gravité artificielle. C'est en réalité un grand cylindre rotatif qui génère 1 g. L'impesanteur peut causer de l'atrophie musculaire, de la perte de densité osseuse et même des problèmes de vision. On a vraiment besoin de pesanteur, donc de gravité. Nous devons passer dans cette centrifugeuse une demi-heure par jour, en plus de nos deux heures de sport quotidiennes. Pas davantage, pour ne pas souffrir des effets de la force de Coriolis qui peut causer des vertiges ou des nausées. Eh oui, difficile de trouver le bon dosage gravitationnel !

Une fois la vidéo terminée, après avoir parcouru le module botanique et le module de protection solaire, Olga abandonne son sourire d'un coup, comme si on l'avait éteinte en appuyant sur un interrupteur. J'en reste stupéfaite. Tout cet enthousiasme était donc entièrement fabriqué ? J'ai envie de lui poser la question, mais je me retiens.

★

Notre emploi du temps est réglé comme du papier à musique.

Nos journées de travail commencent tôt, et ne sont coupées que par quelques pauses. Je reste le plus souvent en compagnie de Robert, mon tuteur, pour l'assister au cours de ses expériences sur le vieillissement cellulaire et l'impact des radiations sur le corps. Parfois, nous utilisons la boîte à gants pour étudier, entre autres, la combustion de matériaux en situation de microgravité : c'est une boîte étanche qui permet de procéder à des expériences sensibles en zone contrôlée. L'aspect de danger contrôlé de cette boîte me plaît particulièrement, mais j'aime surtout passer du temps, quand je le peux, avec Micaela, dans le module botanique.

– Tu n'es pas la seule à venir ici pendant les pauses, m'apprend-elle. Voir des plantes, de la verdure, nous fait du bien dans cet environnement aseptisé. La nature nous manque.

– La terre nous manque, dis-je en humant le sol d'où émerge une salade.

Micaela se promène en flottant de bac en bac, et cela m'apaise de voir son beau profil penché sur une feuille pour la caresser. Parfois elle parle à ses plantes et, souvent, elle leur fait écouter de la musique.

– Du jazz, ou bien de la musique classique, m'explique-t-elle. Tu vas me prendre pour une folle, mais je crois que ce sont ces styles-là que les plantes comprennent le mieux.

Olga est avec elle la plupart du temps, puisque Micaela est sa tutrice. Elle me considère toujours avec défiance, sans que je comprenne pourquoi. Je n'insiste pas. Je ne ressens pas, pas encore en tout cas, le besoin d'avoir une amie de mon âge dans ce vaisseau. Je m'entends assez bien avec les autres, et pour l'instant ça me suffit. J'aime la passion de Micaela pour la botanique, la bonne humeur et la légèreté de Robert, l'énergie et le dynamisme d'Aoi, et la droiture faussement autoritaire de Mitchell (la seule personne qu'aucun de nous ne parvient à appeler par son prénom).

Je ne cesse de me demander comment les recruteurs ont pu penser que la taciturne Olga et l'agressif Jason pouvaient faire de bons compagnons durant un aussi long voyage. À moins qu'ils ne soient tous les deux de si bons comédiens qu'ils ont réussi à donner le change pendant toute la durée des tests ?

# 19.

Tous les soirs, nous échangeons sur Internet avec nos proches, nous tweetons nos photographies magnifiques de la Terre, qui devient de plus en plus petite au fil des jours, nous surfons sur le Web pour nous tenir au courant des actualités sur Terre, et nous discutons avec notre psychologue attitré, basé à Houston. Pour ces échanges privés, nous avons le choix entre nous installer dans l'espace exigu de notre cabine ou dans le module de communication, s'il n'est pas occupé. Cela permet de s'isoler, tout en ne se sentant pas trop à l'étroit. Ma psy s'appelle Abigail.

– Comment te sens-tu aujourd'hui, Esther ?

– Très bien. Tout va bien.

– Pas de souci avec le reste de l'équipage ?

– Non. Évidemment, il y a plus ou moins d'affinités, mais dans l'ensemble, rien à dire.

– Pas de difficultés dans les tâches que tu as à accomplir ?

– Pour l'instant je ne fais qu'aider Robert, donc c'est facile.

– Et… où en es-tu avec ton père ? Il a toujours du mal à communiquer avec toi ?

– Oui, mais c'est mon père, je l'ai accepté comme il est depuis longtemps. Et puis ma mère compense largement. Elle me raconte toute sa vie ! C'est même trop, parfois. Ils se complètent bien, finalement !

– Et Hugo ? Lui as-tu pardonné de ne pas avoir été là le jour du décollage ?

Je reste interloquée.

– Quoi ? Je ne vous ai jamais dit que…

– C'était évident. Je sais lire aussi les signes non verbaux, tu sais.

Comment ai-je pu oublier que j'étais observée sous toutes les coutures ? Évidemment que rien n'a échappé à l'équipe de Houston…

– Je ne peux pas lui en vouloir. Il n'allait pas rater le début de son expédition rien que pour moi.

– Tu trouves que tu n'en vaux pas la peine ?

– Non ! Je trouve que c'est normal. Lui aussi part pour de longs mois et je n'ai pas été là non plus à son départ.

– Vos voyages sont comparables ?

J'hésite à formuler l'évidence.

– Ses chances de survie sont bien plus élevées, dis-je finalement.

Voilà que, contre toute attente, des larmes jaillissent de mes yeux.

– Vos voyages ne sont pas comparables, Esther.

Abigail est un peu trop forte, donc dérangeante, comme psy… C'est vrai que j'aurais aimé qu'il soit là… Est-ce que j'ai fait preuve de compréhension juste pour éviter une dispute ? D'un autre côté, puis-je vraiment lui reprocher quoi que ce soit alors que je l'ai ghosté pendant des mois ? Trop de questions sans réponse évidente. Je n'ai eu aucune envie de me les poser, à vrai dire. Je ne souhaite qu'amour, grâce et beauté. Alors je fais comme si aucun voile n'était posé sur mon cœur, et j'échange des mots doux ou pleins de flammes, et des photographies d'immensité avec Hugo. Lui m'envoie l'étendue bleue de la mer et du ciel, les nuages blancs ou gris ou métalliques… Je sens presque l'air chargé d'iode et d'électricité. Ce souvenir de fraîcheur, de liberté et de brise marine me fait du bien… et ne me torture pas encore.

★

En fin de journée, nous débriefons avec la commandante Mitchell, dans le salon. Elle s'assied avec nous (autant que possible en tout cas puisque nous sommes en impesateur) après s'être servi une tasse de café lyophilisé.

– Rapport de la journée : rien à signaler, tout se déroule le mieux du monde. On est sous de bons auspices !

– C'est parce que je porte bonheur, lance Robert en bombant le torse. On me l'a toujours dit !

Micaela, sa femme, pose sa main sur la sienne avec un sourire, comme pour lui intimer de ne pas en faire trop. Je trouve ça mignon.

– Je confirme, ajoute Aoi. Notre trajectoire est exactement celle qui était prévue, et nous sommes dans les temps.

– Tout se passe bien entre stagiaires et tuteurs ?

– Ça ne pourrait pas mieux se passer ! répond Robert avec un clin d'œil dans ma direction.

Je l'adore. Micaela et Aoi commentent aussi positivement l'implication d'Olga et Jason.

Mitchell secoue la tête de haut en bas en signe de satisfaction.

– Vous communiquez régulièrement avec vos maîtres de stage au sol ?

– On doit leur envoyer des comptes rendus régulièrement, répond Jason.

– Le mien en veut un tous les jours, spécifie Olga.

– Pareil pour moi, dis-je. On est tous logés à la même enseigne. C'est contraignant mais...

– Quelques lignes suffisent, Esther, me rassure Mitchell. Inutile de tout raconter dans le détail.

– Tu as bien compris qu'on ne te demandait pas un journal intime, j'espère ! dit Jason en pouffant bêtement.

Mitchell lui lance un regard noir qui le fait aussitôt blêmir.

Puis elle serre les lèvres. Je sens que le maternage ne lui convient pas du tout. Elle fait juste ce qu'on lui a demandé de faire. On s'en passerait bien aussi. Nous sommes de jeunes adultes, nous avons fini nos études, nous devrions être considérés comme des professionnels. Dans les faits, on nous laisse peu de responsabilités, voire aucune. On a juste le droit de poser des questions, et de suivre les expériences qu'on nous a confiées. Notre rôle principal est de faire des petites vidéos pédagogiques à destination de la Terre.

– Bon, eh bien tout est parfait. Je voulais juste vous inviter à bien profiter des contacts avec vos proches, quels qu'ils soient. Ils seront bientôt limités. D'ici peu, on vous demandera une liste de quatre personnes, pas davantage, avec qui vous pourrez échanger, et c'en sera fini de la navigation libre sur Internet. Nous serons trop loin de la Terre pour que ça fonctionne bien, même en passant par Houston, donc on sera en quelque sorte rationnés.

Une forme de panique passe dans les yeux de chacun de nous. On avait beau le savoir, c'est dur d'imaginer qu'on s'apprête à être un peu plus coupés du monde. Ce que j'ignorais en revanche, c'est la limite de quatre personnes. Je ne pourrai pas échanger avec tous mes amis…

– Esther, aujourd'hui c'est ton tour de réaliser la vidéo qui va faire le tour du monde ! Enfin, le tour de la Terre, en tout cas. Hier, celle de Jason a cartonné.

– Les Terriens aiment tellement l'impesanteur, se rengorge-t-il. Regarder quelqu'un gober des bulles d'eau, ça plaît toujours ! Mais le clou du spectacle, ça a été quand j'ai eu l'idée de dissoudre un comprimé effervescent dans une bulle. C'était incroyable, cette bulle effervescente qui tournoyait sur elle-même ! Mon tweet a été liké deux millions de fois.

– De quoi comptes-tu parler, Esther ?

– Ça peut être intéressant de parler des radiations, non ? Les protons rayonnés par le Soleil dont on doit se protéger et…

– Et qui risquent de nous donner le cancer. Mauvaise idée. Parle de quelque chose de plus léger. Si on veut que les investisseurs ne nous lâchent pas en cours de route, autrement dit si on veut pouvoir rentrer sur Terre un jour, il faut que le public soit captivé et enthousiaste. Fais quelque chose de ludique, comme Jason, ou bien réponds à une question que tout le monde se pose comme… je ne sais pas, moi…

– L'eau, propose Olga. Comment on gère ça dans le vaisseau.

– Bonne idée, approuve Mitchell.

– L'eau ?

– Et tout ce que ça implique. Urine comprise.

Okaaay…

★

– Bonjour tout le monde ! C'est notre huitième jour dans l'espace et beaucoup d'entre vous nous demandent comment on vit au quotidien. Je vais donc vous parler aujourd'hui de l'eau ! L'eau représente 90 % de la masse totale de notre cargaison. Mais ça ne suffit pas, car les besoins en eau quotidiens d'une personne sont de 53 litres. Alors on recycle…

Je termine ma vidéo par une visite des WC, ce qui me déprime un peu. Je sais qu'elle va beaucoup moins passionner les foules que celles de Jason. Mais qu'y puis-je ? Je ne peux quand même pas faire des bulles de pipi pour attirer les likes ?

★

– Tu étais hyper glamour, tout à l'heure, ma chérie !

– Ne te moque pas de moi, maman. Je ne sais pas comment je me débrouille pour me laisser refiler les pires corvées. Je finis par être la seule à parler de lingettes et de rognures d'ongles devant des millions de gens.

– Tu étais parfaite, et c'était passionnant, je t'assure. La première question que les gens se posent, c'est comment les astronautes vont aux toilettes, tu le savais ?

– Ah bon ? D'où tu tiens ça ?

– C'est ce qu'on me demande le plus depuis ton départ.

– Génial.

– J'adore cette question. Ça me rappelle tes débuts sur le pot, quand tout le monde s'inquiétait si tu avais réussi à…

– Oui oui, c'est bon, j'ai compris !

– Je plaisante, Esther ! Votre aventure est très suivie, ici, tu sais. Votre jeunesse à tous les trois fait beaucoup parler et…

– J'espère qu'on n'en est pas à imaginer qui va sortir avec qui ? Quand les gens pensent « jeunesse », la plupart du temps ils pensent « romance » ou « sexe »…

– Je t'assure que non. Ce sujet est cristallisé par le couple que forment Robert et Micaela. Tout le monde a envie qu'ils racontent comment ça fait de s'envoyer en l'air dans l'espace.

– Maman !

– Oh, ça va, tu te poses bien la question, toi aussi, non ? En tout cas, Jason, Olga et toi êtes pris très au sérieux, autant que le reste de l'équipage. Ce sont vos performances scientifiques qui intéressent le plus. Sinon… j'ai quelque chose à t'annoncer, ma puce.

– Quoi ?

Elle arbore un air si radieux qu'il illumine l'écran de ma tablette.

– Je suis enceinte. Martin et moi, on va avoir un enfant.

Je ne m'attendais pas à ça.

Certes, je savais que ma mère avait envie de recréer un foyer avec Martin. Elle est encore jeune. Elle n'avait que 20 ans quand elle m'a eue, ce qui lui en fait 43 aujourd'hui. Je savais aussi qu'elle essayait de tomber enceinte, sans succès jusqu'ici. « Le moule est cassé, si ça se trouve ! s'est-elle exclamée devant moi un jour. Tant pis… » Je croyais donc qu'elle s'était résignée. Et je pensais bêtement que je lui suffisais. Mais le destin a voulu que son corps réagisse positivement à son désir d'enfant pile au moment où sa grande fille s'éloigne dans tous les sens du terme. C'est peut-être très psychologique, tout ça. Et c'est sans doute une bonne chose pour elle. Mais pour moi ça ne pouvait pas plus mal tomber. Il me semble avoir plus besoin que jamais de l'attention pleine et entière de ma mère, justement parce que je suis si loin d'elle, et que je suis si isolée. C'est loupé. Elle pense déjà au petit être dans son ventre, peut-être plus qu'à moi. « Mon mental », comme disent les psys de la NASA, en prend en coup. J'imagine qu'elle en est consciente, car son sourire est timide, comme gêné. Mais allait-elle avorter rien que pour me faire plaisir ? Évidemment, non. Sa vie à elle continue, sur Terre.

Il me faut un petit instant pour reprendre contenance, et avoir une réaction appropriée.

– Maman ! Mais... je suis hyper contente pour toi ! C'est trop fou !

Je réalise soudain que je ne serai pas là pour la naissance de mon demi-frère ou de ma demi-sœur, ce qui ajoute à la confusion de mes sentiments.

– Ce sera une fille. Tu vas être grande sœur, Esther. Enfin, tu vas l'être une nouvelle fois...

Elle marque une pause émue.

– C'est pour dans six mois.

– C'est... tellement incroyable. Maman... Je suis hyper contente pour toi.

Je me répète. Signe de nervosité. De malaise sans doute aussi... Ma psy sera ravie de me faire parler de ça.

– Tu m'enverras les photos de l'échographie, hein ? Je veux être au courant de tout. Tu me diras tout, promis ?

– Je te promets, ma puce… Si tu savais, je suis tellement heureuse. Hâte que tu sois de retour pour partager ça avec toi !

– J'ai hâte aussi, maman.

– Sinon, tu as des nouvelles de ton père ?

– Oh… Il m'a souhaité un bon anniversaire, avant-hier.

– C'est la moindre des choses, ma chérie.

– Je t'ai dit que pour l'occasion, Aoi m'a donné une part de sa portion lyophilisée de bœuf aux carottes ? Elle cache un petit cœur sous son air de battante rebelle, tu vois ?

– Et depuis ?

– Depuis, elle garde ses portions pour elle, qu'est-ce que tu crois ?

– Non, ton père !

– Rien. Pas de nouvelles. Mais je ne lui en veux pas. Je sais que ce n'est pas par désintérêt. Il m'aurait envoyé mon gâteau au chocolat préféré, s'il avait pu, pour mes 23 ans. Je sais qu'il a du mal avec… la distance, tout ça.

– Il n'a jamais aimé la visio, c'est certain. Ni même le téléphone. Il va bien falloir qu'il fasse un effort pour toi, tout de même.

*Maman, tu dis ça après avoir annoncé à ta fille en route pour Mars que tu allais remplacer sa petite sœur disparue…*

Lequel de mes deux parents plane le plus, vraiment j'hésite.

– C'est une sacrée tête de mule, dis-je, tu sais bien. Quand il bloque sur quelque chose…

– Ah ça, je suis bien placée pour le savoir. Je t'embrasse, ma chérie. Fais attention à toi. Je suis tellement fière de ce que tu accomplis…

Le silence retombe dans ma cabine. Je pose ma tablette. Ma mère est enceinte. Je m'en veux, mais la première chose que je me suis dite, ça a été : elle n'a pas le droit, c'est mon tour ! Dans ma tête, j'avais tout bien organisé, classé, trié : 1. Mes parents avaient fini de m'élever et pouvaient profiter de la vie ; 2. Un jour, ce serait à mon tour de fonder une famille ; 3. Le corps de ma mère savait tout cela mieux qu'elle-même et son ventre ne redeviendrait jamais rond. Ça n'était pas censé se passer comme ça. Où suis-je, dans tout ça ?

Et où est Chloé ? Restera-t-elle ma première petite sœur, la plus vieille, ou la plus jeune ? Où la situer, désormais ?

Je suis loin de cette vie terrestre, à l'écart de l'avancement du monde. Je regarde de nouveau, rien que pour le plaisir, la vidéo que m'ont envoyée Morgane, Stephen et Farid pour me chanter *Happy Birthday to You*, avec des chapeaux pointus sur la tête. Morgane et Farid se serrent la taille de façon étroite. Est-ce que ça a enfin évolué, entre eux ?

Puis je lis le nouvel e-mail de Hugo. Heureusement qu'il est là, qu'il m'écrit, qu'il m'aime. Ses mots me transportent.

Il est à la fois mon ancre et ma montgolfière. Je lui réponds, et je reste rêveuse en triturant machinalement mon pendentif, que j'ai remis juste après le décollage. La petite étoile en or se réchauffe entre mes doigts, et me rassure.

Il y a une chaleur dans ma vie…

J'espère qu'elle continuera de briller bien au-delà de mon retour.

# 20.

10 octobre

**ARCTIQUE**

Ma très chère Esther,

Pour penser à toi au calme, le meilleur endroit est le pont, là où le dauphin est venu me voir, le jour du décollage. J'ai envie d'y rester seul de longues minutes, à scruter le ciel, sachant que tu t'éloignes de moi à une vitesse que je ne peux pas imaginer... Mais on ne m'accorde pas toujours ce luxe. Tu me demandes de mieux te raconter comment ça se passe sur l'*Ahora*... C'est hyper ennuyeux comparé à ce que tu vis, tu sais! Mais bon d'accord, je vais t'expliquer par exemple comment on m'a empêché de penser à toi ce matin, ce qui est un crime gravissime, passible d'un châtiment exemplaire.

L'une des invités est une star de la chanson. Son engagement auprès de Lungs a fait grand bruit, car elle a décidé d'accompagner l'expédition du début jusqu'à la fin, ce qui ne s'était jamais vu. Généralement, les invités restent deux ou trois semaines à bord seulement, juste le temps de quelques photos, quelques vidéos, avant de retourner à leur vie de confort et de glamour. Salomé en a décidé autrement. Elle se fait appeler ainsi, juste Salomé, si bien que personne ne connaît son nom de famille. Tu en as sans doute entendu parler. J'imagine que c'est pour dissimuler une filiation trop noble ou trop riche, genre La Rochefoucauld, Hermès, Arnault ou Pinault. Elle a tout à fait le style de ces filles bien nées qui se donnent des airs simples. Mais il y a quelque chose en elle qui hurle «J'ai plus le droit que quiconque de me trouver là où je suis, et malheur à celui qui osera le contester». Aujourd'hui, elle s'est accoudée au bastingage près de moi, malgré le froid piquant qui sévit ici, et cela ne m'a pas fait plaisir. Je te la décris, pour que tu puisses la visualiser: elle a la peau fine et claire des filles qui côtoient les esthéticiennes régulièrement, et qui peuvent se payer les crèmes les plus luxueuses. Elle a de longs cheveux blonds, qui étaient invisibles sous la capuche de sa doudoune de luxe. Et cet air qui semble se moquer de tous et de toutes. Je l'ai tout de suite méprisée.

Elle m'a demandé pourquoi je ne faisais pas des rotations de trois mois, comme la plupart des membres de l'équipage. Je ne sais pas qui lui a dit que j'allais rester tout le temps sur le navire, mais il a trop parlé… Je lui ai renvoyé la question. Je ne m'inquiète pas: à mon avis, elle ne va pas tenir très longtemps. Et voilà ce qu'elle m'a répondu: «J'avais besoin d'une coupure. D'une longue coupure. Ça va me faire un bien fou d'être loin de toute cette folie. Les médias, la pression de la maison de disques, la violence des réseaux sociaux…» «Ah ouais l'horreur, j'imagine», ai-je répondu.
Elle s'est redressée avec un air sévère, et profondément vexé. Aurais-je pu ou dû répondre autre chose, honnêtement? Cela dit, elle ne m'a pas loupé en retour: «Je vois, a-t-elle dit. J'ai affaire à ce genre de type qui a décidé que j'étais une sale égoïste incapable de me rendre compte de la misère du monde. Merci pour le procès d'intention, j'apprécie. Si vous saviez combien vous êtes banals, les mecs comme toi. Pourtant, je suis sûre que tu te crois très spécial, pas vrai? Si peu mainstream… Passer une année entière avec toi, ça sera un vrai bonheur.»
Elle s'est éloignée à grands pas, laissant un froid glacial s'installer à mes côtés, pire encore que celui qui nous enveloppait déjà. Voilà, tu as un aperçu de celle que je vais devoir côtoyer pendant tout ce temps. Un vrai bonheur, oui.

Tu me manques encore plus!
Ces people gonflés d'orgueil sont sans importance, et je sais désormais qu'il vaut mieux que je les évite. Je dois me concentrer sur les missions qui nous attendent. Nous sommes arrivés en Arctique et je suis impressionné par la beauté blanche et limpide des lieux. Nous avons croisé une baleine, somptueuse, immense et digne, ainsi qu'un ours polaire semblant régner sur sa banquise. Je réalise ma chance de voir toutes ces merveilles. L'équipe scientifique va étudier les impacts du changement climatique sur la région et sa biodiversité. Il nous faudra en profiter pour communiquer sur la nécessité de créer un réseau de réserves marines qui couvriraient 40 % de nos océans. C'est le but de notre expédition: un traité international ambitieux qui, enfin, préserverait nos océans, et donc la planète.

En parlant de la Terre, sais-tu qu'elle a décidé de pousser une bonne grosse gueulante, violente et intense, pour qu'on l'entende enfin, face à ce qu'on lui fait subir depuis des décennies? Après les incendies interminables et dévastateurs de cet été, à cause des plus de 50 degrés qu'a accusés le thermomètre dans certaines régions, après un typhon aux États-Unis, ce sont désormais des tsunamis qui expriment sa colère de planète. Au Japon, puis en Thaïlande,

deux vagues gigantesques ont tué des milliers de gens. « Stop », voilà ce que nous dit notre planète bleue. « Arrêtez ça, sinon je vous fais tous disparaître. » Ou peut-être que vous voir partir pour Mars lui a laissé croire qu'elle pouvait se déchaîner, maintenant. Elle se dit que c'est bon, qu'on a autre part où aller et qu'elle peut nous éjecter d'ici...
Ne le prends pas mal, Esther, je ne critique pas une fois de plus ton voyage et ton engagement. Disons... Je n'oserai plus le faire, maintenant que tu es si loin et que j'admire tant ton courage. La faute revient aux politiques qui ne bougent pas face à de telles urgences évidentes...

Je jette très souvent des regards vers le ciel. J'ai envie de tes rires et de ta légèreté. J'ai besoin de toi pour retrouver ma fantaisie. Regarde comme cette lettre est sérieuse ! Voire moralisatrice par moments ! Je ne veux pas devenir un jeune vieux con. Je suis sûr que toi seul peux m'en préserver.
Dire que tu es là-haut. J'ai un peu de mal à y croire... La nuit, je fixe une étoile que j'ai élue, toujours la même, au sein de la Grande Ourse, et je m'imagine que c'est toi, qui brilles pour nous deux.
Je t'aime tant.
Hugo

# 21.

Le soir, les lumières du vaisseau sont en mode économie, lui donnant une ambiance douce et calme. Les machines vrombissent, et de temps en temps un *ding* ou un *clong* indique qu'une expérience s'est terminée, ou a changé d'étape. Comme ici il n'y a ni lever ni coucher de soleil, on utilise le temps universel coordonné. On se cale sur le fuseau zéro de la Terre, que l'on appelle aussi « temps moyen de Greenwich » (GMT). Bref, on vit à l'heure de Londres. Comme ça, on garde un rythme terrien, et on sera adaptés à celui sur Mars, qui n'en diffère pas tant. Et on peut imaginer le retentissement de Big Ben à chaque changement d'heure.

Je n'arrive pas à dormir à cause du dernier message de Hugo.

Je m'inquiète pour toutes ces catastrophes naturelles, j'ai peur pour les miens, j'ai peur aussi pour l'ensemble de l'espèce humaine, mais de façon tout à fait stupide j'ai encore plus peur de cette Salomé ! Je connais un peu les garçons, et souvent, lorsqu'ils critiquent une fille, c'est pour ne pas s'avouer qu'elle leur plaît. La jalousie instille son venin en moi, et je déteste ça. Alors je m'extrais de ma petite cabine à la ventilation ronronnante pour me rendre à la petite cupola.

On m'a offert du matériel photographique hyper perfectionné, afin de faire les meilleurs clichés possible. C'est important : c'est la première fois qu'on peut prendre la Terre d'aussi loin. Elle n'est plus qu'un petit point, un petit pois. Lorsqu'elle disparaîtra de notre vue, ça risque d'être difficile. La première fois que j'ai réalisé que je pouvais cacher la Terre avec ma main a été un cap à passer, psychologiquement parlant. J'en ai même parlé à Abigail, qui m'a révélé que les psys de Houston s'attendaient à ce type de coup de blues, à ce moment clé. Perdre de vue la planète sur laquelle on a toujours vécu est une expérience inédite. Ils ne savent pas comment on va réagir, mais ils sont conscients depuis le début que ce ne sera pas simple.

Pour l'instant, je vis les choses pas trop mal. L'aspect exaltant, magique et merveilleux de ce que je traverse prend complètement le dessus.

Je me prends un petit shot de beauté spatiale, puis je range mon appareil et retourne vers ma cabine. Alors que je flotte dans nos quartiers, une petite bulle monte devant moi et s'accroche à la paroi du plafond avant de se condenser. Puis une deuxième. Cela provient de la cabine d'Olga. L'un des deux battants de la porte de sa cabine est entrouvert. Je m'y précipite. Quelle fuite de quel matériel doit-on craindre ? Est-ce que c'est le système de condensation ? De ventilation ? Un dysfonctionnement de ce type pourrait provoquer une asphyxie au $CO_2$ !…

– Olga ! Olga, réveille-toi ! Quelque chose ne va…

– Laisse-moi, Esther.

– Mais il y a une fuite. De l'eau sort de ta cabine !

– Va-t'en, je te dis ! Et arrête de crier, tu vas réveiller tout le monde.

Elle ouvre sa porte pour me lancer des éclairs avec ses yeux… humides. Quelle idiote je suis ! Si quelque chose fuyait, c'était Olga. Rien qu'Olga.

– Je suis désolée, dis-je. Pardon, je ne voulais pas te déranger. Je…

Elle a l'air furieuse. Mais aussi en détresse totale.

– Je peux faire quelque chose pour toi ?

– Ça m'étonnerait. Retourne dans ta cabine. Je vais bien, ne t'inquiète pas.

– Permets-moi de te dire que tu caches très mal que tu vas bien.

– Ça va aller, je te dis. Je…

Elle réprime un sanglot. Sans réfléchir, je lui tends la main.

– Suis-moi dans la cuisine. Je crois qu'il reste un sachet de pudding au chocolat. C'est un remontant reconnu par la plus haute instance médicale, en France, tu le savais ?

Elle esquisse un sourire. Bingo !

– Les Russes vous ont concocté les pyjamas les plus confortables du monde, on dirait, dis-je pendant que j'ouvre le sachet (on ne doit pas en manger plus que prévu mais c'est un cas de force majeure, et je me priverai de dessert demain).

Elle tire sur la matière verte de son haut.

– Oui, mais ce sont aussi les plus moches de la galaxie. Regarde-moi ce vert caca d'oie !

– J'aurais du mal à te contredire, hélas.

Les pyjamas français ne sont pas un rêve de styliste, mais au moins ils sont d'une jolie couleur bleu ciel. Ah, ces Français ! On est de vrais frimeurs, en toutes circonstances.

– Un petit coup de blues ? je demande pour tâter le terrain. Ça m'arrive aussi, tu sais.

– Toi ? Tu es toujours de bonne humeur, prête à la blague, de bonne compagnie... Et en plus tu as l'air de ne jamais te forcer. Tu es la co-astronaute idéale...

– Oh, merci.

– Et c'est pour ça que je te déteste.

*Bam.* C'est peut-être de la franchise russe caractéristique. Il n'empêche que ça me fait l'effet d'une gifle.

– Eh bien... Le lien de cause à effet n'est pas forcément évident...

Je ne sais plus quoi penser. Olga est un peu difficile à suivre. Mais une digue s'est brisée en elle (la force du pudding au chocolat ne se dément pas), et la voilà prête à tout m'expliquer.

– On dirait que tu ne te rends pas compte de la pression exercée sur nous trois, Jason, toi et moi. Tu sembles ne pas t'en soucier une seule seconde. C'est dément !

– Si, bien sûr que j'en suis consciente, mais on a été formés pour résister au stress...

– Je ne te parle pas de ça, et tu le sais bien !

Je dois avoir l'air assez ahurie pour qu'elle comprenne que je ne le sais pas tant que ça. De quoi parle-t-elle ?

– L'un de nous trois va être désigné par un jury international pour poser le pied sur Mars en premier.

– Oui, c'est vrai. Et ?

– Eh bien, ils nous observent, nous jugent, nous notent en permanence. Ce sera le meilleur selon eux qui aura ce grand honneur.

Être le premier humain à poser le pied sur Mars... C'est vrai que j'adorerais ça. Comme Olga et Jason, évidemment.

Mais forcément, il y aura un seul élu et deux déçus. Autant essayer de minimiser tout ça…

– Tu as raison, ce sera un honneur. Mais ne pas poser son pied en tout premier sur Mars, ce n'est pas non plus une catastrophe. Tu poseras le tien, quelques instants plus tard, voilà tout.

Elle me regarde comme si j'étais une demeurée. Bon d'accord, j'ai peut-être un peu trop minimisé.

– Pas une catastrophe ? Vraiment ? Si ce n'est pas moi qu'on choisit, tu sais ce qui se passera ?

– Eh bien…

– Je serai une honte nationale. La Russie tout entière compte sur moi. C'est horrible, cette pression, parce que… parce que je suis certaine de ne pas être choisie.

– Pourquoi ce ne serait pas toi ? Tu te débrouilles mille fois mieux que moi dès qu'il s'agit de communiquer. Micaela est très contente de ton travail. Mitchell aussi. Tu es compétente, posée, professionnelle…

– Peut-être, mais je ne suis ni belle, ni hyper à l'aise en groupe.

– Quoi ?

Je dévisage Olga malgré moi. Qu'est-ce qui peut lui faire penser qu'elle n'est pas belle ? Elle a des yeux bleus en amande magnifiques, des pommettes hautes, une bouche bien dessinée et des cheveux bruns avec de jolis reflets roux, qu'elle a coupés court et qui lui font une auréole autour de la tête, à cause de l'impesanteur. Certes, si on la comparait à la Vénus de Botticelli, on pourrait penser qu'elle a les joues trop rondes, le menton trop long et pointu, et que ses lèvres partent un peu de travers quand elle parle, mais de là à ne pas se trouver belle…

– Tu es très jolie, Olga. Vraiment. De toute façon je doute que ce soit un de leurs critères. Si ça l'est, je te jure que je fais un scandale auprès de l'ONU pour cause de violation des règles d'égalité !

– Tu sais bien comment c'est. Ils n'en feront jamais un critère officiel, mais ça joue. Ça joue toujours, l'apparence, quand on est une fille.

– C'est faux. Regarde, on est là toutes les deux et pourtant il y avait de vrais canons de beauté parmi les autres candidats.

Je revois l'Américaine de ma chambrée et son allure de top model. Je ne lui arrivais pas à la cheville, de ce point de vue-là.

– Quoi qu'il en soit, si ça t'inquiète vraiment, je ne suis pas plus jolie que toi.

– Tu es superbe. Ne fais pas comme si tu ne le savais pas. Ou comme si tu n'avais pas vu comment Jason te regarde.

Alors ça, c'est un choc. Cette conversation prend un tour tout à fait surréaliste. Comment peut-on confondre les regards haineux de Jason avec des regards de désir ?

– Je… je crois que tu te trompes. Tu as toutes tes chances, Olga. Et même si tu n'es pas retenue, je ne crois pas que toute la Russie t'en voudra. Ils seront fiers de te voir poser le pied sur Mars, que ce soit en premier ou non. Ils sont sans doute déjà fiers et ça ne changera pas, quoi qu'il se passe.

– Tu ne te rends pas compte. J'ai discuté avec mon père hier soir, et…

Des larmes coulent de nouveau. Enfin, ne coulent pas, mais s'amassent dans le creux de son œil pour former une grosse goutte, dont s'échappent des plus petites, qui se mettent à flotter. Je n'avais jamais vu personne pleurer en impesanteur… C'est tout à fait fascinant.

– … et son attente est écrasante.

Nous y voilà. Il faudrait peut-être que les filles arrêtent d'être torturées par leur père… Je me demande comment. *Oh wait*, peut-être que les pères pourraient commencer par être de meilleurs pères ?

– Tu sais, en Russie, même si ça a évolué, les filles sont souvent élevées pour devenir des épouses. J'ai appris à cuisiner, repriser, laver, soigner… pendant que je rêvais d'autre chose. J'ai juré de ne jamais me marier, en tout cas pas avec un Russe qui a les mêmes idées que mon père. Et je me suis battue pour aller contre cette fatalité. J'ai lutté pour faire des études, puis pour avoir le droit de me rendre à Huntsville, quand j'ai été sélectionnée. À chaque bataille gagnée, je me dis que je vais enfin obtenir le soutien de mon père. Ou au moins, son respect. Mais il ne cesse de me répéter que je ne vais pas y arriver. Qu'il ne sait pas pourquoi je m'inflige tous ces efforts, puisque je vais me planter…

– Même maintenant que tu es là ? Tu es l'une des sept premiers astronautes qui iront sur Mars. Il lui faut quoi de plus ? Même décrocher la lune serait moins incroyable que ce que tu es en train d'accomplir.

– Il est certain que je ne serai pas choisie pour être la première à poser le pied sur Mars, et cette seule certitude l'autorise à déprécier tout le reste. Il n'arrête pas de me dire qu'il ne comprend pas pourquoi ils m'ont choisie moi, qu'il y avait sans doute de grands gaillards russes qui auraient été beaucoup plus à leur place, et qui auraient été choisis, eux, pour poser ce premier pas sur Mars. Il me dit que tous les gens à qui il parle pensent pareil. Je veux lui prouver qu'il a tort. Je veux montrer à toute la Russie qu'elle a tort. Que je vais y arriver.

J'essaie de dissimuler mon effarement, pour qu'elle ne se ferme pas comme une huître.

– Olga… Je crois que, même si tu es choisie, ton père ne sera pas content de toi. Il ne le sera jamais. Et ce n'est pas ta faute. Au contraire. C'est incroyable que tu en sois arrivée là malgré le peu de soutien que tu as eu. Je suis admirative. Tu es une battante !

Elle me jette un regard scandalisé.

– Pourquoi dis-tu ça de mon père ? Tu crois qu'il est un mauvais père ? Il a raison de me pousser à aller toujours plus loin. Tu crois que c'est en me couvrant de compliments et en me chouchoutant qu'il m'amènera à me dépasser ? Tu essaies de me fâcher avec lui pour me déstabiliser, pas vrai ? C'est une tactique pour me mettre sur la touche, c'est ça ? Je ne voulais pas croire que tu étais aussi manipulatrice, mais en fait…

Elle me tend le sachet de pudding au lieu de finir sa phrase et me tourne le dos en prenant appui sur une main courante.

Je la regarde s'éloigner, complètement abasourdie.

# PARTIE 4

# SORTIES

*« Chaque centimètre cube d'espace est un miracle. »*

Walt Whitman, poète et romancier

# 22.

Lors d'une réunion de débriefing, Mitchell nous apprend qu'il faut changer une batterie solaire.

– Nous en profiterons pour prendre des photos des impacts des micrométéorites sur le vaisseau. Et si nous avons le temps, nous pourrons lubrifier le bras robotique.

– Ça veut dire que… On va devoir sortir ?

L'excitation fait bondir Jason. Si on n'était pas dans l'espace, je le soupçonnerais de se droguer, tellement il est toujours sur le qui-vive.

– Oui, Jason. On savait que ce serait nécessaire pour l'entretien, pendant le voyage. Micaela, tu es d'accord pour faire partie de cette EVA ?

Ce petit mot, « sortir », prend des proportions formidables quand on est dans un vaisseau spatial. On appelle cela une « sortie extravéhiculaire », ou EVA (pour *Extra-Vehicular Activity*). Micaela a déjà effectué trois EVA au cours de ses missions spatiales, dont une pour se promener sur le sol lunaire. Enfin, pour y prélever des échantillons, pas pour une promenade, évidemment. Dans l'espace, on ne se promène jamais sans but. En tout cas, elle a l'habitude.

– Tu vas commencer ta préparation dès la fin de cette réunion, Micaela. La sortie se fera dans sept heures, comme le veut le protocole. Ça ne devrait pas être trop compliqué, c'est une EVA ordinaire, donc… je pense que tu peux être accompagnée par un de nos stagiaires.

Olga n'a pas réussi à retenir un hoquet de surprise. Elle pose sa main sur sa bouche et rougit subitement. Elle s'imagine sans doute qu'elle vient de perdre des points. Un bon astronaute doit s'attendre à toute éventualité avec le plus grand sang-froid… Mais cela signifie-t-il qu'il doive dissimuler toutes ses émotions ? En attendant, le regard sévère de Jason ne l'aide pas à avoir une meilleure opinion d'elle-même. Lui bombe le torse avec importance, tout bouffi de sa croyance que l'assurance attire la confiance. Quant à moi, au fond de mon cœur, une petite fille crie : « Moi ! Moi ! Moi ! » C'est la petite Esther qui regardait les étoiles, enfant, sur la plage, aux côtés de sa sœur Chloé. Je régule ma respiration pour tenter de rester professionnelle. Digne et droite. Mais dans ma tête je crie : « Choisissez-moi ! Par pitié ! Choisissez-moi ! »

– Je sais que, pour l'instant, vous ne vous êtes entraînés qu'en piscine, poursuit la commandante.

Nous hochons la tête. En effet, pendant toute notre année de formation, on a appris à évoluer dans le bassin du laboratoire de flottabilité neutre de Houston. Ils y avaient même reproduit les modules de la navette à échelle réelle, plongés dans l'eau.

– Ce sera donc une première expérience réelle, différente de ce que seront vos sorties sur Mars, bientôt. Votre formation d'astronaute fera un bond. Qui est volontaire ?

Trois mains se lèvent immédiatement. C'était prévisible. À quoi s'attendait Mitchell ? Aoi, Micaela et Robert échangent un regard amusé.

– D'accord, soupire Mitchell. Vous allez m'obliger à tirer au sort, c'est ça ?

Je baisse la main doucement. Vais-je vraiment faire ce que je m'apprête à faire ?

– Vous devriez choisir Olga pour cette mission, dis-je.

*Non, tu ne viens pas de perdre ta chance de sortir dans l'espace, tout de même ? Tu n'as pas fait ça ?* Je me donnerais des gifles, parfois.

– Pourquoi Olga ?

– Esther, tu n'as pas à… commence Olga.

– D'abord parce que c'est la stagiaire de Micaela. Elles ont déjà passé beaucoup de temps ensemble. Elles se connaissent bien et ça peut faire la différence en cas de soucis. Ensuite parce que je pense que c'est la plus compétente. Je me souviens qu'à Houston, elle impressionnait tout le monde pendant les sorties en piscine. De plus, elle est la seule à détenir un master en mécanique. Elle est la plus appropriée pour cette sortie.

Jason me jette un regard furieux. Olga semble sous le choc.

– Eh bien, voilà qui est très convaincant, approuve Mitchell. Merci, Esther. C'est très professionnel de penser d'abord à la qualité de la mission avant de penser à soi. Je te félicite. Olga, commence ta préparation. Micaela va t'expliquer en quoi elle consiste.

Quelque chose en moi est heureux, alors qu'autre chose de plus grand est en train de hurler de déception. Mais pourquoi suis-je aussi stupide, et aussi souvent ? Tout ça pour une fille qui va sans doute encore m'accuser d'avoir fait ça par calcul, pour me faire apprécier et pour « gagner », comme elle dit. Je réalise que j'ai effectivement augmenté mes chances d'être choisie pour être la première à poser le pied sur Mars, et pourtant, juré craché, ce n'était pas du tout prémédité. Cela dit, si Olga excelle lors de cette EVA, cela pourrait bien lui valoir beaucoup plus de points supplémentaires qu'à moi avec mon sacrifice.

Pour le moment, l'air lumineux d'Olga est un vrai bonheur. Sa joie est sans mélange et elle ne m'envoie pas encore de poignards avec ses yeux.

Jason, en revanche…

★

La sortie ne se fera que dans sept heures parce que c'est le temps nécessaire pour vérifier les deux scaphandres et les outils qu'Olga et Micaela emporteront dehors. C'est aussi le temps qu'il leur faut à toutes les deux pour chasser l'azote de leur sang par du sport pratiqué sous oxygène, ce qui leur évitera un accident de décompression. Nous sommes chargés, Jason et moi, de vérifier aussi les longs sous-vêtements, recouverts d'une combinaison munie de tubes en plastique remplis d'eau, qu'elles devront enfiler. C'est un équipement indispensable pour refroidir le corps : la température du scaphandre peut monter jusqu'à 100 degrés lorsqu'il est exposé au soleil. Nous nettoyons consciencieusement les filtres qui permettront d'expulser le dioxyde de carbone, nous vérifions l'étanchéité… Rien ne doit nous échapper. « Une combinaison, c'est un petit vaisseau spatial », nous rappelle Mitchell. Il doit être aussi sécurisant que l'est le Starship 300, à échelle humaine.

Lorsque l'heure de la sortie approche, les deux astronautes doivent enfiler leur combinaison. Impossible de le faire seules. Elles sont assistées par Robert et Aoi, qui nous enjoignent de bien observer comment procéder. Tout doit être parfait.

– En EVA, il faut que les gants soient parfaitement ajustés à la taille des mains pour la meilleure préhension possible, m'explique Aoi. C'est crucial, car chaque mouvement des doigts demande un réel effort physique, qui finit par tétaniser l'avant-bras. J'ai recommandé à Olga de se couper les ongles à ras, pour avoir le meilleur contact possible avec les gants sans risquer d'avoir les doigts en sang à cause des frottements, au bout de plusieurs heures.

Robert pousse une exclamation.

– Mais comment n'y ai-je pas songé avant mes EVA ?

– Tu aurais pu me demander, s'esclaffe Micaela. J'ignorais que tu ne le faisais pas.

– Ma chérie, rappelle-moi à l'occasion de faire un tuto beauté pour astronautes. Des vidéos avec des tas d'astuces. Vidéo numéro 1 : comment se couper les ongles pour ne pas se bousiller les doigts dans l'espace. Je vais faire un tabac !

Une fois les gants installés et le scaphandre fermé, Olga et Micaela sont dépendantes du système de survie de leur combinaison. Olga me jette un regard affolé avant que le casque soit hermétiquement clos, dans un *clic* décisif. Elle a peur, soudain, et me le fait savoir. Elle ne me prend donc plus pour une ennemie ? Même si j'ignore ce détail, je lui renvoie un sourire encourageant.

J'imagine qu'à sa place je serais morte de trouille et d'excitation mêlées. Je la rassure encore par un pouce levé, mais elle détourne les yeux. Cette fille est un poil trop compliquée pour moi.

– On reste en contact, leur lance Mitchell. Fiez-vous aux consignes de la fiche qui est fixée à votre bras. Vous n'avez même pas à réfléchir : vous suivez chaque étape, et c'est tout. Pensez à vérifier régulièrement les voyants installés sur l'ordinateur présent sur votre torse, grâce au miroir fixé sur l'autre bras. Jenny, notre Capcom, est aussi là pour vous aider et vous rappeler de vérifier vos gants et votre casque régulièrement. C'est compris ?

Olga et Micaela acquiescent puis pénètrent dans le sas, que nous refermons au moyen d'une écoutille. Elles doivent désormais attendre quarante minutes, le temps de la dépressurisation. Après quoi, elles pourront actionner la deuxième écoutille, celle qui s'ouvre sur le vide de l'espace, pour s'y jeter.

J'ai le cœur qui bat aussi fort et aussi vite que si j'étais à leur place.

# 23.

Nous pouvons suivre l'évolution des deux astronautes grâce aux caméras fixées à l'extérieur, et grâce aux images envoyées par leurs scaphandres.

Mitchell, Aoi et Robert sont dans le module de communication pour pouvoir échanger avec elles, pendant que Jason et moi suivons ce qui se passe *via* l'écran d'un ordinateur du salon. J'ai passé mes chaussons dans des cale-pieds pour être stabilisée. Regarder un écran en flottant me donne la nausée. Jason, lui, se tient à une poignée.

Sur l'écran, Olga et Micaela s'arriment aux mains courantes grâce à des mousquetons. Un filin les relie au vaisseau et je ne peux m'empêcher d'y voir un cordon ombilical. Elles viennent de sortir de la matrice réconfortante du vaisseau pour se jeter dans le vide et l'inconnu. C'est une véritable métaphore de la naissance… Sauf qu'à l'extérieur ne nous attend pas la chaleur d'une mère mais le noir, le froid, l'inhospitalier. Les deux femmes évoluent avec grâce, par de petits sauts, en prenant appui sur la surface du module. Quelle sensation cela doit être !

– Dire que ça aurait dû être moi, marmonne Jason d'un air mauvais à mes côtés.

– Pourquoi, « ça aurait dû » ? je lui demande.

– Comme si tu ne le savais pas. J'ai obtenu les meilleurs résultats haut la main à Huntsville. Et je me suis illustré plusieurs fois lors de la formation à Houston. Tu savais tout cela, mais tu as mis Olga en avant juste pour me priver de cette sortie.

Wouah. En voilà un autre qui a très envie de poser son petit peton en premier sur Mars. Comment ont-ils donc choisi mes coéquipiers, à Houston ? Ils ont pris ceux qui ont obtenu 100 % au test « Je suis le plus gros arriviste » ?

– Si c'était par mauvais esprit, pourquoi est-ce que je ne me serais pas moi-même mise en avant ?

– Parce que ça t'aurait desservie, et tu le sais. Dans le monde des astronautes, l'humilité est la valeur suprême.

– C'est à se demander comment tu as pu réussir.

– Parfois, il suffit d'avoir la bonne attitude, même si nos pensées vont ailleurs. Tu sais parfaitement faire ça, toi. Tu as même réussi à te faire bien voir de Mitchell de cette manière. En m'évinçant. J'avoue, tu es très forte.

Tout s'éclaire : ce garçon est un grand malade. Et il n'est certainement pas étranger à l'attitude d'Olga. Elle m'a accusée de la même manière, mais je la sentais prise dans un tourbillon d'émotions contradictoires. Lui adopte un air froid et assuré. Je ne serais pas étonnée qu'il ait retourné Olga contre moi en s'appuyant sur son angoisse et son manque de confiance en elle. Et comme tout bon névrosé, il m'accuse en miroir de son propre travers : c'est lui qui a réussi à gruger les jurés. Son talent de dissimulation doit être très bien rodé pour qu'il ait réussi à se faire passer pour le meilleur des camarades, et pour un maillon indispensable d'une équipe d'astronautes... À l'épreuve de la réalité, c'est sa véritable personnalité qui s'exprime.

Je m'abstiens de répondre. Je me concentre sur les paroles d'Olga et de Micaela, retransmises dans les modules du vaisseau.

– EV2. Il fait très chaud, ici, dit Olga. Mais... c'est tellement beau. La Terre est si belle ! Je prends quelques photos. *Out.*

Lorsqu'on donne une information qui n'appelle pas de réponse, lors d'une EVA, on la termine par le mot « *out* ». Sinon, c'est « *over* ». Et il faut commencer chaque phrase par son « nom de code » pour que l'on sache qui parle. Micaela est « EV1 » et Olga, « EV2 ».

Je sens Jason respirer plus fort à mes côtés. Lui aussi vit les choses par procuration, comme moi, à la différence qu'il en crève de jalousie. J'envie Olga autant que lui, je ne peux pas dire le contraire, mais je me sens heureuse pour elle. Je ne suis certes pas une sainte, mais Jason est-il quant à lui capable de penser à autre chose qu'à lui-même ?

– Capcom, dit Jenny de la Terre. EV2, vous avez six heures devant vous, certes, mais ça passe très vite. Ne perdez pas de temps. *Out*.

Toute l'équipe de Houston est sur les dents, là en bas. De plus, la sortie est retransmise en direct sur les chaînes des agences spatiales concernées, et l'émission est reprise par des milliers de streamers sur la planète. Tout incident ferait très mauvais effet.

Olga et Micaela interagissent entre elles avec des consignes et des informations précises. Elles blaguent aussi un peu pour détendre l'atmosphère, tout en restant hyper concentrées. Leurs gestes sont lents mais précis. Je me souviens combien il était difficile de se mouvoir, dans la piscine, avec cette combinaison encombrante, et avec ces gants tellement peu pratiques pour des travaux de précision. Je sais aussi que la concentration est telle qu'on peut croire qu'une demi-heure est passée alors que plus de deux heures se sont écoulées. Jenny a donc raison de presser Olga, qui s'est aussitôt mise au travail. Le plus urgent est de remplacer la batterie solaire. Le reste, ce sera pour une prochaine EVA si le temps est écoulé.

Nous restons à les observer pendant une heure et demie, souffle coupé. Jenny les guide, les rassure, leur rappelle régulièrement de vérifier leurs gants, leur casque, les indicateurs sur leurs combinaisons... Soudain, la voix d'Olga s'élève *via* la radio. Elle a changé de ton. Elle tremble...

– EV2. Starship ? Houston ? *Over.*

– Starship, répond Mitchell. On te reçoit, EV2. Un problème ? *Over.*

– EV2. Je... je sens de l'eau dans ma nuque. Et, c'est de l'eau froide. Ça ne peut pas être de la sueur. *Over.*

– Starship. Capcom, coupez la transmission en direct. *Out.*

– Capcom. Bien reçu. *Out.*

– Starship. EV2, tu es sûre ? *Over.*

– Certaine ! Je veux dire : EV2, certaine ! *Over.*

Un silence de mort suit ces paroles. Il ne dure qu'une milliseconde mais il nous paraît à tous beaucoup plus long.

– Lucas Parmitano, souffle Jason à mes côtés.

– Quoi ?

– Il est arrivé la même chose à l'astronaute Luca Parmitano en 2013. Le liquide de refroidissement de sa combinaison a dysfonctionné et a renvoyé l'eau dans le système de ventilation connecté à son casque. Il a failli se noyer.

– On connaît tous cet accident. Mais ils ont équipé les casques d'éponges, maintenant, pour éviter que ça ne se reproduise.

– Oui, mais si l'éponge est saturée?

Jenny intime à Olga de rentrer rapidement.

– Capcom. Vite, répète-t-elle. *Out.*

– EV2. L'eau monte. Ou plutôt, elle descend, elle vient du haut du casque. Elle recouvre mes yeux, maintenant, je n'y vois plus rien!

– Capcom. EV1, aidez EV2 à s'orienter. *Out.*

On sent qu'Olga a essayé de maîtriser sa voix. De ne pas montrer sa panique. Nous savons tous qu'elle s'est mise en mode «danger» et qu'elle essaie déjà de trouver des solutions à ce qui pourrait arriver, comme on nous l'a appris lors de la formation.

– EV1. On a mis six minutes pour venir jusqu'ici! Il nous en faudra autant pour rejoindre le sas. *Over.*

– Capcom. Gardez votre calme, réagit Jenny avec une voix douce. Rentrez avec EV2. *Out.*

Micaela s'accroche au câble de sécurité et progresse jusqu'à Olga. Cette dernière n'a pas bougé, tétanisée.

– Je vais te prendre la main, Olga, l'informe Micaela. Garde l'autre main sur ta longe de sécurité. Laisse-toi guider.

– Je sens que l'eau progresse.

Nous voyons Olga par les yeux de Micaela, grâce aux caméras fixées sur son casque. Mais nous ne pouvons pas nous rendre compte de l'étendue des dégâts, puisqu'elle porte sa protection dorée contre les radiations solaires. Nous ne pouvons qu'imaginer son visage tendu. L'impuissance me tord le ventre.

Elles progressent avec une lenteur tuante.

– Ma perceuse !

Par les yeux-caméra de Micaela, nous voyons la précieuse perceuse-visseuse, le fameux *pistol-grip tool*, le meilleur outil des astronautes, s'éloigner dans le vide de l'espace en flottant. Dans la précipitation, Micaela l'aura mal fixée à sa ceinture.

– Starship. Ce n'est pas grave, la rassure Mitchell. L'important, c'est de sauver Olga. *Over.*

– N'empêche, je suis trop bête.

– Capcom. Ne gardez que le sas comme objectif en tête, lui recommande Jenny de sa voix calme. *Out.*

Il reste maintenant un mètre entre les astronautes et le sas.

– L'eau recouvre mon nez, maintenant !

– Starship. Respire par la bouche, Olga, intervient Mitchell. Tout ira bien. Je t'assure. *Over.*

– Mais il reste quarante minutes de repressurisation, dans le sas !

– Starship. On va réduire un peu cette durée. *Out.*

Micaela saisit les poignées du sas, Olga à sa suite.

– Capcom. EV2, dites-nous où en est le volume d'eau, demande Jenny au bout d'une minute. *Over.*

– …

– Olga ?

Elle n'a pourtant pas perdu connaissance, on la voit s'agripper au sas ouvert.

– Entre en premier, Olga, dit Micaela. Vite.

– Capcom. L'eau semble avoir couvert son micro et son oreillette, l'informe Jenny. EV2 n'est plus en contact avec nous. *Over.*

– *Dios mío*… Pourvu que le processus se termine à temps. Comment saurons-nous que…

– Capcom. EV1, entrez vite après EV2. Fermez le sas derrière vous. Vite ! Chaque microseconde compte. *Out.*

Dès que le sas s'est refermé dans le silence de l'espace, et que les deux femmes se sont installées l'une en face de l'autre, nimbées de la lumière rouge qui indique que la repressurisation est en cours, Micaela s'empresse de relever le casque d'or d'Olga pour voir son visage. Nous le découvrons en même temps qu'elle sur nos écrans. J'agrippe le bras de Jason à côté de moi, par stupeur incontrôlée. Il se dégage avec humeur. L'eau a atteint le haut de la bouche d'Olga. Son visage blanc et gonflé est effrayant. Il s'y lit un mélange de terreur et d'épuisement. Elle a fermé ses paupières pour protéger ses yeux du liquide, mais elle les ouvre pour voir Micaela, qui a aussi relevé sa visière. Ses grands yeux bleus semblent contempler la mort. Et se préparer à la rejoindre.

– Tiens bon, Olga…

J'ai murmuré sans m'en rendre compte.

– Capcom. EV1, intervient la voix de Jenny, stimulez l'attention d'EV2. Maintenez-la consciente. *Out.*

– EV1. À combien de temps peut-on réduire la durée de repressurisation ? L'eau progresse vite… *Over.*

La voix de Micaela est altérée par l'angoisse.

– Capcom. Nos ingénieurs et médecins travaillent dessus, répond Jenny. La première réponse qu'on m'a faite c'est que tenter d'enlever son casque avant que la pression n'atteigne 1 000 hPa serait très risqué. *Over.*

– Ça ne m'aide pas, grince Micaela.

– Je suis désolée…

Un accident de pressurisation peut causer des problèmes neurologiques, un coma, des déficits sensoriels ou des paralysies. Ou encore un arrêt cardiaque pur et simple. Nous voyons aussi le visage de Micaela *via* les caméras d'Olga qui, elles, fonctionnent encore. Elle est défigurée par l'émotion. Étonnamment, je l'en trouve encore plus belle. Elle attrape les mains d'Olga et les secoue. Puis elle les serre aussi fort que le lui permettent ses gants. Ensuite elle pose sa main sur son casque, comme pour caresser sa joue au travers de la vitre. Il se produit alors une transformation dans les traits d'Olga. À la torsion de sa bouche et aux tremblements de son menton qui font penser à des hoquets, on comprend qu'elle a éclaté en sanglots.

– Oh non, ma mignonne, gémit Micaela, n'aggrave pas les choses en y ajoutant tes larmes !

Furtivement, une image du *Alice au pays des merveilles* de Walt Disney, où Alice se noie dans ses propres larmes de géante, fait une apparition dans ma tête.

– Olga, reprends-toi, dit Mitchell avec douceur. Tout va bien se passer. Il ne reste plus que vingt minutes de repressurisation. Tu es presque sauvée !

Mais l'eau est en train de dépasser sa lèvre du haut. Nous sommes tous suspendus à l'image d'Olga qui lutte pour maintenir son visage le plus bas possible. Mais bientôt ce n'est plus possible. L'eau entre dans sa bouche. Elle parvient encore à la recracher mais bientôt, elle ne pourra plus respirer. Allons-nous assister à sa mort en direct ?

– Houston ! crie Micaela. Alors c'est quoi, la réponse ? Quand est-ce qu'on peut ouvrir ce putain de casque ?

– Capcom. Je suis désolée, répond Jenny. Nos médecins d'ici disent que ce n'est pas encore…

– Mais elle se noie ! Ils ne voient pas ça, vos médecins ? Olga est en train de se noyer !

Jason s'est approché de l'ordinateur. Je peux voir ses phalanges blanchies à force de serrer la main courante la plus proche. Ses mâchoires sont si crispées que les veines de son cou sont apparentes. Quant à moi, je m'apprête à détourner le regard, pour ne pas assister à l'agonie d'Olga, quand Micaela fait ce geste fou.

– Non, Micaela, ne faites pas ça ! crie Jenny.

Micaela actionne le mécanisme de déverrouillage du casque d'Olga, et d'un geste sec vers la droite, elle le désolidarise du scaphandre. L'eau s'écoule librement, vers le haut bien entendu pour cause d'impesanteur. Olga crache et pleure, mais elle suffoque. L'air de ses poumons est certainement en train de s'évacuer en partie, la pression n'étant pas optimale. Elle ne tarde pas à perdre connaissance.

– Micaela… souffle Mitchell.

Micaela enserre le corps inanimé d'Olga sur ses genoux, et peut enfin poser son gant directement sur sa joue. Nous l'entendons sangloter.

– Elle se noyait… Elle se noyait… répète-t-elle en boucle.

Puis, enfin, la lampe du sas redevient jaune. Jason et moi fonçons vers l'écoutille. Robert l'a déjà ouverte. Aoi et Mitchell en extirpent délicatement le corps d'Olga, pour la transporter dans le laboratoire médical. Robert se précipite sur Micaela pour l'aider à ôter son scaphandre.

– Tu as été parfaite, Micaela, fait Robert en lui caressant les cheveux, après lui avoir enlevé son casque.

Il semble très ému.

– Aidez-moi à lui enlever ce harnachement, nous ordonne-t-il. Tu as fait ce qu'il fallait, dit-il encore à sa femme.

Personne n'en a l'air aussi sûr. Micaela ne répond rien, visiblement sous le choc. Lorsqu'elle est enfin sortie de sa combinaison, au bout de longues minutes, elle se jette dans les bras de Robert.

– Elle est si jeune ! Pourquoi ont-ils laissé de si jeunes gens partir dans l'espace, avec si peu de formation ? C'était de la folie, dès le départ c'était de la folie !

– C'était un accident, réplique Jason vivement. Ça aurait aussi bien pu vous arriver à vous. L'âge n'a rien à voir là-dedans.

– Jason a raison, dis-je doucement.

– Tu l'as sauvée, Micaela, la rassure Robert. Elle respirait quand tu lui as ôté son casque.

– Oui, mais quelles séquelles…

– Chut…

Je tire le bras de Jason pour lui faire comprendre qu'on doit les laisser seuls.

– Ils nous haïssent, lâche-t-il lorsqu'on est assez loin pour ne pas être entendus.

– Quoi ?

– Mitchell, Aoi et Robert. Ils nous haïssent.

– Mais pas du tout. Pourquoi tu dis ça ?

– Tu devrais quitter tes œillères de Bisounours, parfois. Et te mettre à la place des autres. Comment crois-tu qu'ils nous voient ? Eux, ils ont un doctorat, voire deux, ou bien ce sont des pilotes d'excellence qui ont fait leurs preuves, et dans tous les cas leur formation a duré au moins trois fois plus longtemps que la nôtre. Dans ton pays, la France, elle dure même sept ans. Ils ont rarement moins de 35 ans quand ils sortent pour la première fois de l'atmosphère terrestre, et souvent ce n'est que pour aller sur l'ISS. Et nous on déboule, tout frais, tout naïfs, tout ignorants, on squatte le premier vol en direction de Mars et en plus on leur vole la vedette ? Tu as remarqué qui a été le plus mis en avant dans les médias, jusqu'ici, j'espère ? Nous. Pas eux.

Je dois reconnaître qu'il n'a pas tort, d'un point de vue factuel. Mais je n'ai ressenti aucune once d'aigreur ou d'amertume de la part de nos tuteurs et de la commandante… Jusqu'à tout à l'heure. Mais c'était un moment d'émotions extrêmes. On peut dire n'importe quoi dans ces moments-là. Sinon, ça voudrait dire qu'eux aussi seraient extrêmement doués pour cacher leurs véritables émotions ? J'ai beaucoup de mal à y croire. Sans compter que je n'ai aucune envie d'y croire.

– Je vais voir comment va Olga.

Je le laisse avec sa paranoïa. Je ne veux pas entrer là-dedans.

– Comment va-t-elle ?

Aoi, qui est notre référence médicale dans l'équipe, m'a interdit de voir Olga avant qu'elle reprenne conscience. Je ne peux donc que lui poser la question, dès que je la vois hors du laboratoire.

– Elle est hors de danger.

Un grand poids quitte ma poitrine.

– Mais… elle se réveillera bientôt, n'est-ce pas ?

– Je n'ai presque aucun doute là-dessus. Et les médecins de Houston non plus.

Elle arbore pourtant un air préoccupé… Et préoccupant.

– Quelque chose ne va pas ?

– On ne sait pas encore s'il y a des complications. La pression était encore trop basse quand Micaela a enlevé son casque et… il est possible qu'elle ait des séquelles neurologiques.

J'en reste muette.

– Mais le cœur a tenu, et apparemment son corps n'accuse aucune paralysie. On en sera sûrs quand elle sera réveillée.

– Il n'y a rien à faire pour…

– Il faut attendre qu'elle se réveille, Esther. On en saura plus à ce moment-là.

★

Le repas du soir est sinistre. Chacun est abîmé dans ses pensées. Micaela a préféré rester dans sa cabine. Robert nous explique qu'elle est vraiment très choquée. Et qu'elle s'en voudra certainement si Olga n'en sort pas indemne.

– Elle lui a sauvé la vie, Robert, modère Mitchell. Elle n'a strictement rien à se reprocher. On aurait sans doute tous fait pareil.

Un silence tient lieu de confirmation.

– Comment est-ce que ça a pu arriver ? demande Aoi en buvant un yaourt liquide avec une paille. On a tout vérifié, et ce pendant sept heures. On a pris notre temps. Tout allait bien. Cette panne est anormale.

– Rupture d'une canule du système de circulation d'eau, répond Mitchell. Une faiblesse du matériau, j'imagine. Les ingénieurs étudieront ça. On leur a transmis la photo.

– On aurait peut-être besoin d'un flic, plutôt, lance Robert en serrant un peu trop fort entre ses doigts le sachet doré contenant son potage.

– Qu'est-ce que tu veux dire ? demande Aoi.

– Cette panne est anormale, tu l'as dit toi-même. Et si c'était un acte malveillant ?

– Robert ! s'écrie Mitchell. Tu as perdu la tête ? Tu ne peux pas dire une chose pareille ! On forme une équipe. Aucun de nous ici ne ferait de mal à Olga. Aucun n'y aurait intérêt.

– Je pense que tu es aussi traumatisé que Micaela, lui dit Aoi avec douceur et bienveillance. Tu as tout vécu par procuration, encore plus que nous. C'est normal, quand on est aussi proche de quelqu'un. L'empathie est forte. Il faut que tu te reposes.

Il porte la main à son front et secoue la tête.

– Oui. Tu as sans doute raison. Je suis vraiment désolé. C'était déplacé. Excusez-moi.

– Ce n'est rien, Robert, le rassure Mitchell. Va te reposer. Change-toi les idées si tu peux.

Nous terminons notre dîner dans un silence qui me met mal à l'aise. Je ne peux pas m'empêcher de penser, exactement comme le pensent aussi sans doute Aoi et Mitchell, que la personne qui était chargée de vérifier les systèmes de circulation d'eau des scaphandres avec Aoi, c'était Jason. Et moi je sais, en plus, qu'il a tout de suite fait le lien avec l'accident de Lucas Parmitano. Un peu trop vite ? Comment Jason a-t-il su si rapidement que c'était bien ça ?

– Bonjour l’ambiance, lâche ce dernier avant de se retirer à son tour.

★

– Elle s’est réveillée dans la nuit, m’informe Aoi alors que je me rends dans ce qui nous sert de salle de bains, le lendemain matin.

– Génial ! Comment va-t-elle ?

– Elle n’a rien de grave mais… elle a bien besoin qu’on lui remonte le moral. Tu peux aller la voir.

Je me dirige le plus vite possible vers le module-laboratoire. Aoi et Mitchell y ont installé un brancard où Olga est sanglée pour ne pas flotter. À Houston, ils espéraient vraiment qu’aucun de nous ne tomberait malade ou ne serait blessé, d’abord parce que le stock de médicaments qu’on a emporté est limité, ensuite parce qu’on ne connaît pas leurs effets secondaires sur un corps en impesanteur, et enfin parce que opérer ou soigner dans ces conditions en décuple la difficulté. Aussi n’avons-nous même pas de module-infirmerie.

– Olga ?

Elle passe rapidement sa main sur ses yeux. Pleurait-elle ?

– Qu’est-ce que tu veux ?

Le ton est agressif.

– Olga… Tu m'en veux d'avoir proposé que ce soit toi qui sortes, j'imagine… Je comprends. Je m'en veux beaucoup, tu sais.

– Non ! Je ne t'en veux pas pour ça. Je ne t'en veux pas tout court, Esther.

Elle tourne son visage vers moi et j'ai un coup au cœur. La moitié droite de son visage, auréolé par ses cheveux bruns flottants, est sans expression. Elle se désangle, pour se redresser à ma hauteur. Elle me fixe. Elle me défie.

– Paralysie faciale, murmure-t-elle enfin. C'est le souvenir que je garderai de ma première EVA.

– Je… je suis désolée.

– Moi qui me trouvais moche, avant ! J'étais bête, hein ?

Étrangeté de ne voir qu'une partie de ses muscles jouer quand elle parle ou lève les sourcils…

– Olga… Je suis tellement navrée. Si seulement je…

– Je t'ai dit que je ne t'en voulais pas, alors arrête.

Son air est sévère. Je ne sais pas quoi ajouter.

– C'est le destin, voilà tout. Que peut-on contre ça ?

– Tu es sûre que…

– Si tu savais comme c'est beau, dehors…

Ses deux yeux sont bien vivaces, en revanche, et ils pétillent subitement. Puis elle éclate en sanglots.

– Si tu savais quelles sensations ça procure, parvient-elle à dire entre deux sanglots aux larmes flottantes. Et puis… j'ai l'impression d'être une miraculée. Sais-tu ce que ça fait d'être passée près de la mort ?

Je sais uniquement ce que ça fait de la côtoyer…

– Ça rend… humble, hoquette-t-elle. Et reconnaissante. Et… plus sage, peut-être.

Je ne sais pas quoi faire. Elle est si imprévisible que je n'ose pas le moindre geste pour la consoler. Elle prend quelques instants pour se calmer avant d'inspirer un grand coup.

– Je voulais m'excuser de t'avoir mal parlé, l'autre fois. Je ne pensais pas ce que je disais. Je sais que tu ne voulais que mon bien.

C'est elle qui s'excuse ! Je n'y tiens plus : je la prends dans mes bras. Et je la serre fort. D'abord surprise, elle reste bras ballants, puis elle m'embrasse à son tour… et serre encore plus fort que moi.

– Soyons amies, souffle-t-elle. J'ai trop besoin de chaleur humaine. Encore plus maintenant.

– Avec plaisir, Olga.

Mon cœur se remplit. Je me sens très seule, moi aussi. Les lettres de Hugo ne me suffisent plus, même si mon amour pour lui ne faiblit pas… Maintenant, j'ai grand besoin d'une amie.

# 24.

3 novembre

## AU MILIEU DE L'ATLANTIQUE NORD

Ma très chère Esther,

Pauvre Olga ! Heureusement qu'elle s'en est sortie.
Égoïstement, je suis heureux que ça n'ait pas été toi.
Je n'arrive pas à croire que tu puisses prendre de tels risques à ton tour. Je préfère ne pas y penser…
Juste après ton message, j'en ai eu un autre signé de Houston. J'avoue que ça m'a surpris. C'était un avertissement… J'ai à l'occasion enfin compris que nos messages passaient par eux, et étaient lus.
Coucou, les gens de Houston ! En résumé, ce que tu venais de me raconter était confidentiel, et je devais le garder pour moi.

Je comprends mieux pourquoi les missions spatiales ont toujours l'air de se passer aussi bien, en dehors des gros accidents impossibles à dissimuler. On nous a toujours caché les problèmes. L'accident d'Olga a été médiatisé, oui, ils ne pouvaient pas faire autrement puisque la sortie a été retransmise en quasi-direct, avec le seul décalage du temps de transmission. L'émission n'a été coupée que lorsque tout le monde a compris qu'il y avait un problème. Mais les choses ont été minimisées... Ils ont très vite embrayé avec une vidéo où Jason semble s'éclater devant la retransmission d'un match de foot (il est incompréhensible que tes propres vidéos, celles où tu parles de réussites dans le domaine de la danse, n'aient pas le même impact, mais passons).
Et donc, à peu près tout ce que tu me racontes, je dois le taire. Comme je n'avais aucune intention de révéler quoi que ce soit, j'ai été doublement vexé.
Bref. J'espère en tout cas que tu t'es remise de ces fortes émotions. Vous devez être tous très ébranlés... Moi, je t'avoue, j'en tremble encore... S'il t'arrivait quelque chose, j'ai l'impression que j'en mourrais. Je n'exagère pas, Esther. La vie sans toi me semble impossible...

J'ai le sentiment, irrationnel bien sûr, que si tu étais restée sur Terre, tout irait mieux. Comme si tu avais déséquilibré les choses en partant. Je ne souhaite pas te culpabiliser, au contraire, je crois que tu es essentielle non seulement à ma vie, mais aussi à LA vie (ne me demande pas pourquoi, c'est quelque chose que je sens intuitivement). Depuis que tu es partie, tout part à vau-l'eau. Les différentes catastrophes naturelles qui ébranlent le monde n'en finissent pas. Un séisme au Chili, de magnitude 10, a succédé aux tsunamis. Une tragédie… De grandes manifestations écologiques ont eu lieu à New York, à Londres, à Berlin et à Paris, autant pour exprimer une peur viscérale que pour protester contre l'inaction des décideurs. Cette passivité est criminelle. Cette résistance des lobbys et des politiques est désespérante…

★

Je reprends cet e-mail. J'ai dû m'interrompre pour une plongée dans les abysses. Oui, tu as bien lu ! Moi aussi je vis des choses exceptionnelles, dans une autre mesure… Je te raconte.

L'*Ahora* est arrivé à Lost City il y a deux jours. Notre première étape importante.

Sais-tu ce que c'est, Lost City ? Probablement pas, c'est assez peu connu. Pourtant il s'agit d'un champ hydrothermal assez fabuleux, situé au milieu de l'océan Atlantique,

qui pourrait nous aider à comprendre les origines de la vie sur Terre. Mais certaines compagnies d'extraction minière en eaux profondes ont récemment eu l'autorisation de travailler dans la zone, car on y trouve des minerais rares servant à la fabrication des écrans de téléphones, ou des ordinateurs…
Tu imagines la manne que c'est pour elles.
Notre mission : rapporter des photos et témoignages de ce site exceptionnel afin de les médiatiser, et provoquer une prise de conscience massive pour que ces autorisations soient retirées…

La préparation pour la sortie a duré des jours. Ce n'est sans doute pas très différent d'une EVA. J'ai eu la chance de faire partie de l'expédition, avec Sébastien, le chef de campagne, et Victoria, une chercheuse de l'observatoire Pelagis. Salomé aurait aimé venir aussi, mais elle n'a même pas son baptême de plongée, alors Sébastien a refusé. Elle a boudé comme une enfant…
Nous nous sommes retrouvés tous les trois sur le pont du bateau, sous un soleil blanc, pour entrer dans le bathyscaphe, nommé *Fendouzhe* (« combattant », en mandarin). Une fois l'écoutille fermée, je me suis senti plus proche de toi. Et encore davantage lorsque nous nous sommes enfoncés dans les fonds marins, là où la lumière

ne passe plus, où tout est noir et hostile à la survie humaine, et où la pression est phénoménale. Mille cent cinquante kilos de pression au mètre carré…

La beauté de Lost City nous est apparue, grâce à l'éclairage du bathyscaphe, à près d'un kilomètre de profondeur. C'était merveilleux de voir se déployer sous nos yeux ce champ de cheminées de cristal blanc. Certaines, hautes de 60 mètres, ont plus de cent vingt mille ans… Elles surgissent là où les plaques tectoniques se rencontrent, et pourraient nous en apprendre beaucoup sur nos origines.

Lost City est aussi peuplée de créatures marines qu'on ne trouve nulle part ailleurs. Nous avons pu en voir à la carnation transparente, et d'autres luminescentes. Je n'ai jamais rien vu d'aussi extraordinaire. Une espèce de créature blanche, aux tentacules immenses et qui clignotait comme une guirlande de Noël, est longtemps restée face à nous. J'ai eu l'impression qu'elle me regardait. Qu'elle souhaitait s'adresser à moi.

Me croiras-tu fou si je te dis que j'ai alors senti ta présence, plus fort que jamais?

C'était une expérience intense et très troublante…

Notre planète est incroyable, Esther. Elle détient des trésors qu'il faut préserver.

J'espère que nos photos réussiront à le faire comprendre… et que nous arriverons à convaincre les politiques de préserver nos océans. Ils sont le poumon bleu de la Terre ; les forêts en sont le poumon vert. L'un brûle et l'autre se déséquilibre. Vert et bleu se décolorent.

Il me manque le rouge flamboyant de notre amour. Tu me manques…

Hugo

# 25.

La vue du sang, ce liquide rouge et visqueux, m'a toujours mise mal à l'aise.

Aoi plante l'aiguille dans mon bras et je détourne le regard.

Notre sang est prélevé régulièrement, et stocké dans l'un des trois grands congélateurs insérés dans les parois du vaisseau. Ces prélèvements seront analysés à notre retour sur Terre. Ils seront riches d'enseignements sur la façon dont nos corps supportent ce long voyage dans l'espace.

– C'est fini, ma belle !

Aoi me sourit mais je lui trouve l'air triste, un peu absent.

Pour chacun de nous, le temps paraît long, désormais, et psychologiquement ce n'est pas évident. Nous entrons dans le troisième mois de navigation. Novembre… C'est l'automne, sur Terre, déjà presque l'hiver. L'écran de ma tablette est la seule fenêtre ouverte sur notre planète et ses quatre saisons.

« Ma chérie ! Voilà les photos de notre dernier séjour à la montagne, avec Martin. Regarde ces couleurs, n'est-ce pas merveilleux ? »

Les photographies ou vidéos de nature que m'envoie ma mère sont extraordinaires. Le mot n'est pas trop fort, là où je suis. Un ruisseau qui coule au milieu d'une forêt rougeoyante, sous un ciel bleu où flamboie un soleil rond, me console du noir total qui m'entoure. La pluie, étrangement, me manque plus que tout. J'ai une nostalgie profonde de la sensation de ma figure baignée de multiples gouttelettes. Ici, nous ne prenons jamais de douche, bien évidemment puisque l'eau ne coule pas et qu'en plus elle est précieuse. Nous nous lavons avec des lingettes ou des serviettes humidifiées. La pluie, une douche, ces petites choses pour bien des gens sur Terre me paraissent un luxe ultime, vu d'ici.

Tous ces trésors terrestres sont si loin, et si désirables… C'en est douloureux.

Ce que me rapporte Hugo des abysses, à travers ce même écran, cette même fenêtre, l'est encore davantage. Je suis si touchée par ce qu'il me raconte, et par ce qu'il partage avec moi… Cela paraît totalement improbable, mais plus on s'éloigne l'un de l'autre physiquement, plus nos âmes se rapprochent. Aucun être humain n'a été aussi loin d'un autre de toute l'histoire de l'humanité, pourtant je le sens de plus en plus proche de moi, quitte à se fondre avec moi. Je l'emporte dans le noir de l'espace. Il m'emporte avec lui au fin fond des océans. Nos connexions nous dépassent, traversent l'eau, l'air et l'espace plus vite que la lumière.

★

La Terre a disparu de notre champ de vision depuis plusieurs semaines déjà. Comme l'avaient prévu les psys de Houston, cela provoque en nous un sentiment de perte et de désorientation profond. Et surtout, cette impression d'être au milieu de nulle part. Dans un grand néant.

Devant la grande cupola, j'attends avec impatience qu'apparaisse enfin la planète Mars. Ce ne sera pas comme avoir la Terre à proximité, mais ce sera au moins un point d'ancrage.

★

Heureusement, les e-mails existent, même s'ils arrivent avec un délai de plus en plus long. Les communications sont limitées, désormais, comme on nous l'avait annoncé. Je ne peux échanger qu'avec mon père (quand il est d'humeur plus bavarde qu'à l'ordinaire), ma mère, Morgane, Hugo et Abigail. Par Morgane, j'ai des nouvelles de Stephen et Farid. Elle me permet aussi de vivre par procuration ce que j'aurais connu si je n'avais pas été retenue dans cette grande aventure : le début de la vie d'adulte, avec son lot de déconvenues et de joie. Farid et Stephen sont en recherche d'emploi, mais Morgane a déjà trouvé une place d'ingénieure dans une grande boîte. Elle me raconte ce que c'est d'être confrontée à la culture d'entreprise, de faire connaissance avec ses collègues, le plaisir de pouvoir se projeter dans l'achat d'un appartement, et de ne plus compter ses sous quand on sort le soir.

Nous, les astronautes, on a un salaire aussi bien sûr, et il est plus qu'intéressant. Je sais que l'argent s'empile sur mon compte en banque, mais pour l'instant c'est très virtuel. Je n'en profite pas. À mon retour, en revanche, je pourrai m'offrir une maison en un coup un seul, si je le souhaite. J'ai du mal à me projeter dans ce type de projet. Ma maison, pour l'instant, c'est ici. Ma famille la plus proche, un brin dysfonctionnelle, c'est l'équipage.

★

– Ça va, Olga ?

Nous sommes seules dans le salon, et son regard s'est perdu dans le vide depuis un peu trop longtemps pour que je ne le relève pas.

– Oh, oui, rassure-toi. Je vais bien.

Un demi-sourire.

– La Terre me manque. Rien de très original.

Elle semble complètement remise, à présent, et sa paralysie faciale s'est un peu estompée. Les médecins lui ont dit que ce sera peut-être totalement réversible, avec un traitement approprié, une fois de retour sur Terre. Mais, pour l'instant, dès qu'on la regarde on se souvient avec effroi de ce jour où elle a failli perdre la vie. Les ingénieurs ont conclu à un accident dû à une faiblesse de la canule qui s'est déchirée. Ils nous ont demandé de revérifier très attentivement le système de circulation d'eau de toutes les combinaisons.

– Vous êtes bien sérieuses et silencieuses, les filles ! Ça vous dit, un jeu de société ?

Micaela vient d'entrer, toute flottante, toute pleine de son charisme et de sa beauté. Elle aussi a surmonté le choc psychologique qu'elle a subi. Robert l'y a beaucoup aidée en se montrant plus amoureux que jamais, ce qui fait chaud au cœur… et me redonne foi dans ce concept qu'est le couple.

– Oh non, pitié ! se lamente Olga. Aucun de nous ne connaît les mêmes jeux, et la dernière fois on a dû expliquer les règles pendant des heures, c'était assommant.

– Eh oui, vivre entre personnes de nationalités différentes demande quelques efforts ! Ou alors, on pourrait regarder un film ?

Olga et moi nous trouvons subitement des occupations urgentes. Micaela a un goût déplorable, cinématographiquement parlant. La dernière fois, elle a choisi un navet romantique dégoulinant, sans queue ni tête. Robert était très touchant à force de lui faire croire qu'il avait aimé !

Parfois, je me demande ce qui se passerait si Micaela tombait enceinte, ici, dans la navette. Je soupçonne l'équipe scientifique au sol d'espérer que cela arrive, pour étudier les effets d'une grossesse dans l'espace. Sinon pourquoi auraient-ils encouragé la venue d'un couple dans cette aventure ? Ça ne peut pas être uniquement pour que leur amour se propage autour de nous. Une grossesse dans l'espace, ce serait une première ! Ce qui est certain, c'est que l'absence de gravité rendrait l'accouchement plus difficile. Il faudrait qu'il se déroule dans le module à gravité artificielle, pour éviter une césarienne. Je ne souhaite cela à personne, tout de même. Mais on ne peut qu'y penser. Et imaginer ce que cela donnerait : comme on sait qu'un enfant né dans l'espace grandirait sans doute plus vite, à cause de l'impesanteur, beaucoup de scientifiques ont extrapolé sur une nouvelle espèce humaine, plus grande, à la tête plus grosse et qui aurait probablement la peau plus sombre, pour se protéger des radiations cosmiques cancérigènes…

★

Je me mets au travail, parce qu'il ne manque pas, mais aussi pour ne pas laisser mes pensées dériver dans des directions horribles, farfelues ou déprimantes. Nous sommes très occupés par l'entretien quotidien du vaisseau et par nos expériences multiples et variées. Je pose mes écouteurs sur mes oreilles pour écouter de la musique tout en comptant des populations de cellules au microscope. Aucun de nous n'aime le même style de musique, ce qui nous isole sous nos casques. Pour ma part, j'écoute aussi bien de la brit-pop que de la musique classique.

J'en écoute aussi quand je me rends dans le module à gravité artificielle pour exécuter quelques pas de danse. Cela fait un bien fou de mouvoir son corps avec la grâce d'une Terrienne, tout à fait différente de la grâce indéniable que nous donne la légèreté de l'impesanteur. La danse terrienne est justement un défi lancé contre la pesanteur. J'ai besoin de ce défi. Je réalise que je ne pourrai jamais me passer complètement de la gravité terrienne. Ou alors, ce sera un grand sacrifice.

Quelle est la réelle somme des sacrifices que nous faisons avec ce voyage ?

★

Hugo m'informe qu'il s'apprête à quitter Lost City. Il se dirigera ensuite vers les Bermudes. Je scrute chacun de ses mots, j'y cherche des intonations, du sens sous le sens... J'ai tellement peur qu'il finisse par se sentir contraint d'échanger avec moi... Tellement peur que nos conversations perdent de leur intimité ! Même si je le sens proche proche proche, ne sera-t-il pas tenté de se laisser tenter par cette Salomé, dont la peau et la chaleur palpitent à portée de ses doigts ?... Ou par une autre fille de l'équipage ? Plus j'aime Hugo, plus j'ai peur. C'est terrifiant d'aimer. Surtout dans la solitude qui est la mienne. J'attends ses messages comme si ma vie en dépendait.

★

Peut-être ne suis-je que bribes.

Bribes de pensées, bribes d'instants, bribes de mots et de paroles...

# 26.

– Comment s'est passée cette semaine, Esther ?

Abigail est la cinquième personne avec qui je peux échanger, mais j'ai davantage l'impression de lui faire un compte rendu que de lui parler de mes aspirations profondes.

– Ça va, j'ai terminé mon expérience sur les cellules souches.

– Les relations entre vous sont bonnes ? Pas de tensions ?

J'essaie de ne pas montrer ma lassitude face à ses questions, toujours les mêmes, qui reviennent en boucle. Dans mes périodes de parano, car j'en ai quelques-unes (il paraît que ça fait partie du mal de l'espace), je m'imagine qu'elle n'est qu'une intelligence artificielle.

– Depuis la sortie extravéhiculaire d'il y a un mois, il ne s'est rien passé de notable, dis-je, donc ça facilite les choses. On s'agace sur des riens… Par exemple, Jason a tendance à oublier de ranger son gobelet. Il le pose un peu n'importe où, même contre un mur puisqu'il est aimanté. Moi, ça me fait plutôt rire mais Olga et Aoi sont très à cheval sur tout ça, alors… Et je ne parle même pas de Robert, ça le rend fou ! Ça a créé une scène hier et…

– Oui, mais toi ? Parle-moi de toi. Comment te sens-tu avec les autres ?

– Rien de spécial à dire. J'aime bien discuter avec Olga. On se soutient. Ça fait plaisir d'avoir une amie. Robert et Mitchell détendent bien l'atmosphère, c'est très appréciable. Jason… Il ne me dérange pas… Pas tant que ça, on va dire… Mais je m'inquiète pour lui. Il est celui qui s'isole le plus. Il ne parle pas beaucoup. J'espère qu'il va bien.

– Je vais signaler ça à son référent. Merci de t'inquiéter de lui.

– Sinon j'ai eu un petit souci physique… J'ai constaté que la plante de mes pieds se décollait. Des bouts de peau sont partis tout seuls quand j'ai enlevé mes chaussettes. C'était tellement bizarre… J'ai cru que j'avais une maladie extra-terrestre ou je ne sais pas quoi… Aoi m'a expliqué que ça n'a rien de grave. C'est seulement dû à l'absence de pesanteur. On ne marche presque plus, à part dans le module à gravité artificielle, et la plante de nos pieds n'est plus sollicitée, alors la corne se désagrège, et la peau s'en va.

– Tu passes bien le temps indiqué dans ce module ?

– Plutôt deux fois qu'une. Heureusement qu'il existe, celui-là, d'ailleurs. Même si j'ai parfois la nausée, après.

– Ne dépasse pas le temps indiqué, surtout. Cela risquerait de te rendre vraiment malade.

– Je sais.

Elle m'agace vraiment, en fait, cette Abigail. De plus en plus.

– Tes proches ne te manquent pas trop ?

– Mon père me manque toujours davantage parce que... Il ne sait pas parler de lui, ni de rien d'autre, d'ailleurs. Il s'ennuie au bout de cinq minutes, alors...

– L'important c'est que tu saches qu'il pense énormément à toi. Ta mère aussi. Affectivement, tu tiens le coup ?

– Aucune idylle en vue, ni avec Jason, ni avec Olga, si c'est ce que vous cherchez à savoir.

– Ce n'est pas du tout ce que je voulais dire. Je sais que tu as un petit ami sur Terre.

– Oui mais justement, c'est difficile, il est loin.

– Vous êtes très jeunes, lui et toi. Et vous vivez quelque chose d'inédit. Tout peut arriver...

Est-ce que tous les psys enfilent les lieux communs de cette façon ? Le reste de la discussion m'ennuie encore davantage. On parle de la façon dont j'occupe mes journées, de mes aspirations, de mes angoisses. Je préférerais que ce rendez-vous psychologique hebdomadaire ne soit pas obligatoire, car il me coûte de plus en plus.

Le soir même, je me sens très fatiguée. Plus que d'habitude. Je contemple la plante de mes pieds, sur laquelle Aoi a fixé de la gaze imbibée de désinfectant. Contre toute rationalité, voir une partie de son corps se détacher aussi facilement est vraiment flippant. Suis-je en train de me désagréger ? Est-ce qu'ensuite je vais perdre mes ongles ? Mes cheveux ? Mes dents ? Et la peau de mes lèvres ? D'ailleurs, ces dernières me brûlent, c'est normal ? Je verrai ça demain, je suis si épuisée… En fermant les yeux, je suis quasiment certaine que je vais en faire des cauchemars, comme ces fois où je perds toutes mes dents, rêve que je n'avais jamais fait avant d'être dans le Starship 300.

Mais ce n'est pas ce qui se produit.

Quelques heures après m'être endormie, je suis réveillée par quelqu'un qui gratte à la porte de ma cabine. Il me faut quelques secondes pour émerger. Un doute encore pendant un instant : suis-je en train de dormir, ou bien suis-je éveillée ? De nouveaux grattements, glissements, frottements. Qui ça peut être ? Olga qui a besoin de compagnie ? Ça ne peut pas être un incident technique, j'aurais été prévenue par une alerte. J'ouvre les deux battants. Personne derrière la porte. Je me détache de mon sac de couchage, passe une tête en dehors de mon compartiment. Une ombre disparaît en bifurquant au fond du couloir. Sans doute à cause de la pénombre, il m'a semblé que l'individu marchait au lieu de flotter.

– Olga, c'est toi ?

Le silence est immense. Tout le monde est endormi, à cette heure. Une fois au bout du couloir, je distingue encore cette forme qui se dérobe au dernier moment.

– Jason ?

Personne ne me répond. La poursuite me mène jusqu'au salon. Pendant les heures qui correspondent à nos nuits, calées sur celles de Houston pour faciliter nos communications avec eux, l'éclairage est plus faible dans l'ensemble du vaisseau. L'ambiance s'en trouve apaisée, douce, et comme en attente d'un événement heureux.

Tournée vers l'immensité qui s'ouvre face à elle par la baie vitrée, une silhouette féminine est là, dans l'ombre. Je m'approche. Ce n'est ni Mitchell, ni Olga, ni Aoi. Qu'est-ce que…

– Qui êtes-vous ? Que faites-vous ici ?

Elle se retourne. C'est une inconnue… Qui ne flotte pas. Ses pieds sont bien arrimés au sol, comme sous pesanteur. Son visage me dit quelque chose. Me fait penser à…

– Chloé…

– Esther !

C'est impossible. Cette jeune femme a les yeux de Chloé, la bouche de Chloé, son nez… mais elle a plus de 20 ans. Ses cheveux noirs et longs sont attachés en queue-de-cheval. Quelques mèches folles lui caressent le front. Elle est si belle. Semblable à ce qu'aurait pu être ma petite sœur si la vie lui avait permis de grandir.

– Qu'est-ce que ?…

– Je suis venue te rendre visite, Esther.

Elle tient une étoile de mer entre ses mains. Une belle étoile rouge, et saine, et vivante.

– Tu as grandi. Chloé, tu es grande ! Et tellement belle…

– Je suis née deux ans après toi, tu te rappelles ? Ça n'a pas changé, ça.

– Mais comment tu… ?

– Ne pose pas trop de questions. Je suis là, rien d'autre n'est important. Je suis là parce que tu as besoin que je sois là. Tiens, embrasse mon étoile, grande sœur.

Elle marche vers moi et approche l'étoile de mes lèvres. Une sensation de brûlure me fait faire un bond en arrière. Chloé serre l'étoile contre son ventre et la caresse comme s'il s'agissait d'un chaton.

– Esther, il fait si chaud dans ce vaisseau. Il faut faire quelque chose.

Je réalise que je suis en sueur. Oui, la chaleur est presque insupportable.

– Il a dû y avoir un dérèglement dans le mécanisme de régulation de la température. Il faut que je prévienne mes…

– Non, ils sont absents. Ils sont déjà tous partis, Esther. Il faisait trop chaud. Ils sont partis.

– Mais co… comment ?

– Ils sont sortis, regarde.

C'est Olga que je vois en premier, flottant dans le noir, munie de sa combinaison. Puis Jason, Robert, Mitchell, Micaela et Aoi. Ils me font signe de les rejoindre. Je les vois continuer à suer à grosses gouttes sous leurs casques. Jason semble près de défaillir. Il amorce le geste de déverrouillage du casque. Je crie.

– NON !

Il le retire et paraît enfin avoir moins chaud mais son visage gonfle, rougeoie, ses yeux sortent de ses orbites et…

– Esther, calme-toi ! Esther !

– Réveille-la, Robert.

– Elle ne dort pas, elle délire, répond Aoi. Il faut absolument faire baisser la température. Sortez tous, elle doit pouvoir respirer.

– Mais qu'est-ce qu'elle a ? s'inquiète Olga.

– C’est contagieux? demande Jason. C’est dégueu ce qu’elle a autour des lèvres. J’espère qu’elle ne nous a pas ramené un virus!

– Jason, va en module de repos, tout de suite! lui ordonne Mitchell.

– Si tu flippes, tu ferais mieux de t’éloigner, approuve Aoi. Laissez-moi lui faire une prise de sang. J’enverrai une photo sous microscope à Houston, j’espère que ça suffira pour l’analyser.

Je n’entends plus rien après ça. J’ai envie d’arracher mes lèvres tellement elles me font souffrir. Aoi les tapote avec un produit alcoolisé qui me donne envie de hurler. À la place, je sombre de nouveau.

# 27.

Je ne sais pas combien de temps s'est écoulé. Je n'ai pas cessé de faire de nouveaux cauchemars. Aucun autre n'impliquait Chloé, mais parfois c'étaient mes parents qui intervenaient, et d'autres fois Hugo. Je l'ai vu en rêve debout au beau milieu d'un iceberg immense et isolé qui dérivait sur une mer plate et glacée. L'iceberg se disloquait. De petits morceaux s'en détachaient. Puis des plus gros, de plus en plus gros. À la fin il ne tenait plus que sur un îlot de glace. Il ne semblait pas paniquer. Il était même très calme, et me fixait. Il a prononcé mon prénom, puis je me suis réveillée.

Ce cauchemar glacé a eu le mérite de me rafraîchir.

Je ne meurs plus de chaud et n'ai plus ce sentiment de vertige associé à une nausée diffuse. En revanche, mes lèvres me font encore souffrir. J'y passe les doigts. Des croûtes les recouvrent.

Je suis seule dans le module-laboratoire. Quelqu'un m'a déshabillée et m'a mise en pyjama. Je suppose que c'est Aoi. Je détache les sangles qui me retiennent au mur et me dirige vers la sortie du module. C'est fermé. Aucun module n'est jamais fermé. La procédure de cloisonnement d'un module, par deux écoutilles formant un sas, est prévue pour le cas où un choc violent percerait la cloison, menaçant la pression dans tout le vaisseau. Je m'apprête à appuyer sur le mécanisme d'ouverture quand j'entends la voix de Mitchell par le haut-parleur.

– N'ouvre pas, Esther !

– Quoi ? Pourquoi ?

– Aoi va t'expliquer, elle arrive. Heureuse de te voir de retour parmi nous, ma belle.

C'est la première fois que Mitchell utilise un petit nom de ce type, « ma belle ». C'est comme ça que Morgane m'appelle, souvent. Ça ne me rassure pas. Est-ce que je vais si mal que je mérite de telles attentions ? J'ai soudain très envie de parler à quelqu'un.

L'écoutille s'ouvre enfin. Aoi apparaît, vêtue d'une combinaison de protection, qui me rappelle immédiatement de mauvais souvenirs. La dernière fois que j'en ai vu une, c'était il y a treize ans, à l'hôpital. L'image de Chloé jeune femme, avec son étoile de mer entre les mains, me revient brutalement.

Essayait-elle de me dire que je faisais désormais partie de son monde ? Celui des filles malades, contagieuses… condamnées ? Ai-je contracté un virus ? Mais comment ?

Aoi me sourit comme on sourit à une cancéreuse en phase terminale, derrière la visière de son casque. Je tente de maîtriser ma respiration.

– Qu'est-ce que j'ai, Aoi ? Sois sincère, s'il te plaît. Dis-moi !

– Tu vas déjà beaucoup mieux, Esther. Ne prends pas cet air dramatique ! Tu es quasiment guérie, à ce que je vois.

– Mais pourquoi suis-je isolée ? Et pourquoi est-ce que tu portes cette combinaison de protection ?

– Parce que aucun de nous dans l'équipage n'a très envie d'attraper ce que tu as.

– Un virus ? J'ai attrapé un virus ? Mortel ?

Aoi éclate de rire, achevant de me désorienter.

– C'est bien un virus, mais il n'est pas mortel, je te rassure ! On n'a juste pas très envie d'attraper un herpès.

– Un herpès ? C'est ça que j'ai ? De l'herpès ?

Je porte la main à mes lèvres. C'était donc cela qui me brûlait. Un bouton de fièvre.

– Oui, les analyses sont formelles. Tu portais ce virus de façon latente dans ton organisme. Le stress et… les conditions de ta vie ici l'ont réactivé sous forme d'une grippe. Ça arrive sur Terre, parfois. Mais dans ton cas ça a été plus virulent que ce qui n'avait jamais été observé auparavant. Tu imagines combien les médecins de Houston sont excités par cette nouveauté !

– J'imagine très bien, dis-je avec un sourire en coin. Mais alors ce n'est pas grave, n'est-ce pas ?

– Pas du tout. Vu la difficulté pour se soigner, ici, on prend plus de précautions qu'on n'en prendrait sur Terre. L'herpès se transmet par contact. Ma combinaison serait inutile dans un environnement ordinaire, mais les médecins nous ont demandé d'être beaucoup plus prudents qu'il ne faudrait. On respecte ça aisément. Une épidémie d'herpès dans le vaisseau ne ferait plaisir à personne. Tu dois rester isolée encore vingt-quatre heures, ensuite tu pourras reprendre une vie normale. Enfin si on peut appeler ainsi une vie d'astronaute en partance pour Mars !

– Mes parents sont au courant ?

– L'ESA a été obligée de les informer, oui. Tu es restée trois jours alitée et délirante. Ils ont aussi prévenu tes amis. Ils se seraient inquiétés de n'avoir aucune nouvelle de toi. On les a entièrement rassurés. Tu peux les contacter, à présent, ils seront contents de te voir en forme.

Je comprends au fil des journées suivantes que l'inquiétude a été plus grande que ce qu'on m'a laissé entendre.

Ma température a atteint 41 degrés, et mon pronostic vital était engagé. Sans compter la peur du reste de l'équipage d'être contaminé. Il est déjà arrivé que des zonas ou des herpès apparaissent après plusieurs semaines dans l'espace, car ce sont des virus indétectables par la multitude de tests qu'on subit avant de partir, et qui restent latents dans le microbiote du corps humain. Nous avons tous été vaccinés contre la varicelle parce que cela fait partie de ces virus latents. Mais il n'existe pas de vaccin contre l'herpès… Et jamais ce virus n'avait pris une forme aussi grave.

– Il s'est passé des choses pendant que tu étais malade, me souffle Olga à l'oreille dès qu'elle me sent assez vaillante

– Ah ah, tu m'intrigues !… On va dans le module-cuisine ou le module-salon ?

Elle éclate de rire. C'est l'expression que j'ai trouvée pour lui confier des choses que je ne souhaite pas dire devant les autres. Lorsqu'elle me rejoint avec un sachet de biscuits lyophilisés, c'est presque autant la fête que si on organisait une soirée pyjama.

– Raconte ! dis-je en passant mes chaussons dans des cale-pieds

– Jason a… Comment on dit en français, déjà ? *Pété un câble !*

– Depuis quand tu apprends le français, toi ?

Elle hausse les épaules.

– C'est juste comme ça. Pour être prête quand je viendrai te voir chez toi, en France, là en bas.

Je contemple son visage à demi mobile, heureuse de l'entendre de nouveau parler d'avenir. Jusqu'ici elle était encore assez sombre, et ne se projetait plus nulle part.

– Tu seras la bienvenue, Olga. Et ce ne sont pas des paroles en l'air, tu peux me croire.

Je lui prends la main pour l'assurer de ma sincérité. Elle en rougit, et se dégage en me remerciant chaleureusement.

– Alors, comment ça, il a pété un câble?

– Je ne sais pas si c'est parce qu'on s'inquiétait pour toi, répond Olga. L'ambiance était tendue, en tout cas, ça c'est certain. Il a commencé à parler, parler, parler plus que jamais, même si on ne lui répondait pas. J'ai pensé que c'était juste pour attirer l'attention, mais en fait… il perdait pied.

– Il avait peur que je sois porteuse d'un virus grave?

– Je ne pense pas. On a vite eu confirmation que ce n'était que de l'herpès.

– Oui, mais la forme grave que j'ai eue l'a peut-être fait paniquer.

– Peut-être. En tout cas il a commencé à dire qu'un saboteur se trouvait dans le vaisseau. Que l'accident dont j'avais été victime n'était pas un hasard ni un défaut matériel.

Que quelqu'un ici était infiltré pour faire capoter la mission. Que le mode de recrutement avait été si bâclé que n'importe qui aurait pu réussir tous les tests rien qu'en sachant ce qui était attendu et en s'y conformant.

– C'est toi ou moi qu'il visait en disant cela. Mais dans quel but ? Pourquoi quelqu'un voudrait saboter un voyage vers Mars ?

– On lui a posé les mêmes questions. Il est parti dans des théories du complot improbables. L'infiltré aurait été embrigadé par des gens qui y auraient tout intérêt : des milliardaires jaloux de Mark Row, des organisations rivales de la NASA, des pays pris dans des conflits dignes de la guerre froide, des associations écologiques…

Je ne peux pas m'empêcher d'éclater de rire. Olga me regarde avec des yeux ronds. Je m'imagine, le cerveau lavé par Hugo et les idées de Lungs, embarquée ici avec des visées terroristes et kamikazes. Heureusement que je n'ai parlé à personne de ce que fait Hugo. Houston le sait, bien sûr, mais normalement ça n'a pas transpiré parmi mes coéquipiers.

– Mitchell avait beau le raisonner, poursuit Olga, il continuait sur ce ton, en grommelant, le plus souvent, et en tournant en rond. Aoi a demandé une surveillance psy plus rapprochée de la part de Houston.

Je hoche la tête. C'était la meilleure chose à faire, j'imagine.

– Mais ça n'a pas suffi. Il a fait une bouffée délirante ou quelque chose dans le genre. C'était pendant ton troisième jour de fièvre. Il soupirait beaucoup, disait qu'il avait du mal à supporter ses vêtements, puis qu'il ne pouvait plus rester enfermé. Avant même qu'on ait pu trouver tout ça alarmant, il a fait une chose impensable. Il s'est précipité dans le sas de décompression… sans sa combinaison !

– Mon Dieu !

Je ne crois pas en Dieu, mais l'expression m'est venue sans réfléchir. C'est à force de l'entendre dans la bouche de Robert et Micaela qui, eux, sont très croyants.

– On l'a rejoint trop tard. Il s'était enfermé dans le sas. Tu sais comment c'est, on peut déclencher la décompression tout seul quand on est à l'intérieur.

– Oui…

Je n'ai soufflé ce mot qu'avec un filet de voix.

– Mitchell et Robert essayaient de se faire entendre à travers la porte métallique, mais c'était peine perdue. Heureusement, il était dans une telle panique qu'il n'a pas tout de suite trouvé le bouton de décompression. Pendant ce temps, Micaela essayait de désactiver les systèmes de sécurité de toutes les ouvertures du vaisseau. C'est une procédure ultra-dangereuse, comme tu le sais, puisque ça nous enlève une protection nécessaire… Mais c'est ce qui nous a permis d'ouvrir le sas. Jason était recroquevillé là, littéralement en PLS.

– Mais qu'est-ce qui lui est arrivé ?

– Quand il a recouvré ses esprits, il s'est effondré. Il a fait une crise de claustrophobie. Les médecins de Houston disent que ça arrive parfois. Évidemment, ce n'est pas le genre de choses qu'on ébruite. Le public n'est jamais informé de ces passages à vide. Le prestige des astronautes en serait sacrément écorné !

– J'ai du mal à imaginer Jason dans cet état. Sa fierté a dû en prendre un coup !

– Je ne te le fais pas dire. Aoi m'a confié que c'était certainement sa tendance à s'isoler ces derniers temps qui l'a mené tout droit à cette explosion de panique. Ta maladie a été le déclencheur, sans doute parce que ça l'a fait flipper. Mais depuis qu'il s'est remis de sa crise, c'est pire, il nous parle encore moins. Il doit se sentir mal. Et culpabiliser.

Et m'en vouloir, aussi. Je comprends mieux ses regards, depuis que je suis sortie de quarantaine. Ils sont encore plus sombres qu'avant, et je ne croyais pas ça possible. Peut-être me rend-il responsable de sa perte de contrôle… Ou peut-être me croit-il infiltrée. La tendance à la paranoïa a visiblement pris des proportions incontrôlables, chez lui…

Ma paranoïa à moi s'oriente vers Hugo. Je n'ai reçu aucun message de lui durant les quelques jours de ma maladie. Moi qui pensais naïvement qu'il allait s'inquiéter que je ne lui donne pas de nouvelle ! Le coup est rude, il me faut bien l'avouer…

# 28.

29 novembre

**ATLANTIQUE NORD**

Mon désastreux amour, mon formidable manque (à moins que ce ne soit l'inverse),

Je suis si désolé de ne pas avoir pu t'écrire ces derniers jours… Pile pendant que tu étais au plus mal, en plus !
J'espère que tu es remise, et que tu vas bien à présent.
J'aurais tellement aimé être près de toi pendant tes moments de fièvre. Je t'aurais épongé le front comme un infirmier dévoué, tu vois le tableau romantique ? ;-)
Mais si je ne t'ai pas écrit, c'est parce que je ne le pouvais vraiment pas, hélas.
Figure-toi que, juste avant que l'*Ahora* quitte Lost City, un navire affrété par une compagnie brésilienne d'extraction

minière a perdu le contrôle d'un robot de vingt-cinq tonnes, qui s'est abîmé dans les fonds marins sans possibilité de récupération. Tu imagines les dégâts que peut causer un tel engin dans une biodiversité aussi fragile... On a donc décidé de retarder notre départ pour une action en urgence, destinée à expliquer au monde à quel point tout ça est du grand n'importe quoi.

Petit aparté, avant de poursuivre le récit de mon aventure-mésaventure : tu te souviens de nos rendez-vous au Louvre ? Bien sûr que tu t'en souviens. Ces rendez-vous, et la façon dont nous nous les sommes donnés, marquent pour moi le début de notre histoire. Pourquoi je t'écris cela ici, maintenant ? Parce qu'il en va parfois des actions militantes comme des amours. C'est le début qui compte, me semble-t-il. Si une action démarre bien, on peut être plein d'espoir. Dans le cas contraire, on peut se faire du souci. Rappelle-toi, s'il te plaît, notre folie, la grande folie du début de notre histoire, pour comprendre la mienne, ici.

Par quoi commencer ? Avec une banderole « Ici le Brésil tue les océans », nous avons embarqué sur des petits bateaux pneumatiques. Nous nous sommes ensuite approchés du navire. Durant cette manœuvre, les matelots nous ont crié de nous en aller. Évidemment, nous ne les avons pas écoutés. Mais nous avons deviné qu'ils allaient appeler la police, et c'est à ce moment-là que j'ai compris que cette action si vite mise sur pied, trop vite sans doute, avait déjà foiré. Inévitablement, la police est arrivée en bateau sur les lieux. Encerclement de nos petites embarcations. Sommations par haut-parleur. Une collègue affolée m'a demandé de faire machine arrière. Retourner sur l'*Ahora* sans avoir réussi à prendre de photo ni de vidéo de la banderole proche du bateau ? Tout simplement impossible. Et voilà pourquoi, à cause de notre entêtement, de notre folie, nous avons continué à avancer malgré les menaces. Rarement je me suis senti aussi combattant. Rarement aussi vulnérable, également. En approchant du navire, nous prenions le plus de clichés possible. Mais les policiers nous ont abordés avant que l'on puisse toucher la coque, et nous ont ordonné de les suivre jusqu'à terre. On n'en menait pas large ! Irrationnellement, je me suis senti en faute. On est ainsi formatés, on a peur de la police. Kenza, ma collègue militante sur le bateau, a pris un air triomphant et a crié : « *Save the seas!* »

La suite logique de ce début calamiteux, c'est que nous avons croupi en prison pendant trois jours, avant que nos ambassades respectives ne réussissent à nous faire sortir.

Ça aurait pu être bien pire, on a eu de la chance... Mais ce furent trois jours atroces, dans les pires conditions, où on nous a fait croire qu'on ne nous relâcherait jamais. J'y ai cru, Esther, j'y ai cru. Je pleurais déjà sur la certitude que je n'allais plus jamais te revoir, ni rien vivre avec toi. Mais on nous a relâchés. Et on a réussi à sauvegarder des clichés et des vidéos hyper percutants.
Dire que pendant mes journées en prison, tu étais en train de délirer de fièvre... Nous étions dans une sale situation tous les deux au même moment. Je ne suis pas loin de croire que nos destins sont liés, pour vivre des choses aussi fortes pile au même moment...

★

6 décembre

**ATLANTIQUE NORD**

On fait au minimum une réunion par semaine avec tout l'équipage, pour mettre au point nos actions, mais aussi pour la cohésion du groupe. Et ces temps-ci, on en a bien besoin, parce que chacun est perturbé par l'éloignement de sa famille, et par les événements climatiques qui ne s'arrangent pas. Lors de la dernière réunion, une partie de l'équipage, poussée par Salomé et un autre invité qui nous a rejoints

(un acteur anglais connu avec qui elle s'entend super bien), a décidé de décorer l'*Ahora* à la manière d'un jardin américain en période de fêtes de fin d'année.
Au début je trouvais ça stupide et superficiel, mais je reconnais mon erreur, aujourd'hui. Des guirlandes clignotent de partout au milieu de couronnes, boules de Noël et sucres d'orge. Je n'en reviens pas qu'ils aient embarqué tous ces accessoires parmi nos bagages... mais c'est chaleureux, et ça nous permet de ne pas perdre la notion du temps et des saisons : ici il fait chaud, et on se sent très loin de la Laponie, le pays du père Noël. Salomé a applaudi comme une petite fille lorsque tout s'est allumé sur le bateau. C'était anachronique pour nous, Occidentaux, de la voir en paréo devant ces illuminations généralement associées à un paysage neigeux. Quoi qu'il en soit, nous avons bien besoin de moments de joie comme celui-là, en ce moment...

★

12 décembre

**MER DES SARGASSES**

La mer, ici, n'est pas bleue mais brune. Tu le savais ? Sa surface est entièrement recouverte d'algues qui servent de refuge aux jeunes tortues marines, ainsi que de lieu

de reproduction pour les anguilles. C'est de là que vient le nom de cette mer. Les sargasses, ce sont les algues brunes ancrées aux fonds marins.
Nous, nous sommes ici pour documenter ce fléau qu'est la pollution plastique.
Les Sargasses sont au centre de courants marins, comme le Gulf Stream, qui se déplacent en cercle et poussent les plastiques vers l'intérieur. C'est comme le centre d'un tourbillon. C'est un problème majeur pour la faune qui s'y trouve. Les tortues et les baleines s'étouffent. Les poissons en consomment. C'est dramatique.
Cette fois, c'est Salomé, Sébastien et trois autres plongeurs qui se sont promenés dans les fonds sous-marins, avec combinaisons et bouteilles, pour y brandir une banderole «*Save the seas*». Elle a obtenu le droit de faire cette expédition en menaçant de quitter la mission si on ne lui laissait rien faire d'intéressant. Ainsi a-t-elle effectué son baptême de plongée... Les photos de cette action sont spectaculaires, avec tortue de mer et coraux colorés au premier plan. J'ai eu l'autorisation de plonger moi aussi, le jour suivant. Je rêvais de voir ça en vrai, et je n'ai pas été déçu.
J'ai pu croiser une diversité animale incroyable: carangues, comètes saumons, thons, balistes, crevettes-mantes,

dorades coryphènes flamboyantes… Et une flore vivace et colorée sur de vastes récifs frangeants… Cette fois encore, Esther, comme lors de ma plongée dans les abysses, j'ai eu le sentiment que tu étais là, plus proche de moi que jamais. Cette sensation était si vivace. Si surnaturelle… N'aurais-tu pas laissé une part de ton âme dans les eaux terrestres?
La beauté naturelle de la Terre doit subsister, Esther. Elle subsistera, je pense, vu comme ça tourne. Pardon si tu ne comprends pas ce que je veux dire par là… Tu saisiras un jour. J'aurais aimé que mes enfants en profitent mais… Peu importe, j'aimerais… j'aurais aimé que tu puisses venir voir cela en vrai toi aussi, Esther. Peut-être que tes enfants à toi le verront, si tu restes là-bas, là-haut, suffisamment longtemps, et que tu reviens quand tout ira mieux. Mais qu'est-ce que je raconte? Pardon, je m'emporte et tu es trop loin pour que je me permette de t'écrire ceci. Je n'efface pas, pourtant. Je crois important que nous continuions à être sincères l'un envers l'autre. Sinon, que nous reste-t-il, n'est-ce pas?
Je t'embrasse, je te serre fort fort jusqu'à ce que tu cries que je t'étouffe, je t'aime tant…
Hugo

# 29.

Morgane rayonne sur l'écran. Elle porte sur son visage tout ce qui me manque si fort : un léger bronzage dû à quelques week-ends à la montagne, une rougeur aux joues typique d'une vie vécue intensément, la bonne mine d'une fille qui respire à pleins poumons l'air terrestre du dehors… Elle transporte tout un univers chargé de fraîcheur, de mouvement, de rencontres et de nouveautés.

– On a loué un chalet à la montagne pour le Nouvel An, ça va être cool ! Mes parents disent que ce n'est pas forcément le moment, mais j'en ai marre d'être raisonnable.

– Pourquoi est-ce que ce ne serait pas le moment ?

– Oh, pour… pour rien, laisse tomber. Si on écoute certains, c'est jamais le bon moment pour rien, alors. Nous on veut vivre, merde !

– T'as complètement raison, ma Momo. Tu m'enverras des photos, hein !

– Promis ! Ce sera comme si tu étais avec nous, tu verras. D'ailleurs tu seras vraiment avec nous, on n'arrêtera pas de penser à toi, c'est évident. Je t'embrasse, ma belle ! Et joyeux Noël !

Les appels simples, ou en visio, sont encore possibles, grâce à un satellite très performant, avec les quatre interlocuteurs que chacun de nous a choisis. Mais la qualité est de moins en moins bonne. Le débit est de plus en plus haché. Nous nous éloignons… et mon cœur se serre.

Pour contrer ma solitude, j'appelle ensuite ma mère, qui semble en pleine forme en son sixième mois de grossesse. Puis je parviens à avoir mon père, qui est dans un bon jour, question communication.

– Où est-ce que tu vas passer Noël, papa ? Tu vas chez mamie ?

– J'irai chez elle le 25 à midi. Mais le 24 au soir, tu sais… Quand il n'y a plus de petit enfant dans les parages, ça ne sert pas à grand-chose de réveillonner. Je vais rester ici, à Ti Melen, j'y serai beaucoup mieux.

– Tu ne vas quand même pas passer le réveillon tout seul ?

– Je ne serai pas tout seul. Je regarderai le « *stream* spécial en presque *live* » de votre vaisseau. Ce sera comme si je passais Noël avec vous !

– Mais il ne va durer que deux minutes, papa ! Va chez mamie, s'il te plaît. Fais-le au moins pour elle !

– Ne t'inquiète pas, elle ne sera pas seule. Il y aura mon idiot de frère et ma folle de belle-sœur, alors tu vois !

J'avoue que je ne peux pas le blâmer de fuir mon oncle. Tonton Denis est l'être le plus malaisant de la planète, entre ses blagues sexistes et ses allusions racistes. Il paraît qu'on en a tous un dans le même genre dans chaque famille, et qu'on aimerait bien mettre des centaines de milliers de kilomètres entre lui et nous, pendant les événements familiaux. Je m'en sors donc plutôt bien, cette année.

Enfin, j'essaie de joindre Hugo. Il ne répond pas. J'espère qu'il n'est pas en prison ! J'aurais tellement aimé entendre sa voix… Quand je l'écoute, c'est comme si on me remplissait d'un coup, entièrement. Cela me fait tant de bien… Je retenterai dans une heure ou deux.

Bientôt, les appels ne seront plus possibles. Je veux l'entendre une dernière fois avant que cela arrive. En attendant, je lis son nouveau message, et je contemple les photos qu'il m'a envoyées. J'aime en particulier ses selfies. Je le trouve si beau ! Pourtant, je suis inquiète.

Son dernier e-mail était assez étrange et très décousu. De plus, je ne peux pas m'empêcher de remarquer qu'il parle de plus en plus de Salomé. Il l'évoque l'air de rien, de façon hyper factuelle, mais ça me fait mal. Je n'ai pas besoin de ça ici, en ce moment… mais c'est la vie. Même pour moi.

★

C'est la veille de Noël, aujourd'hui !

Pour la première fois depuis que je suis ici, je pense à utiliser le kit maquillage adapté aux conditions de l'impesanteur que la NASA propose aux femmes astronautes avant qu'elles partent dans l'espace. En 1978, quand l'Agence spatiale américaine a conçu cette trousse de maquillage d'un joli jaune canard, plus d'une astronaute a trouvé le geste sexiste. Sérieusement, pense-t-on à être jolie quand on est dans l'espace ? Mais le temps a passé, et on ne trouve plus cela si absurde. La part de communication est si grande dans notre travail, et nous sommes si souvent filmés et pris en photo que même les hommes, maintenant, ne dédaignent pas un petit anticernes, parfois !

Mais c'est surtout Micaela qui l'utilise. Aoi et Mitchell se fichent d'avoir la peau qui brille ou qu'on voie leurs rides. Quant à Olga, on dirait qu'elle a abandonné toute coquetterie depuis longtemps… Et sa paralysie faciale, même si elle s'est partiellement estompée, n'arrange rien.

Cela me donne une idée !

– Olga, tu veux que je te maquille un peu? Après tout, c'est le réveillon de Noël! On n'a pas grand-chose, mais j'ai de quoi faire un petit relooking. Je me suis souvent entraînée sur des copines, tu n'as rien à craindre.

Penchée sur une magnifique salade issue des plantations de Micaela, Olga se redresse en écarquillant les yeux à cette proposition. On dirait un lapin pris dans les phares d'une voiture.

– Me maquiller? Mais pour quoi faire?

– Pour être encore plus jolie! On va se filmer, ce soir. Et la vidéo fera le tour du monde. Autant qu'on soit à notre avantage, non? Oh regarde, ce rouge à lèvres n'est pas mal du tout! Il ira parfaitement avec ton bonnet de Noël.

– Mon quoi?

– Tu n'es pas au courant? La NASA nous a fait la surprise de joindre à nos stocks des accessoires de Noël: des guirlandes, des bonnets…

– Des boules de Noël?

– Oui, même des boules de Noël!

Une expression de tristesse déboule sur son visage.

– Mais il n'y aura pas de sapin.

– Mais si, un petit, en plastique.

– Ni de neige. À Vladivostok, on a toujours de la neige à Noël et on fait toujours un bonhomme de neige avec mes sœurs. Quand on était petites, on s'inventait des poursuites du père Noël dans la forêt. D'après la légende, c'est lui qui congèle les arbres en les frappant avec son bâton. On imaginait aussi des jeux avec une petite fille imaginaire appelée Snégourotchka, « la fille de la neige ». C'était la petite-fille du père Noël…

Je prends les bras d'Olga dans mes mains pour lui faire face. Avec ce satané flottement, c'est impossible de regarder quelqu'un dans les yeux, autrement.

– Tes sœurs seront avec toi quand elles feront leur bonhomme de neige. Elles le seront en pensée, tu peux me croire. Et elles penseront à toi très fort. Encore plus que si tu étais avec elles !

Olga me prend dans ses bras, subitement, contre toute attente.

– Ce n'est pas vrai mais… merci, me chuchote-t-elle dans l'oreille.

La période accentue nos solitudes et exacerbe nos sentiments. C'est sans doute normal, après plus de trois mois de navigation confinée.

★

– Joyeux Noël ! s'exclame Mitchell.

C'est évidemment sans bouchon de champagne qui saute, et même sans champagne du tout. Les boissons gazeuses et alcoolisées sont strictement interdites à bord. Dans l'espace, le liquide et le gaz ne se dissocient pas. Si un astronaute buvait une bière, par exemple, il expulserait ce mélange sous la forme d'une remontée acide violente. Autant éviter !

– Cette dinde lyophilisée est délicieuse.

Robert se pourlèche les babines de manière exagérée.

– On a même du foie gras, s'extasie Micaela en exhibant sa poche métallique.

Le module-cuisine a pris un air festif avec son petit sapin artificiel, ses chaussettes et ses guirlandes fixées aux cloisons. On a tous un bonnet de Noël rouge sur la tête, et on essaie, ensemble, en flottant, tête dans une direction, tête dans l'autre, d'oublier qu'aucun de nous n'est en compagnie de sa famille, hormis Robert et Micaela qui forment un peu une famille à eux deux.

– Quel âge a votre fils, déjà ?

Mitchell me sourit. Elle semble m'être reconnaissante de poser cette question.

– Il a 10 ans tout rond. Il s'appelle Roman. Il est très doué en musique. Il joue du piano. Il passe Noël avec son père chez mes parents, qui ont une belle maison dans le Maine, au bord de l'océan Atlantique.

– Moi aussi, j'ai grandi près de l'océan…

– Mes parents confectionnent toujours une maison en pain d'épices somptueuse pour Noël. Roman pleurait, quand il était plus petit, à l'idée qu'elle était faite pour être mangée, donc détruite ! Je ne sais pas encore si, maintenant qu'il est grand, il saura se faire à l'idée.

– Dix ans, ce n'est pas grand.

Cela faisait des jours que Jason ne participait à aucune conversation, hormis pour des informations capitales et usuelles. On en reste tous bouche bée.

– À 10 ans, moi, je croyais toujours au père Noël, par exemple. J'ai éclaté en sanglots quand j'ai reconnu mon père sous le costume de Santa Claus. Je croyais toujours au père Noël, mais je me sentais humilié que mon père essaie de prendre sa place. Je pensais que c'était pour que je l'aime, lui, plus que le père Noël. J'ai eu si honte pour lui…

– Tu en as pleuré ? demande Olga.

Il hoche la tête. Je suis soulagée qu'il perce un peu sa carapace. Qu'il dévoile enfin son humanité. Aoi caresse le drapeau nippon qui surplombe sa chaussette de Noël. Nous avons collé là les drapeaux de chacune de nos nations.

– Pour nous, au Japon, Noël n'a aucun sens ni religieux, ni profane. Seulement commercial. Pas de bûche, pas de messe de minuit, seulement quelques décorations qu'on copie dans les films américains. C'est plus une fête entre amis que familiale. C'est aussi une occasion d'aller au restaurant entre amoureux. C'est ce que j'ai fait, à Noël dernier.

– Tu as un amoureux ?

Olga tient son festin lyophilisé à deux mains, comme si elle faisait une prière.

– J'en avais un, oui. C'est à lui que je pense ce soir, mais... il a paniqué à l'approche de mon départ pour Mars. M'attendre quinze mois lui paraissait un trop grand sacrifice, alors il a pris les devants... Il m'a quittée.

Micaela lui caresse le bras.

– Je suis désolée. J'espère que nous voir en couple, Robert et moi, ne vous rend pas tous trop tristes. On mesure notre chance d'être ensemble... Même si l'énorme fête de Noël qu'on fait toujours dans ma famille avec quarante personnes me manque beaucoup aussi ! Chez nous, dans la communauté latino-américaine d'Alabama, Nochebuena est une fête essentiellement religieuse. C'est très important pour nous. On n'a même pas de père Noël ! On commence les festivités dès la mi-décembre, comme au Mexique. Le 24 au soir, on assiste à des concerts suivis d'une messe.

Robert enlace Micaela.

– Moi, ça me fait du bien de vous voir ensemble, dis-je. Ça m'apaise de sentir de l'amour, comme ça, parmi nous.

– Esther a raison, acquiesce Olga. C'est rassurant. Et on sait bien que votre famille vous manque à vous aussi.

Robert enfonce son bonnet rouge qui a tendance à se faire la malle, malgré l'élastique sous le menton.

– C'est surtout la météo qui me manque, à vrai dire. Un Noël sans neige et au-dessus de – 20 degrés, on ne peut pas appeler ça Noël, franchement ! Je propose qu'on appelle ça « Christmaspace », plutôt. Ou « Noël flottant ». Que diriez-vous de « Noël lyophilisé » ?

Mitchell désigne l'une des grandes chaussettes.

– Hé, c'est quand même un Noël avec échange de cadeaux, je vous rappelle. Vas-y, Robert, commence par ouvrir le tien !

Ces petites attentions ont été pensées par MarSpace et la NASA. Nous recevons chacun un petit présent symbolique, pas grand-chose : un stylo, un carnet à scratch ou une clé USB : il y a si peu d'objets exempts de danger, qui supportent l'impesanteur, et qui en plus prennent peu de place !

Olga déballe son cadeau avec minutie.

– Et toi, Esther ? Parle-nous de ton petit ami.

– Oh… je…

Jason me foudroie du regard. Il ignorait sans aucun doute que j'ai un copain, puisque je ne lui ai jamais parlé de Hugo, mais qu'est-ce que ça peut lui faire ? Il est jaloux, peut-être ?

Est-il ce genre de célibataire envieux du bonheur des couples autour de lui ? Mais peut-on parler de bonheur me concernant ? Avoir un petit ami qui se trouve à des millions de kilomètres, ce n'est pas si joyeux que ça.

– Je ne sais pas trop non plus s'il saura m'attendre quinze mois. Je ne lui ai rien fait promettre, et il ne m'a rien promis. On ne peut exiger cela de personne, en tout cas pas à notre âge. Enfin, je crois… Et toi, Olga ?

Ses joues rougissent violemment.

– Moi ? Oh. Je… J'ai déjà été amoureuse, oui. Je… je le suis peut-être encore, mais… c'est compliqué.

Je comprends qu'il ne faut pas insister. On le comprend tous. Mitchell tape dans ses mains.

– Allez, c'est l'heure de la petite vidéo traditionnelle qui fera le tour du monde. Soyez bons !

Face à la caméra, avec nos bonnets de Noël au pompon flottant, nous formons des cœurs avec nos mains avant d'éclater de rire. L'image même de l'équipage soudé, qui traverse ses journées dans la bonne humeur et la légèreté.

– De la part de l'équipage du Starship 300, nous vous souhaitons bonne nuit, bonne chance, joyeux Noël, et que Dieu vous bénisse tous sur cette bonne vieille Terre…

Mitchell ne pense même pas aux athées comme moi. Les Américains sont ainsi. Ils parlent pour tout le monde, mais en imposant leur point de vue. Et même leur dieu. On ne peut rien objecter, sur une mission à majorité financée par les Américains, mais je ne peux pas m'empêcher de penser que le dieu le plus puissant, dans une mission comme la nôtre, est celui de l'argent.

Après ces quelques mots, Robert détache la guitare scratchée au mur. Il en joue parfois, le soir, pour garder la main et pour nous distraire. J'aime beaucoup l'entendre jouer du Clapton, du Jimi Hendrix ou du Dire Straits. Olga va chercher sa flûte traversière. Elle aussi nous enchante régulièrement, dans un répertoire plus classique.

Tous deux, ensemble puis séparément, nous concoctent un petit concert de Noël des plus insolites, cheveux flottants et chapeaux pointus. Je filme pour que l'ESA en diffuse un extrait sur les réseaux sociaux. Jason a replongé dans le silence, et son regard sur moi est pesant. J'ignore pourquoi il bloque comme ça.

★

Les journées suivantes, avant le Nouvel An, nous nous efforçons de reprendre un rythme normal pour ne pas trop penser aux moments de douceur que passent nos proches en famille, si loin de nous. De toute façon, il n'y a pas de vacances dans un vaisseau où il y a toujours quelque chose à entretenir.

Discuter avec notre famille et nos amis prend une importance décuplée, en cette période. Hélas, c'est le moment qu'ont choisi mes proches pour devenir distants…

– Ça va, maman ?

– Oui, ma puce. Et toi ? Tout va toujours bien, là-haut ?

– Oui… Ça manque un peu d'ambiance festive, mais ça va ! Tu as l'air fatiguée. C'est la grossesse ?

– Oh, certainement. Quoi d'autre ? Je suis en congé maternité. Fabriquer un bébé, ce n'est pas rien, n'est-ce pas ?

– Et Martin, il va bien ? Comment il vit tout ça ?

C'est la première fois que je dois lui tirer les vers du nez pour qu'elle me parle d'elle et de sa vie. D'habitude, je dois plutôt lutter pour réussir à en placer une.

– Tout va très bien !

Je rêve ou elle se force à sourire ? Ça ne lui arrive jamais. Elle sait bien qu'elle est incapable de cacher ses émotions et il y a longtemps qu'elle a cessé d'essayer… Jusqu'à aujourd'hui, apparemment.

– Tu es sûre, maman ?

– Mais oui je t'assure ! Bon, écoute, je dois te laisser, Martin a besoin de moi. Passe une bonne soirée, ma chérie.

Quant à mon père, il n'est jamais trop loquace à distance, mais ça a empiré depuis quelques jours. Il ne parle quasiment plus que par onomatopées. Je me rabats sur ma grande amie Morgane, jamais exempte d'enthousiasme et de bonne humeur.

– Hey Morgane ! Alors, vous êtes déjà au chalet ?

– On a dû annuler.

– Quoi ? Mais pourquoi ? C'est super dommage, vous vous en faisiez une joie.

– C'était compliqué. Stephen a chopé une grosse grippe et… Farid n'a pas pu se libérer.

– Pas pu se libérer ? Un 31 décembre ?

– Il a trouvé un stage très prenant, mais on l'exploite un peu, tu vois. C'est triste mais c'est souvent comme ça les stages, alors…

Je lui trouve les traits tirés.

– Tu es sûre que tout va bien ?

– Mais oui ! Tout va parfaitement bien, je t'assure ! J'irai à la fête d'une copine, ce sera peut-être même mieux. Je vais rencontrer des gens, ce sera super.

Sa voix manque tellement d'entrain que je la soupçonne de me mentir.

– J'ai vu votre vidéo de Noël, c'était drôle. Olga joue vraiment bien de la flûte, j'ignorais que c'était possible en impesanteur.

Toute scientifique qui se respecte, y compris Morgane, sait que rien dans la microgravité n'empêche une flûte de produire du son. Elle a non seulement le regard fuyant mais en plus la tête ailleurs.

– Tout va toujours bien entre toi et Farid ?

– Mais oui ! Pourquoi tu me demandes ça ? Eh bien écoute, je te souhaite un bon réveillon de la Saint-Sylvestre. On se parle l'année prochaine ! Bonne fin d'année, ma belle !

– Oui… Au revoir, Morgane. Bonne fin d'année à toi aussi.

Ma perplexité est si grande et ma solitude si accrue que j'essaie d'appeler Hugo. Par visio, ce serait encore mieux. Je fais la demande auprès de Houston, puisque tout passe par eux, mais au bout d'une dizaine de sonneries, rien. Il ne répond pas.

★

Le réveillon du Nouvel An est moins gai que celui de Noël, et en plus aucun de nous ne parvient à réconforter les autres. Nous sommes tous abîmés dans nos réflexions. Cette soirée est si sinistre que chaque petit défaut des uns ou des autres prend des proportions insupportables. Le bruit de succion de Robert quand il mange, la façon qu'a Aoi de renifler quand elle est mal à l'aise, celle qu'a Jason de se frotter le bras gauche, les soupirs de Micaela, la main que pose trop souvent Olga sur son visage, la déglutition de Mitchell, tout cela me rend folle ce soir-là.

Mais nous devons attendre minuit pour tourner encore une vidéo où nous surjouons la bonne humeur et l'entente parfaite.

# 30.

5 février

## RÉCIF DE L'AMAZONE

Mon très cher amour,

Tu as essayé de m'appeler, pardon si je n'ai pas répondu, mais je suis très occupé.
Comme je te le disais dans un précédent message, le début de chaque chose importe plus que tout. Les débuts de notre planète, les débuts de l'humanité, tout cela est important et nous ne devons pas le perdre de vue. Perdre toute trace de nos origines serait une catastrophe.
Souviens-toi du Louvre. De nos messages fous pour nous y rejoindre…

Ce sentiment que j'ai ressenti en te voyant apparaître devant la grande pyramide, ce début-là de notre histoire, je ne pourrai jamais l'oublier. En toute sincérité, c'est un peu le même sentiment que j'ai éprouvé en plongeant, hier, au sein d'un écosystème unique qui préserve certaines espèces depuis des millénaires. Les éponges et coraux présents de l'embouchure de l'Amazone jusque dans les eaux guyanaises abritent des baleines, des tortues, des centaines d'espèces de poissons colorés... À vrai dire, les plongées ici sont exceptionnelles ! Et magiques. Magiques, oui. Partout, où qu'on pose le regard, on voit des gorgones, des hydraires, du corail noir et quelques coraux scléractiniaires qui n'existent nulle part ailleurs. Imagine-toi que j'ai même eu la chance de voir une baleine à bosse ! Rareté. Et sublime vision.

Je me suis alors senti au début et à la fin de toute chose, lorsque cet animal est passé devant moi, placide et monumental, s'est arrêté un instant comme pour me jauger, puis a repris sa route. J'en ai eu le souffle coupé.

Malheureusement, la pollution, la surpêche, l'acidification de l'océan et la hausse de la température mettent en péril cet écosystème exceptionnel. Mais le pire danger, et le plus imminent, c'est celui que font peser les projets d'exploration pétrolière à proximité du récif. Une marée noire ici, ce serait tout simplement catastrophique. Or, le gouvernement brésilien a cédé quatre-vingts blocs à des entreprises pétrolières dans la région... Comment veux-tu que les choses s'arrangent?...

C'est pour cette raison que je me donne à fond dans les préparatifs de l'action que nous allons mener demain. Nous allons approcher une plateforme de forage avec nos petits bateaux pneumatiques, comme l'autre fois à Lost City. Le but: tenter d'accrocher une banderole de protestation (« *Back off the Amazon Reef* ») directement sur la plateforme. Ce ne sera pas facile, mais si on y arrive, la photo fera le tour du monde...

Il faut que ça marche. Il faut absolument que nos actions fonctionnent...

Promis, j'essaierai d'éviter la prison, cette fois!

★

Ce matin, tôt, alors que j'étais sur le pont du bateau, une nuée d'ibis est passée au-dessus de moi. La splendeur de ces oiseaux entièrement rouges dont la silhouette se découpait sur le bleu du ciel, mêlée à la fraîcheur des embruns et à la douceur de l'air, cela m'a fait pleurer. Je t'ai une fois de plus sentie toute proche de moi. Tu étais dans les battements d'ailes de ces oiseaux autant que tu l'es dans chaque ondoiement des abysses.

J'espère que tout va bien de ton côté.

Je t'embrasse, passionnément.

Hugo

# 31.

– Ma sœur est née ! Ça y est, elle est née il y a quelques heures !

Olga est dans le module de repos en ma compagnie quand j'apprends la nouvelle.

– Formidable ! Tu as des photos ? Des vidéos ?

Je lui fais signe de venir. La petite Lily est minuscule, et son visage tout fripé. Elle est douillettement enveloppée dans un gilet fuchsia, la même couleur que son bonnet. Ses petites menottes sont aussi fermées que ses yeux, et elle a l'air si vulnérable que je crève d'envie de la prendre dans mes bras.

– J'aimerais tellement savoir quelle est son odeur. J'aimerais fourrer mon nez dans son petit cou pour le savoir. J'aimerais caresser sa joue pour sentir à quel point sa peau est douce…

Olga me désigne une petite bulle devant moi, puis pose son doigt sous mon œil pour le sécher.

– Tu la verras dans quelques mois, me rassure-t-elle. Ce sera encore un bébé quand on sera de retour. Tu pourras jouer ton rôle de grande sœur comme il se doit.

De grande sœur ? Je suis déjà grande sœur. Je sais que ma mère en est consciente, mais depuis le début de sa grossesse elle fait parfois comme si cela ne comptait plus. Je suis la grande sœur de Chloé. Enfin, je l'étais. Tout cela n'a aucun sens.

– C'est tellement mignon, un bébé, dit Olga en contemplant les photos que je fais défiler sur ma tablette.

– Tu en auras un, un jour. Enfin si tu le souhaites.

– Je ne crois pas, non.

– Tu n'en as pas envie ?

– Oh si, j'en aurai envie, j'en suis sûre mais… Ce sera plus compliqué, pour moi. En Russie, en tout cas, ce ne sera pas possible.

– Je ne comprends pas.

Elle a un sourire à la fois triste et doux.

– Tu n'as toujours pas compris qui je suis, n'est-ce pas ?

– Je… Qu'est-ce que tu veux dire ?

– J'aime les filles, Esther.

Je fais un effort pour ne pas avoir l'air trop surprise. J'ai toujours trouvé stupides les réactions disproportionnées à ce genre de révélation, puisque cela ne change en rien la personne qu'on a devant soi. Et pourtant, je le suis, surprise.

– Oh… Je n'avais pas deviné, pardon. Je ne suis pas toujours perspicace sur ces choses-là.

Son sourire balance toujours entre douceur et tristesse, comme s'il hésitait entre les deux. Le silence qui s'ensuit me met mal à l'aise.

– Pour moi, ça ne change rien, Olga. Tu es toujours… toi, pour moi. Et… quand tu auras trouvé la fille qu'il te faut… celle que tu aimeras et qui t'aimera… tu pourras venir en France pour avoir un enfant avec elle, tu sais. La loi a évolué, chez nous. Un couple de femmes peut avoir un bébé.

– Je te rassure tout de suite, Esther, tu n'es pas du tout mon genre, tu n'as pas à t'inquiéter.

Me voilà vexée, maintenant. Incohérence d'hétéro, bonjour !

– Merci pour la proposition, poursuit-elle, mais je n'en suis pas là. J'en suis même très loin. Il faudrait d'abord que je trouve la fille…

La tristesse a gagné le combat.

– Je t'envie, tu sais, ajoute-t-elle. Comme j'envie tous les hétéros. Ça a l'air si facile de vous séduire entre vous, de trouver quelqu'un… Chez moi, à Vladivostok, je vivais toujours dans l'incertitude. Je n'ai pas les codes, et je n'ai jamais osé aborder une fille qui me plaisait. L'homosexualité n'est pas du tout acceptée, là-bas, donc il faut se cacher, et je n'ai jamais su s'il existait des lieux de rencontres pour les lesbiennes. Comme je n'ai jamais osé en parler à personne, je ne pouvais pas les connaître. Alors j'ai eu peu d'expériences… Très, très peu. Juste une amie au lycée. Ça a duré quelques semaines, puis elle a eu peur et elle m'a accusée de vouloir la « détourner du droit chemin ».

Elle rit avec amertume.

– Dès que j'ai pu quitter la Russie, je l'ai fait… J'ai pu le faire grâce à ce recrutement de MarSpace, sinon je n'en aurais jamais eu les moyens. Et quelle ironie ! J'ai réussi à m'extirper de cet environnement étouffant pour me retrouver enfermée dans un vaisseau avec six personnes. Il y avait peu de chances pour qu'une des femmes de l'équipage soit à mon goût et qu'en plus je lui plaise, n'est-ce pas ? Et en effet, le miracle n'a pas eu lieu. Je suis coincée pendant quinze mois sans aucune perspective sentimentale.

– Désolée d'être de si mauvaise compagnie.

– Oh, je t'ai blessée ? Pardon, Esther, ne le prends pas mal. Tu es très belle, mais j'aime les filles plus féminines.

*Bam.* J'accuse le coup. Ça m'apprendra à prendre mon petit air condescendant pour consoler quelqu'un d'être soi-même. Pourtant, je ne peux pas m'empêcher de m'enfoncer.

– Mais tout va changer à notre retour sur Terre, Olga. Tu es en train de gagner de l'argent, avec ce travail d'astronaute, et ce n'est pas fini. Tu ne seras pas obligée de rentrer à Vladivostok. Tu pourras faire ta vie aux États-Unis ou en Europe, dans un pays où les mœurs sont plus libres. Vivre ta vie sentimentale sera mille fois plus simple.

Elle tend sa joue paralysée.

– Avec ça ?

– Les médecins ont dit que c'était peut-être réversible.

– Peut-être, mais peut-être pas. Ils n'ont même pas donné de statistique. En vérité, ils n'en savent rien, j'en suis sûre.

Je lui prends la main.

– Olga, tu es très belle, même comme ça. J'ose te le dire puisqu'il n'y a aucune ambiguïté entre nous : je ne te plais pas, je ne te plais pas, c'est comme ça, hein !

Je soupire exagérément, ce qui la fait sourire.

– Et je suis certaine qu'il existe plein de traitements. C'est obligé. Il faut que les médecins de Houston t'expliquent mieux tout ça. Ils n'ont peut-être pas mesuré le besoin que tu as de…

La voix de Mitchell retentit dans le haut-parleur.

– Alerte éruption solaire. Je répète, alerte éruption solaire. Tout l'équipage doit se regrouper dans le module de protection spéciale.

Lors de notre année de formation, on nous a prévenus qu'une éruption solaire aurait de fortes chances de se produire au moins une fois pendant le voyage. Il s'agit de l'un des pics d'activité du Soleil, qui projette des protons dotés d'une grande énergie, et ce jusqu'à 380 milli-sieverts. Dans le module aux parois constituées de matériaux à forte teneur en hydrogène, la dose maximale reçue n'est plus que de 55 milli-sieverts. De quoi réduire pas mal le risque de développer un cancer plus tard, ce que, tant qu'à faire, nous préférerions tous éviter.

Le vrai souci, c'est qu'une éruption solaire peut durer des heures, et à l'idée de rester enfermée dans l'espace restreint du module de protection avec tout l'équipage, je me sens subitement claustrophobe. Ça me rappelle le soir du Nouvel An, que j'avais trouvé atrocement long… D'ailleurs, depuis ce réveillon qui a porté sur les nerfs de tout le monde, je crois, nous nous sommes tous plus ou moins évités. Nous ne sommes restés que par binômes stagiaire-tuteur, par nécessité, et nous ne nous sommes réunis que lorsque Mitchell nous conviait pour faire le point. Je ne recherchais que la compagnie d'Olga, et elle aussi. Je suis heureuse que nous ayons fait un nouveau pas dans notre amitié, avec ces confidences. Olga restera mon amie longtemps après ce périple, j'en suis désormais persuadée.

Nous avons nos tablettes et nos casques avec nous, pour pouvoir passer le temps en travaillant, en écoutant de la musique ou en regardant des films (même si nous avons déjà épuisé notre stock depuis longtemps, et qu'il est impossible depuis des semaines d'en télécharger de nouveaux). Mais pour l'instant, personne ne s'est encore isolé des autres avec son casque sur les oreilles. Nous nous sommes tous immobilisés dans un coin, soit grâce aux cale-pieds, soit grâce aux mains courantes, et nous patientons en silence, dans l'attente d'un éventuel bruit causé par les particules électromagnétiques qui frapperont les parois extérieures du vaisseau. Pendant ce type de tempête, il est inutile d'espérer pouvoir entrer en contact avec Houston, car ces cataclysmes spatiaux sont connus pour affecter toutes les communications.

Micaela tient un chapelet entre ses mains, qu'elle embrasse régulièrement.

– Ça ne vous protégera pas du cancer, vous savez ?

Jason affiche toujours son air sombre et dramatique. Il ne fait même plus l'effort de prendre soin de ses cheveux. Ses mèches brunes qui flottent au-dessus de son front sont trop longues et emmêlées. Je préférais presque l'époque où il n'arrêtait pas de se vanter et de se mettre en avant. Aujourd'hui, il reste constamment en retrait, et ne prend la parole que pour agresser les autres.

– Jason, il faut respecter la foi de chacun.

Mitchell semble fatiguée, elle aussi, mais surtout préoccupée.

– Parfait. Alors vous respecterez ceci.

Il sort une flasque d'une de ses poches zippées et la porte à sa bouche.

– Où as-tu trouvé ça ? L'alcool est strictement interdit à bord, tu le sais bien !

– Ah, la chaleur du whisky… Ma chère commandante, j'ai emmené cette flasque dans mes propres bagages, en prévision de temps compliqués. Ils sont là, d'après mes estimations. Passer quatre heures en votre compagnie vaut bien une petite gorgée.

– De quel droit ?… commence Mitchell.

– Jason, tu viens de manquer de respect à ta supérieure, tu dois t'excuser ! s'emporte Robert, que je n'ai jamais vu aussi sérieux.

– Oh, pardon, chère Bénédicte. Je suis contrit.

– Ce manque de respect mérite un blâme, Jason. J'en ferai le rapport à Houston dès que nous pourrons sortir d'ici.

– Mais allez-y, commandante. Qu'est-ce que ça peut bien me faire ? Tout le monde sait que c'est la parfaite petite Esther qui sera choisie pour poser le pied sur Mars en premier, alors… À quoi bon faire des efforts ? Je n'en peux plus. Tout ça pour rien !

– Qu'est-ce que tu racontes ? Nous n'avons encore rien décidé, avec MarSpace et les agences spatiales. C'est le cadet de nos soucis, pour le moment. L'important, c'est d'arriver à bon port, tu ne crois pas ?

– Le cadet de vos soucis à vous, peut-être, mais vous croyez vraiment que la NASA et l'ESA s'en fichent ? Vous ne vous doutez pas de la guéguerre secrète qui est en train de se jouer pour que le premier pas historique soit américain, ou européen, ou japonais, ou russe ? Vous ne pensez pas que le symbole est fort ? Êtes-vous stupide à ce point, madame la commandante ?

– Jason !

– Ça suffit, mon garçon, s'emporte Aoi. En tant que tutrice, je ne peux pas te laisser parler comme ça. Le respect de la hiérarchie et la bonne entente entre nous sont essentiels pour la réussite de la mission. Ne me dis pas qu'on ne vous a pas appris ça, pendant votre formation accélérée ?

Jamais je n'avais entendu Aoi parler autant, et avec autant de véhémence. Elle a presque collé son visage à celui de son stagiaire, et l'a défié du regard avec autorité.

Mitchell s'approche à son tour et s'agrippe à une main courante.

– Je crois que tu ne te rends pas compte de la gravité de tes propos, Jason Whitaker. Nous sommes tous des fonctionnaires civils et nous ne sommes pas officiers dans l'armée, certes, néanmoins tu es sous mes ordres. Je pourrais très bien t'accuser de mutinerie, si tu continues sur ce ton, ce qui te coûterait très cher. Je serais en mesure de t'enfermer dans l'un des modules, sans possibilité d'en sortir tant que je l'aurais décidé. Si je considère que tu représentes une menace pour la bonne tenue de cette mission, je n'hésiterai pas une seule seconde. Alors à toi de me dire : je dois te voir comme quelqu'un de menaçant, ou non ?

Jason baisse le regard tout en gardant les sourcils froncés et les lèvres serrées.

– Non, commandante.

– J'aime mieux ça.

Aoi et Mitchell reprennent leurs distances, pendant que Jason s'installe dans un coin, ruminant ses sombres pensées. Un long silence s'installe, pendant lequel nous imaginons les protons s'écraser sur les parois du vaisseau. À quoi ressemblent-ils ? Peut-on les voir ? J'espère que les caméras extérieures fonctionnent.

Robert, qui serre la main de Micaela depuis plus d'une heure, la lâche et prend une forte inspiration.

– Vous savez que ma fille aurait dû se marier, il y a quinze jours ?

– Votre fille ? Mais je croyais que vous n'aviez pas d'enfant, Micaela et vous ?

– En effet, Olga. Mais j'ai été marié une première fois, avant Micaela. J'étais jeune. Beaucoup trop. Et j'ai été un père beaucoup trop gamin aussi. Ma fille a 22 ans, vous imaginez ? On ne dirait pas, hein, fringant comme j'ai l'air ?

– Un vrai jeune homme ! je réplique. Et alors, le mariage n'a pas eu lieu ? Elle attend que vous soyez là, peut-être ?

– Non. Je lui ai fait promettre de ne pas m'attendre, avant de partir. Nos proches ne peuvent pas mettre leur vie en pause pendant quinze mois. Ce serait égoïste de bloquer l'avancement d'une vie d'adulte, juste parce que papa s'amuse à côtoyer les étoiles !

– Et donc, Robert, s'enquiert Mitchell, pourquoi ?...

– Je ne sais pas.

Ces paroles sont tombées comme un couperet, avec gravité. Venant de Robert, c'est surprenant.

– Elle m'a annoncé l'annulation du mariage avec un embarras que je ne m'explique pas. Pourtant, elle m'a assuré que son couple allait parfaitement bien, que rien n'avait changé dans leur vie... Elle a juste dit que... qu'ils avaient changé d'avis. Et elle avait l'air préoccupée. Comme mon père l'est en ce moment, quand je lui parle. Mais il est si vieux, je me suis dit...

– Moi c'est pareil, renchérit Aoi. Mes proches aussi sont bizarres depuis quelque temps, quand je leur parle. Ils sont toujours un peu distants, ça fait partie de notre culture, mais… c'est encore pire.

Mitchell se redresse.

– J'ai aussi l'impression qu'on me cache quelque chose. Mon mari permet moins à mon fils Roman de me parler. Presque plus, à vrai dire. Il a prétexté que ça le perturbait, et qu'en ce moment il avait besoin de prendre du recul. Mais le plus perturbant n'est-il pas de ne pas pouvoir parler à sa mère ?

– J'ai remarqué la même chose de mon côté.

Jason est enfin sorti de sa sinistre réserve.

– Mes parents sont bizarres depuis un certain temps. Je ne pourrais pas dire combien de jours. Je ne m'en suis rendu compte que progressivement. Et ils ont annulé leur voyage en Europe.

– C'est pareil pour moi aussi, dis-je. Mes proches ont changé d'attitude. Ont changé leurs projets.

– Même chose, confirme Micaela.

– Qu'est-ce que ça signifie ? demande Olga.

– Ne tirons pas de conclusions hâtives, s'empresse d'ajouter Mitchell. N'oublions pas que nous avons passé les fêtes de fin d'année loin d'eux. Cela a peut-être créé de la distance… Peut-être aussi une souffrance que nous n'avions pas mesurée. Vous savez… nous avons été formés et préparés à tout ça, mais pas nos proches. Il est sans doute normal qu'ils réagissent de façon inattendue… puisque ce qu'ils vivent est inédit.

Nous hochons tous la tête en silence. La commandante a certainement raison. Il ne peut y avoir aucune autre explication.

Trois heures plus tard, les capteurs extérieurs nous assurent que l'éruption est terminée. Nous pouvons quitter le module de protection spéciale. Nous en sortons finalement plus unis qu'en y entrant. Mais unis par l'inquiétude.

# 32.

7 mars

**ATLANTIQUE SUD-OUEST**

Ma si chère Esther,

La morosité s'est abattue sur l'équipage. La police nous est tombée dessus à plus de cent mètres de la plateforme. Je te rassure : pas d'emprisonnement, cette fois-ci ! Mais nous n'avons même pas eu le temps de déployer la banderole. Et nous n'avons aucune photo exploitable. L'équipe communication choisit de ne jamais diffuser les images de nos altercations avec les autorités, afin de ne pas fragiliser les positions politiques délicates de Lungs.
Nous sommes donc repartis bredouilles et dépités, mais tous libres. Nous partagerons juste les images

de la beauté des lieux. Ce sera déjà ça. Peut-être cela suffira-t-il pour permettre une prise de conscience? Un sursaut pour préserver cette nature incroyable adviendra peut-être...

Tu vois, je deviens raisonnable... Bien obligé, vu que toujours rien ne bouge parmi les décideurs, quels qu'ils soient.

Je me projette vers la suite de notre périple, parce que c'est la seule chose que nous avons à faire. Est-ce la plus urgente, étant donné la situation du monde? Je ne le crois plus, aucun de nous sur ce bateau n'y croit encore, vu le peu d'échos que rencontrent nos actions, mais on s'en tient à notre programme parce qu'on ne sait pas quoi faire d'autre. Cela nous maintient en vie, cela nous maintient dans l'espoir...

Alors nous poursuivons. La prochaine étape est surnommée le «Far West» de la pêche industrielle, dans le sud-ouest de l'océan Atlantique, au large du Brésil et de l'Uruguay. Encore un endroit magnifique, où sévissent certaines pratiques de pêche illicites, qui conduisent à la destruction d'écosystèmes précieux...

Nous comptions mener des actions pour faire connaître la dangerosité de ces pratiques. Mais le moral est si bas qu'il n'est pas sûr que l'équipage en trouve la force. Quand tu regardes les quantités, qui se mesurent en tonnes, de poissons pêchés par ces bateaux, sans aucun égard pour l'environnement, cela fait voir rouge. Si seulement tout le monde était au courant de ce qui se passe... Si seulement les gens cessaient de se voiler la face.

Je vois rouge, Esther. Je vois trouble aussi, parfois, à cause de la tristesse. Pardon pour le ton de cette lettre. J'aimerais pourtant te transmettre de la joie et de l'énergie pour te soutenir là-haut, mais...

Tu as le droit de savoir ce qui se passe, voilà pourquoi je te raconte tout ce que je peux te raconter, même si c'est bien peu, trop peu, pas assez... Il faut que ces pratiques cessent. Il faut que toutes les pratiques de rétention d'information cessent ! Le monde entier doit savoir ce qui se passe.

J'espère que de ton côté, tout va bien. Je pense à toi tellement fort.

Hugo

# 33.

Je revis, le temps de quelques pas chassés.

Tout est si mélancolique en ce moment… Tout est si étrange et décalé dans nos échanges avec nos proches ! Cela vient certainement de nous, de l'éloignement, mais ça n'en est pas moins perturbant.

Je revis d'autant mieux que la salle de danse semble réelle. Elle est vaste, et le sol et le plafond sont recouverts de lambris. L'un des murs est recouvert de miroirs, le reste est constitué de baies vitrées laissant voir la forêt environnante. Danser dans cet environnement est apaisant. Les branches des arbres sont mues par une douce brise, et quelques oiseaux viennent s'y poser par moments. J'ai choisi un morceau du ballet *Giselle*. J'ai toujours aimé cette histoire de fantômes de jeunes filles trahies qui font danser les hommes jusqu'à les faire mourir d'épuisement. Je modifie les paramètres pour être projetée dans une salle de bal, afin de danser la scène dite « de la folie ».

En dansant, je ne peux pas m'empêcher de repenser à certaines phrases des messages de Hugo. Qu'a-t-il voulu dire par : « Cela nous maintient dans l'espoir » ? La situation planétaire a-t-elle tant empiré ? Ses messages sont non seulement de plus en plus tristes mais parfois aussi dénués de sens, ou au moins d'explications. J'ai l'impression de le perdre. Je le vois s'éloigner, dans mes rêves, comme s'il dérivait dans l'espace jusqu'à devenir un point minuscule, puis plus rien. Cela me terrifie. Je me force à me réveiller, par un effort surhumain, lorsque le petit point disparaît. C'est trop difficile, même en songe.

Seules mes heures de sport m'apaisent. J'aimerais même en faire davantage, mais je n'en ai hélas pas le temps.

Une vague de nausée subite m'oblige à éteindre le casque de réalité virtuelle. Y avoir recours nous aide à recréer des expériences terriennes qui nous manquent, et à nous évader un peu du quotidien du vaisseau, de plus en plus pesant et monotone au fil des semaines. Mais dans le module à gravité artificielle, on ne peut pas l'utiliser longtemps, sous peine de vertiges ou de vomissements. Malgré toutes les recherches menées par les ingénieurs de la NASA pour remédier à ce problème, on n'a pas encore trouvé la solution la plus optimale pour pouvoir danser un ballet entier dans l'espace. C'est probablement un trop grand luxe. Un rêve, peut-être.

Ai-je rêvé, d'ailleurs, cet éclat lointain dans le noir de l'espace ? Ici aussi on bénéficie de larges baies vitrées, mais elles ne s'ouvrent pas sur une étendue verdoyante. Qu'est-ce qui a pu provoquer un tel éclat ? Une étoile ? Cela n'y ressemblait pas, et puis je la verrais encore. Je reste un instant à scruter le vide obscur et enveloppant, mais je ne distingue plus rien d'autre que le velours noir de l'Univers.

★

– Regardez ça…

Aoi nous désigne un point clignotant sur l'écran du radar. Quelques heures après ma séance de danse, Mitchell nous a tous convoqués dans le module de contrôle, où se trouvent les commandes. Les appareils nous ont signalé un objet non identifié qui risque de couper notre trajectoire. Il est de taille assez importante, et est distant pour l'instant de plusieurs centaines de milliers de kilomètres.

– Il est en mouvement, précise Aoi.

Mitchell manipule quelques icônes sur l'écran digital.

– Houston, vous savez de quoi il peut s'agir ?

Nous n'aurons la réponse que dans quatre minutes, au mieux. Les signaux radio mettent désormais deux minutes pour arriver sur Terre. Une fois sur Mars, ce sera trois minutes, en tout cas au moment où on arrivera, car tout a été calculé pour qu'on en approche au moment où la distance Terre-Mars sera la plus courte possible: 56 millions de kilomètres environ… Ce temps ne cessera de s'allonger au fil des jours, quand Mars s'éloignera de la Terre: cela pourra aller jusqu'à 22 minutes, pour 400 millions de kilomètres de distance.

– Ça ne peut être qu'un astéroïde, juge Mitchell. Il faut veiller à ne pas le percuter. Essaie d'évaluer sa vitesse.

– Vingt-deux kilomètres-seconde…

À peu près comme nous…

– S'il ne dévie pas et si on ne change pas notre vitesse, d'après les calculs, on va forcément le percuter, affirme Robert.

Un silence lourd s'installe.

– Dans combien de temps ça se produirait? Aoi, tu peux nous calculer ça?

– Six heures, commandante.

– Il est assez improbable que cet objet coupe notre route pile au moment et à l'endroit où nous serons. On joue vraiment de malchance.

– Si c'était un astéroïde, il irait plus vite, non? suppose Jason.

– Pas nécessairement. Mais cet objet n'a ni la forme ni la densité d'un astéroïde, intervient Aoi en examinant les écrans devant elle.

– On peut se rendre compte de ça ? Alors qu'il est à…

Je fais un rapide calcul mental.

– À plus de 400 000 kilomètres de nous[1] ?

– Oui. Notre radar envoie des impulsions d'ondes radio qui nous sont renvoyées quand elles rencontrent un obstacle. Comme tu le sais, dans l'espace les ondes radio se propagent à la vitesse de la lumière. Grâce à elles, on voit clairement que ce n'est pas un astéroïde. Je suis formelle. On aura une meilleure image de la silhouette de l'objet dans quelques instants.

La curiosité, teintée d'inquiétude, fait vibrer chacun de nous.

– De toute façon, il sera bientôt assez proche pour qu'on puisse se faire une meilleure idée de ce que c'est, fait remarquer Robert. Et pour qu'on puisse évaluer quelle stratégie adopter.

Au fil des minutes, la forme de l'objet se précise.

– Incroyable… souffle Mitchell.

– Comment est-ce possible ? s'étonne Olga.

---

1. L'objet non encore identifié doit arriver à proximité du Starship 300 dans six heures, ce qui équivaut à $6 \times 3\,600 = 21\,600$ secondes. Comme sa vitesse est de 22 kilomètres-seconde, il a suffi à Esther de trouver mentalement une approximation du calcul $21\,600 \times 22 = 475\,200$.

C'est un vaisseau. La forme qui se dessine sur nos écrans est évidente.

– Vous croyez que c'est un navire extraterrestre ? demande Robert sur le ton de la plaisanterie.

– Désolée de te décevoir, Robert, réplique Aoi, mais ce vaisseau-ci a presque les mêmes particularités que le nôtre. Dimensions, masse… Il a été construit sur Terre par des êtres humains, j'en suis sûre à 98 %.

– Il nous reste donc à peine 2 % de chances de faire connaissance avec une nouvelle civilisation. Dommage…

– La présence d'un vaisseau terrien ici n'est pas moins incroyable que s'il était extraterrestre, tranche Mitchell.

En effet, le protocole spatial est formel : chaque nation doit informer les autres en cas d'envoi de quoi que ce soit dans l'espace. Si un vaisseau devait se trouver là, nous l'aurions su bien avant son départ de la Terre. Surtout s'il risquait de nous percuter. Mitchell informe Houston immédiatement.

– Ils vont tomber des nues quand le message leur parviendra, commente Micaela.

– À ce que je vois, il ne va pas couper notre route perpendiculairement, mais en biais. Pendant quelque temps, nous avancerons presque côte à côte.

Mitchell a réfléchi à voix haute.

– Qu'est-ce qu'on fait, commandante ? demande Aoi.

– On n'a pas le choix. Il faut ralentir en actionnant les moteurs-fusées dans le sens inverse de notre avancée. C'est moins risqué que de modifier notre trajectoire, ne serait-ce qu'un peu. On n'a plus qu'à espérer qu'on réussira effectivement à éviter le vaisseau.

– Je lance les calculs, dit Robert.

Le silence qui suit accompagne notre perplexité. Je le brise en premier.

– Mais… si jamais il y a quelqu'un, là-dedans ?

– Ici Houston…

Houston nous répond enfin. Nous buvons les paroles de Jenny.

– Nous ignorons pourquoi ce vaisseau se trouve là. Aucun autre vaisseau habité n'a été envoyé sur Mars, d'après ce que nous savons. Les données que vous nous avez transmises nous apprennent qu'il s'agit probablement d'un vaisseau récent. Plus récent que le Starship 300, puisque sa vitesse est légèrement supérieure à la vôtre. Il a donc bénéficié d'une meilleure poussée de départ et peut avoir été envoyé après.

Un vaisseau envoyé de la Terre vers Mars… après nous ? Comme vient de l'expliquer la Capcom, s'il est déjà là, c'est qu'il a dû utiliser des moteurs ioniques qui permettent une propulsion plus forte et constante pendant le voyage. Ce système peut faire gagner un bon mois, au moins, mais on m'a toujours dit qu'il ne serait véritablement au point que d'ici quelques années.

– En résumé, c'est un vaisseau clandestin. Nous ignorons s'il est habité, et par qui. Nous vous ordonnons de l'éviter et de ne pas tenter de l'approcher. Pendant ce temps, nous enquêtons.

Mitchell fronce les sourcils. Je sais ce qu'elle pense : il paraît bien improbable que la NASA, qui ne cesse de scruter le ciel, ait pu passer à côté du décollage d'une fusée et de sa sortie de l'atmosphère.

– Bien reçu… Pardon d'insister, Jenny, mais s'il y a quelqu'un dans ce vaisseau et qu'il poursuit sa trajectoire, ce quelqu'un n'arrivera nulle part. Jamais. L'équipage a dû rencontrer un problème qui l'a fait dévier de sa route vers Mars. Ne pensez-vous pas que nous devrions essayer de le rapatrier avec nous ? Ça le sauverait…

Quatre minutes plus tard, la réponse tombe.

– Ici Houston. Nos ordres sont formels : interdiction absolue de tenter la moindre approche. Je répète : interdiction absolue de tenter la moindre approche. Nos ingénieurs vous préparent le listing des manœuvres à accomplir pour éviter la collision.

Ce n'était pas Jenny, cette fois, mais John Carmicail, le directeur de vol. L'ordre en a plus de poids. Mitchell encaisse. Puis se redresse.

– Réunion. Tout de suite. Avertissez les autres.

Dans le salon, Mitchell effectue une variation sans gravité de l'expression « faire les cent pas », c'est-à-dire qu'elle se propulse dans un sens, se réceptionne sur une cloison et repart dans l'autre sens. Nous autres, conscients de la nervosité de la commandante, sommes tous en attente dans un coin, sans bouger, qui grâce aux cale-pieds, qui en se cramponnant à une rampe. Mitchell stoppe ses allers-retours pour nous faire face.

– Un vaisseau, qui contient probablement des êtres humains, va passer juste à côté de nous. Ce vaisseau est mal parti pour atterrir sur Mars et encore plus pour retourner sur Terre. Houston nous a dit de ne rien faire. Juste l'éviter.

Mitchell agrippe enfin une rampe pour s'immobiliser. Elle fixe le sol, en tout cas la cloison qui est sous ses pieds, prend une forte inspiration puis nous observe. Elle semble scruter nos réactions. Avidement. Nous nous préparions tous à recevoir ses ordres pour éviter le vaisseau, aussi nous restons interdits. Peu à peu, chacun de nous comprend ce qu'elle attend de nous.

– On doit désobéir à Houston.

Olga a traduit nos pensées. Et elle l'a fait avec un ton si ferme que j'en suis admirative. Je n'aurais peut-être même pas osé murmurer une telle phrase. Le plus stupéfiant, c'est que Mitchell ne la recadre pas. Ni personne. Le silence, lourd, se maintient durant une poignée de secondes. Jason nous dévisage, l'un après l'autre, dans l'attente de quelque chose.

– Non mais il se passe quoi, là ? finit-il par exploser. On DOIT obéir à Houston, c'est évident ! Ils savent ce qu'ils font. Nous, on n'a qu'une toute petite vision des choses. On n'est que des exécutants, ça peut être frustrant, mais on le sait parfaitement !

– Et puis… ce serait considéré comme un acte très grave de mutinerie, fait remarquer Micaela. Tu as rappelé il y a peu que le respect de la hiérarchie était la clé de la réussite de la mission, Bénédicte. Cela vaut pour nous tous. Même pour toi. Tu ne serais tout de même pas prête à…

– Ils savent des choses qu'on ne sait pas. Et qu'ils ne veulent pas qu'on sache.

Des flammes dansent dans le regard de la commandante. Je mesure sa colère et son désarroi, et devine subitement que ses conversations quotidiennes avec Jenny ont pâti de la même distance qu'on a observée venant de nos proches.

– Ils nous cachent quelque chose.

Des choses qu'ils ont demandé à nos proches de ne pas nous dire… Ma gorge se serre, tellement cela paraît évident, soudain.

– C'est vrai qu'ils auraient au moins pu nous expliquer cette interdiction ! s'emporte Micaela. On n'est ni des enfants ni de simples bons petits soldats.

– Il faut essayer de penser comme eux, dis-je. La NASA et MarSpace n'ont qu'un objectif : qu'on arrive sains et saufs sur Mars. Donc… s'ils ont formulé cette interdiction, c'est soit parce qu'un danger nous guette, soit parce qu'ils savent que ça ne servirait à rien de tenter quoi que ce soit concernant ce vaisseau.

– Soit les deux, poursuit Aoi gravement.

– On mérite quand même des éclaircissements, avance Olga.

– Ils n'en donneront pas, tranche Mitchell. Je sais décrypter ce type d'ordre. Ils ne reviendront pas dessus. Sans doute pour notre bien, d'ailleurs.

Déboule le souvenir de mon père qui n'osait pas me dire la vérité pour Chloé. Son visage si douloureux, si fermé, si crispé. Tout cela me revient avec violence.

– Rester dans l'ignorance ne fait jamais de bien, dis-je d'une voix étranglée qui me fait horreur.

– Mais attendez, réagit Jason, on sait pertinemment qu'on nous cache des choses. Ne faites pas comme si vous le découvriez. On ne nous dit pas tout, et alors? C'est pour qu'on garde le moral, pour qu'on reste combatifs. Pour qu'on ne soit pas fragilisés par une mauvaise nouvelle. Ils ont leurs raisons, chaque fois. Il faut leur faire confiance. C'est même notre devoir de leur faire confiance!

– Sans aucun doute, Jason. Sans aucun doute.

Mitchell laisse son regard se perdre au-dehors.

– Mais jusqu'à quel point pouvons-nous accepter de ne pas savoir? Si tous les membres de l'équipage de ce vaisseau étaient morts et que Houston le savait, qu'est-ce qui justifierait de ne pas nous le dire? On ne connaît pas ces gens, cela ne peut pas nous atteindre au point de nous faire vaciller, on est bien d'accord? Si aller faire un petit tour dans ce vaisseau représente un danger, il suffisait de nous le dire aussi, tout simplement, et de nous expliquer lequel. Non… Ce qu'on nous cache cette fois est d'un autre ordre. Et…

– Et même en tant que commandante, vous avez du mal à l'accepter, dis-je.

Elle ne répond rien. Elle ne veut pas avoir l'air de nous influencer. Pourtant elle vient d'exprimer l'idée qu'elle a en tête: aller faire un tour dans ce vaisseau. Au moment où je le comprends, j'en ai moi aussi une envie dévorante. Sans être maladivement curieux, comment passer à côté de cette navette sans savoir ce qu'elle renferme ?

Jason se redresse, bombe le torse et fronce les sourcils.

– Vous êtes tous en train de perdre l'esprit ? On ne sait pas d'où vient ce vaisseau ni ce qu'il y a à l'intérieur. Normal que Houston nous interdise de tenter quelque chose, ils essaient de nous protéger ! De toute façon, comment voulez-vous pénétrer dans ce truc ?

– Le sas pour les EVA s'ouvre de l'extérieur. En tout cas sur nos modèles de vaisseaux, c'est comme ça. Il suffit d'espérer que c'est pareil pour celui-ci.

Quelque chose vient d'éclairer le visage d'Olga. Je soupçonne la même curiosité qui vient de s'éveiller chez moi d'en être la cause.

– Au pire, on pourra toujours forcer l'ouverture, abonde Robert.

– C'est de la folie ! s'emporte Jason.

– Il a raison, intervient Aoi. Même avec de bons outils, même avec notre bon vieux *pistol-grip tool*, on n'arrivera jamais à ouvrir le sas s'il n'est pas conçu comme celui du Starship 300. En tout cas, pas sans avoir du mal à le refermer correctement, après, pour permettre la repressurisation. Ou bien cela demanderait des heures de travail, qu'on n'a pas lors d'une EVA.

Olga passe sa main sur son visage puis rabat ses cheveux flottants en arrière.

– Ça n'empêche pas d'aller voir, tourner autour, trouver un indice… Et peut-être que quelqu'un nous ouvrira de l'intérieur en nous voyant.

Jason peine à réprimer un cri de rage.

– Trop risqué, trop vain ! On a une mission à mener. On doit se focaliser sur ça.

Il croise les bras, l'air furieux. Maintenant, c'est certain : il éprouve une peur panique dès qu'un imprévu survient. Rien ne doit se mettre sur le chemin qu'il a prévu de suivre, apparemment.

Micaela se frotte les genoux. Elle fait parfois ce geste lorsqu'elle réfléchit.

– Il y a peut-être une solution intermédiaire. Deux d'entre nous pourraient se préparer pour une sortie… juste au cas où. Et on ne sortirait que si quelque chose nous invite à le faire. Je rejoins Jason et Aoi : si à l'approche du vaisseau on constate que le sas ne s'ouvre pas de l'extérieur, ce sera inutile de tenter quoi que ce soit. Et si aucun signe radio ou autre ne nous parvient, cela voudra certainement dire qu'à l'intérieur il n'y a personne… De vivant, je veux dire.

– On n'a pas assez de temps devant nous pour préparer une sortie, objecte Olga.

– Six heures… Ça peut le faire, juge Mitchell.

– Bien moins que ça, rectifie Robert. Dans six heures, c'est la collision si on ne modifie pas notre vitesse. Mais avant cela, on naviguera presque en parallèle. On aura une fenêtre d'environ une heure trente pour pouvoir les approcher, tout en ralentissant pour les éviter. Je dois encore affiner les calculs mais c'est au milieu de cette fenêtre de temps que le vaisseau passera pile devant nous. Il faudrait commencer la sortie au début de cette période, c'est-à-dire dans environ trois heures quinze.

– C'est noté, répond Mitchell. Robert ? Comment tu le sens ? Tu es celui qui a le plus d'expérience. Tu es d'accord pour une EVA imminente ? Avec moi ?

– Non mais sérieux ? s'insurge Jason. Vous vous rendez compte de ce qu'on risque sans le support de l'armée d'ingénieurs au sol, au taquet, prêts à réagir en cas de problème ? Sans Capcom ? Et en désobéissant à Houston ? Vous savez ce que vous…

– Je sais ce que je risque, Jason, oui, merci, on vient d'en parler, tranche Mitchell sèchement. J'en porte toute la responsabilité. Mon équipage obéit juste à mes ordres. Je vous couvrirai. Aucun de vous n'encourra de sanction. Jason, tu ne seras pas freiné dans ta carrière, je te le promets.

Tout le monde a les yeux rivés sur lui. Il paraît prêt à exploser de fureur.

– Je ne veux pas participer à cette mascarade, grommelle-t-il avant de se retirer aussi prestement que le lui permet sa flottaison.

– Je suis partant, répond Robert après que Jason a disparu. Mais comment vous allez expliquer à Houston qu'on ne freinera pas quand eux l'auront décidé, mais sans doute un peu plus tard ?

– J'en fais mon affaire. Et puis j'ai confiance dans tes calculs, Robert, pour savoir quand inverser les moteurs au bon moment. Aoi ?

– C'est parti, commandante.

Mitchell porte ses doigts à ses lèvres, comme si elle avait une hésitation.

– Robert, Micaela et Aoi, prenons cinq minutes pour en discuter tous les trois, vous voulez bien ? Les autres, commencez à vérifier les scaphandres tout de suite.

D'ordinaire, il faut compter sept heures de préparation, et même avec ces précautions, un accident peut arriver… Olga en a fait les frais la dernière fois. Je ne peux pas m'empêcher de surveiller particulièrement Jason. Même si les ingénieurs de la NASA ont conclu à un pur accident, j'ai toujours un doute affreux. Jason a-t-il été capable d'un acte aussi malveillant dans le seul but d'être le premier à poser le pied sur Mars ?

Alors que nous venons de sortir de leur emplacement les combinaisons de Robert et de Mitchell, cette dernière nous demande, à Jason, Olga et moi, de la rejoindre dans le salon. Mitchell ramène nerveusement ses cheveux dans son cou, avant de commencer son explication.

– Je comptais accompagner Robert en EVA mais… je crois que le vaisseau a besoin d'une commandante à bord. Et puis, sans le support de Jenny, il faut quelqu'un pour la remplacer. Quelqu'un qui soit apte hiérarchiquement pour prendre des décisions, guider les astronautes pendant la sortie, les aider…

– Une Capcom, quoi.

– C'est ça, Esther. Mais le plus important, c'est que je dois pouvoir répondre à Houston en cas d'appel. Pour qu'ils ne se doutent de rien… On a aussi besoin d'Aoi à bord. Il va falloir qu'on freine le vaisseau en inversant les moteurs, sans changer de cap d'un iota, et en trouvant la bonne vitesse pour que Robert et son coéquipier réussissent à atteindre ce vaisseau inconnu. Sans compter l'éventualité d'un changement de vitesse de l'autre vaisseau. J'ai absolument besoin de son expertise.

– Alors c'est Micaela qui va sortir avec Robert, c'est ça ? suppose Olga.

– Eh bien… ce serait le plus logique. Micaela dit qu'elle se sent prête à ressortir mais… je ne pense pas qu'elle le soit. Après ce qui s'est passé la dernière fois, je crois qu'elle a besoin de quelques semaines supplémentaires pour être au meilleur de ses performances. Le stress d'une sortie imprévue et précipitée n'arrangerait rien à son mental. Il ne reste donc plus qu'une seule solution...

Jason se raidit.

– Il faut que cela soit l'un de vous.

– Mais on n'a aucune expérience ! je m'exclame. Et puis Olga...

– Je sais. Mais vous avez été formés pour ça. Et puis, suivant ce que l'on va découvrir sur ce vaisseau... si la sortie se fait... Quand on informera Houston de cette éventuelle sortie extravéhiculaire, ils décideront peut-être de la rendre publique. Dans le cas où elle le serait, je pense que l'équipe chargée de la communication serait ravie que ce soit l'un de vous qui accompagne Robert.

Nous restons muets de surprise. Mitchell n'ose pas nous regarder, puis elle lève le menton.

– Je sais, l'argument de la communication ne tient pas la route. Je suis désolée. C'est juste qu'on n'a pas le choix.

La tension grimpe immédiatement entre nous. On a déjà vécu cette situation lorsqu'il fallait réparer la batterie solaire, mais la donne est différente. Olga ayant vécu ce qu'elle a vécu lors de la première sortie, elle est bien entendu hors jeu.

Mitchell prendra-t-elle le risque de choisir Jason, qui a pété les plombs il y a quelques semaines et qui désapprouve cette sortie ? C'est sûr que non, et il le sent si bien que je le vois serrer les poings. Je reste seule en lice.

– Esther a été très affaiblie par sa maladie, grince Jason entre ses dents.

– Je te remercie de prendre soin de ma santé, c'est très aimable à toi.

– Ce serait trop risqué que tu y ailles, poursuit-il. On nous a préparés à sortir pour réparer le vaisseau, pas pour entrer dans un autre. Ce serait de la folie de te confier une telle mission !

Je m'apprête à une nouvelle sortie sarcastique mais quelque chose dans son expression me retient. Quelque chose de sérieux, que je n'avais jamais vu chez lui. Mitchell inspire, soupire et se lance.

– Esther, c'est bien toi qui vas y aller. Tu es la plus en forme, autant mentalement que physiquement. Je te crois totalement apte à réussir cette sortie.

– C'est trop dangereux et vous le savez bien ! réplique Jason.

Quelle mouche a donc piqué Jason ?

– Toute sortie extravéhiculaire est dangereuse, Jason, vous avez signé pour ça. Je te rappelle aussi que vous êtes tenus d'accepter mes ordres sans discuter.

Elle le fixe avec sévérité.

– Et vous êtes aussi tenus de ne pas altérer l'ambiance de l'équipe. On vous a sélectionnés pour votre capacité à y parvenir, je vous le rappelle. Je vous ai expliqué les raisons de mon choix. Je ne peux pas mieux faire. On n'a pas d'alternative.

Je mets un petit instant à réaliser ce qui m'arrive, mais un regard de Mitchell m'aide à me secouer : le temps manque ! J'essaie de garder mon sang-froid. Après tout, nous vérifions l'étanchéité des combinaisons ainsi que les outils à emporter en EVA plusieurs fois par semaine, il n'y a donc aucune raison que quelque chose se passe mal… Enfin, juste un petit peu plus de raisons que si nous avions tout notre temps.

– Tu vas voir, c'est magique, me confie Olga dès que Mitchell s'est retirée. Je n'osais pas te dire à quel point avant que tu connaisses ça à ton tour, mais rien ne surpasse cette sensation.

– Tu le penses encore, Olga ? Même après ton accident ?

– Bien sûr. Tu réalises combien d'êtres humains avant moi ont connu ça ? C'est exceptionnel. Et exceptionnellement beau et surprenant. Quoi qu'il arrive, c'est une chance, Esther. Une putain de sacrée chance de vivre cela au moins une fois dans sa vie.

Je suis impressionnée que son émerveillement soit resté intact alors qu'elle a failli perdre la vie.

– J'espère le vivre aussi, mais je ne suis pas encore dehors. Si ça se trouve, Mitchell ne va trouver aucune bonne raison de nous faire sortir… Mais merci, Olga.

Je l'enlace chaleureusement avant de revêtir mon justaucorps parcouru de tuyaux. Puis j'enfile mon scaphandre. Pendant que mes collègues vérifient les articulations, l'alimentation électrique, la batterie, le recyclage de l'air, le système de communication, les caméras et les lumières de ce petit vaisseau spatial qu'est la combinaison, j'enfile un masque à oxygène pur pour commencer à purger mon sang de l'azote qui s'y trouve. Heureusement, nous avons assez de temps pour le faire, car dans l'atmosphère sans pression de l'extérieur, l'azote risque de bouillir dans le sang, provoquant immanquablement une embolie. Je m'en passerai volontiers.

Pour que la purge se fasse plus vite, je fais de l'exercice, en tout cas j'en fais autant que me le permet l'encombrant scaphandre. Je demande qu'on me diffuse de la musique qui pulse bien, et je bouge les bras en rythme. Je n'ai pas l'air maligne, mais on ne pense plus au ridicule quand on est en tenue d'astronaute.

Aoi nous explique que nous ne pourrons voir le vaisseau d'assez près pour décider d'une sortie que pendant la phase de décompression, dans le sas. Peut-être aussi qu'ils arriveront à entrer en contact radio avec eux, qui sait ? Mais ça risque d'être juste avant qu'on puisse sortir. Je le comprends aisément, puisque cette phase dure quarante minutes. Il sera vraiment difficile de renoncer à l'EVA si c'est finalement la décision de notre commandante, mais je m'y prépare.

Robert et moi ouvrons la première écoutille et nous installons dans l'espace réduit du sas, avec l'aide de nos collègues, tellement nous sommes patauds ainsi équipés. L'inventaire est fait une nouvelle fois. L'étanchéité de nos combinaisons est de nouveau vérifiée, puis l'écoutille se referme derrière nous.

L'air commence à être doucement évacué dans l'ambiance de lumière rouge propre à cette phase. Il sera stocké grâce à des compresseurs, bien sûr, car il est hors de question d'en perdre une seule bouffée. La pression baisse. Aoi nous informe régulièrement par radio des paliers franchis.

Robert et moi nous faisons face, à l'intérieur du sas, d'abord sans nous regarder. Nous nous concentrons. Et nous espérons très, très fort, que nous pourrons sortir là-dehors. Surtout moi, puisque ce serait ma première fois. Nous répondons encore à une check-list interminable, demandée par Aoi, puis nous attendons d'en savoir plus. Mitchell nous tient au courant brièvement.

– Starship. Désormais nous pouvons voir le vaisseau par les hublots. Ça ressemble à un vaisseau chinois. En tout cas, construit par des Chinois. *Out.*

– EV1. Vous essayez de les contacter par radio ? demande Robert. *Over.*

– Starship. Oui. Aucune réponse. *Out.*

– Pression : 500 hPa, nous informe Aoi.

Après quelques minutes encore, la voix de Mitchell nous donne enfin l'information tant attendue.

– Starship… Sortie confirmée. *Out.*

Mon cœur bondit dans ma poitrine.

PARTIE 5

# LÀ OÙ LA VIE RÉSISTE

*« Cela dépasse l'imagination jusqu'à ce que vous vous leviez pour le voir, le vivre et le sentir. »*

William Cameron McCool, astronaute

# 34.

– EV1 ?

– EV1. Bien reçu. *Out.*

– EV2 ?

– EV2. Bien reçu, dis-je. *Out.*

– Pression : 50 hPa…

Qu'est-ce qui a incité la commandante à prendre la décision d'entreprendre une EVA ? Comme si j'avais posé la question à voix haute, la réponse ne tarde pas.

– Starship. Leur sas est ouvert. C'est ce qui a motivé le maintien de la sortie. *Out.*

Leur sas est ouvert ? Ce n'est pas du tout un bon présage concernant l'équipage de ce vaisseau.

– Starship. C'est un sas Quest, comme le nôtre. Vous saurez le faire fonctionner s'il n'est pas endommagé. On n'en sait pas plus. Il ne faut pas perdre de temps, la fenêtre dont vous disposez pour atteindre le vaisseau est courte… *Out.*

– Pression : 0 hPa.

La lumière rouge devient jaunâtre. La pression est nulle dans le sas, comme là-dehors. C'est le moment de sortir.

– Starship. Vous pouvez débrancher vos combinaisons des interfaces. *Out.*

C'est comme couper le cordon ombilical. Jusque-là, nos scaphandres étaient encore alimentés par les ressources du vaisseau. Désormais, ils sont autonomes.

Nous sommes autonomes.

– Starship. Baissez vos visières de protection solaire. *Out.*

Robert me lance un regard chargé de défi avant de baisser sa visière dorée, puis il actionne l'ouverture de l'écoutille.

Malgré l'excitation, ce n'est pas le moment de relâcher l'attention : il ne faut surtout pas qu'un sac ou une boîte à outils se détache et tombe dans le vide. Je vérifie tout cela pendant que Robert retire la protection thermique et anti-débris qui nous sépare encore de l'extérieur. Puis il s'engage en premier, les pieds d'abord, comme s'il s'immergeait dans l'eau… Je le vois disparaître, englouti par l'infini. Comme absorbé. C'est mon tour. Je plonge, au ralenti.

L'infini s'ouvre à moi.

Noir, vide et fascinant.

J'y entre, moi aussi les pieds devant. Et mon premier réflexe, envoyé par tous les sens de mon corps, c'est de me dire : « Je vais tomber ! » Je m'agrippe très fort aux mains courantes, tant que mon cerveau n'arrive pas à admettre que non, je ne vais pas dégringoler dans le vide… En tout cas je n'en aurai pas la sensation, car en vérité je suis bien en chute libre, c'est juste que je chute à la même vitesse que le vaisseau, ce qui me donne la sensation de flotter. Je me détends peu à peu… Quand j'arrive à prendre confiance, je peux enfin profiter de ce qui m'entoure. Et ce qui me frappe le plus, c'est une impression de réalité. Tout est si net, si clair, si proche, si… présent. C'est comme lorsque je visionnais les vidéos en haute définition de la NASA, quand j'étais petite, en encore plus saisissant. C'est comme si, soudain, j'avais enfin la preuve que tout cela existe vraiment. Une puissante existence.

Peu à peu, ma vision s'acclimate à l'obscurité, et les étoiles m'apparaissent dans le grand noir. Plus elles brillent, plus elles sont nombreuses à mes yeux, plus je suis émerveillée. L'immensité sombre et piquée de lumières m'entoure et me happe. Les sensations sont plus agréables que pendant les entraînements en piscine. Dans l'eau, sur Terre, les frottements de mon corps dans la combinaison me faisaient mal. J'en sortais avec les épaules très irritées. Mais ici, je flotte dans le scaphandre, qui lui-même flotte autour de moi. En revanche, je dois travailler contre sa pression interne. Il n'empêche, Olga avait raison : rien ne surpasse cette sensation.

Ni la Terre ni Mars ne sont visibles, ce qui nous donne l'impression de nager dans un vide absolu…

Que dire de cet autre vaisseau qui nous fait face, à plusieurs centaines de mètres, semblable à un gros scarabée métallique ? Il suit une trajectoire quasi parallèle à la nôtre, et avance à la même vitesse. Quasi, parce que en réalité il coupera notre chemin dans moins de quatre heures, tout en se rapprochant toujours davantage de nous, peu à peu. Il faudra que nous soyons rentrés bien avant, pour que notre vaisseau ait le temps de freiner pour éviter la collision. Il ne faut donc pas chômer. Ici, chaque geste est épuisant et prend du temps.

– Starship. EV1, test radio. *Over.*

– EV1. Radio correcte. *Out.*

– Starship. EV2, test radio. *Over.*

– EV2. Radio correcte. *Out.*

Robert et moi fixons nos lignes de vie aux rampes présentes sur le flanc du vaisseau. Nous restons ainsi amarrés… Mais pas pour longtemps. Les câbles ne sont pas assez longs, donc il va nous falloir atteindre le vaisseau sans arrimage. Avec le risque, en cas de problème technique, de dériver dans l'espace, éternellement… C'est un rêve/cauchemar que je fais souvent, mais mieux vaut ne pas y penser maintenant.

Nous nous élançons dans le vide.

Malgré la peur, lâcher la rampe du Starship 300 me procure un sentiment d'ivresse inégalable. Robert et moi nous dirigeons vers le vaisseau errant grâce à de petits jets d'azote propulsés par le SAFER 4 (pour *Simplified Aid For EVA Rescue*).

– EV1 à EV2. Il va falloir qu'on s'éloigne encore pour s'approcher du vaisseau, Esther, dit Robert. Tu te sens prête ? *Over.*

– EV2. Prête. *Out.*

Une bulle d'enthousiasme monte dans ma poitrine alors que nous nous dirigeons vers le vaisseau inconnu, difficilement car les jets d'azote par-ci par-là ne permettent pas de tenir une direction d'une précision folle. Mais on y parvient. Plus on approche, plus on se rend compte que rien ne permet de distinguer la nationalité de cette navette. La seule chose certaine, c'est qu'elle a été élaborée avec toutes les connaissances et tous les moyens technologiques de ces dix dernières années.

Que le sas de ce vaisseau soit ouvert est plus qu'étrange si aucun astronaute n'est dehors. C'est tout à fait anormal. Mais j'essaie de ne pas y penser. Concentration.

Aoi reste en contact constant avec nous. Elle nous explique qu'elles ont pu distinguer l'écoutille du sas ouverte en zoomant au maximum, ce qui a décidé Mitchell à maintenir l'EVA, mais elles n'ont aucune autre information. Toujours personne ne répond à leurs appels radio.

On approche du sas. Il est en effet semblable au nôtre.

– Esther, me dit Robert, regarde. Une ligne de vie est accrochée à la main courante.

Je la repère. Et celle-ci semble tendue vers l'autre côté du vaisseau. Un petit jet d'azote vers la gauche, pour me déplacer à droite. Encore un. Je peux voir ce qu'il y a de l'autre côté du vaisseau… Et au bout de la ligne.

– Robert ! Il y a quelqu'un ! Il y a quelqu'un au bout de la ligne de vie !

– Quoi ? Arrime-toi, d'abord. Tu entends ?

– Bien reçu.

Nous avons emporté notre ligne de vie, fixée à notre ceinture, tel un lasso. Je l'accroche à la main courante près du sas. J'attends que Robert procède à l'identique, puis il place ses bottes dans des cale-pieds proches du sas et tire sur le câble au bout duquel j'ai vu un astronaute flotter.

– Il ne porte pas une combinaison américaine, dis-je alors que Robert continue à tirer pour ramener l'astronaute.

– Je m'en doutais. On l'aurait su si notre gouvernement avait envoyé un autre vaisseau vers Mars… presque en même temps. C'est de la folie quand on y pense, on aurait vraiment pu se percuter.

– Il est sans doute… Je veux dire il…

– Oui, Esther, ce pauvre type est certainement mort. Ou alors c'est une combinaison vide, mais je ne vois pas pourquoi on aurait fait sortir un scaphandre sans personne dedans.

– Starship. Soyez prudents. *Out.*

Robert attrape le bras de l'astronaute et le tourne pour qu'il soit à notre hauteur. Aucune réaction de sa part. Je frémis. J'imagine que Robert remarque aussi les badges fixés sur son épaule et sa poitrine : ils sont décorés du logo de l'entreprise China Holding Group, un puissant groupe automobile chinois. Nous avons d'autres priorités que de nous en étonner dans l'immédiat. S'il y a un être humain là-dedans, il porte, comme nous, une visière dorée pour se protéger des rayons solaires et de la chaleur. Cette visière rabattue empêche de voir son visage.

– Esther, soulève sa visière de protection, me demande Robert. S'il est encore vivant il ne craint rien, on est à l'ombre du vaisseau.

Cette visière se relève toujours manuellement de l'extérieur, sur toutes les combinaisons spatiales, en prévision d'un pareil cas : pour qu'un astronaute puisse voir si un autre va bien… Ou mal. Je place moi aussi mes bottes dans des cale-pieds, afin d'avoir les deux mains libres, et j'inspire fort en faisant coulisser doucement la partie dorée du couvre-casque de l'astronaute inanimé.

Je lâche immédiatement le casque, dans un mouvement de recul horrifié.

J'entends Robert étouffer un cri.

Je détourne le regard.

– Grands dieux, souffle Mitchell qui voit tout ce que nous voyons grâce aux caméras et aux projecteurs fixés sur nos casques.

L'homme est mort, il n'y a aucun doute. Et probablement depuis plusieurs jours. Mais ce n'est pas un accident de pressurisation qui a causé son décès. Je connais les effets du manque de pression sur le corps humain, et ils sont affreux (doublement de volume, expulsion brutale de l'air des poumons jusqu'à la trachée et la bouche où il se vaporise et congèle, sang qui parvient désoxygéné au cerveau…), or cet homme n'a pas subi ces affres-là. Du sang lui a coulé des yeux et de la bouche, sa peau est terne et sèche… Pâle comme du papier mâché.

– Pauvre vieux, dit enfin Robert.

– Que… qu'est-ce qu'on fait de lui ?

– Starship. Lâchez-le. On avisera quand on saura s'il y a des survivants à l'intérieur. Vous êtes toujours prêts à entrer ? *Over.*

Robert et moi hésitons un peu, sous le choc.

– Starship. Il vous faudra garder vos casques, poursuit Mitchell. On ne sait jamais, il y a peut-être quelque chose de contagieux dans l'air ambiant du vaisseau. Mais peut-être y a-t-il encore quelqu'un à sauver. *Out.*

Quelque chose de contagieux? Un virus? L'image de Chloé, la grande Chloé, passe dans mon esprit. Comme dans mon délire enfiévré d'il y a quelques mois, elle se tourne vers moi et me sourit, une étoile de mer dans les bras.

– Je veux y aller, dis-je.

Robert tourne sa visière dorée vers moi.

– OK… allons-y, enchaîne-t-il.

Il lâche le bras du scaphandre, qui pivote doucement et se remet à flotter dans le vide. Je préfère le voir de dos. Puis nous nous tournons vers le sas.

– Alors ne perdez pas de temps. Vous devrez respecter le temps de recompression puis de décompression, ce qui vous mange déjà presque une heure trente de votre temps dehors. Mais il le faut, si quelqu'un est là-dedans sans scaphandre.

On détache nos câbles des mains courantes pour les fixer au côté de nos outils, sur la corde qui nous enserre la taille, puis nous entrons l'un après l'autre dans le sas. Mêmes gestes répétés mille fois. Nous fermons l'écoutille et activons la pressurisation. Elle fonctionne…

Durant les quarante minutes qui passent, où nous ne pouvons rien faire d'autre qu'attendre, le visage du cadavre tournoie dans mon esprit, puis se mêle à celui de Chloé.

Et soudain, une évidence me frappe. Hugo essayait de me dire quelque chose dans ses derniers messages. Quelque chose d'important, que Houston ne voulait pas que nous sachions. Oui, Houston nous a caché, à tous, quelque chose de grave, et Hugo a tenté de me le dire… par message codé !

– Ça va, Esther ? me demande Robert.

J'ai laissé échapper une exclamation de dépit.

– Oui, oui, tout va bien.

Comment ne l'ai-je pas compris avant ? Ses allusions à nos messages pour nous retrouver au Louvre étaient pourtant évidentes ! « C'est le début qui compte », a-t-il écrit… Mais oui ! Le début de chaque phrase ! La première lettre, certainement. Il aurait fallu que je détache la première lettre de chacune des phrases des paragraphes qui suivent ses allusions au Louvre. Je suis si stupide ! Et maintenant, coincée là, je ne peux rien déchiffrer, puisque je ne me souviens pas exactement de toutes ses phrases. Je ne pourrai découvrir ce qu'il voulait me dire qu'une fois de retour sur le Starship 300. Quelle torture…

Nous atteignons enfin les 1 013 hPa. Pour autant, nous gardons nos casques fermés et nos systèmes de support de vie actifs, comme nous l'a conseillé Mitchell. Nous relevons seulement la visière dorée. Il faudra décontaminer nos combinaisons, dans le doute, à notre retour dans le Starship 300. Mais pour l'heure, toutes mes pensées sont tournées vers l'équipage de ce vaisseau.

Nous ouvrons la deuxième écoutille, et nous nous extirpons du sas.

J'évolue dans le silence de couloirs aux lumières placées en position nuit, faibles et glauques, en avançant grâce aux mains courantes. Nous avons laissés allumés les quatre projecteurs, de part et d'autre de notre casque. Robert les oriente vers une paroi pour me désigner un logo qui y a été peint, à côté du drapeau chinois, rouge et étoilé. Le même que sur la combinaison de l'astronaute.

– C'est China Holding Group qui a construit cette capsule, et qui en a sans doute aussi financé le lancement, suppose Robert.

– La Chine ? Mais…

– Oui, la Chine, aidée financièrement par une entreprise privée. La Chine fait cavalier seul depuis un moment, dans la course spatiale, et spécialement la course pour coloniser Mars. Ils ont déjà envoyé des rovers de leur côté, et on se doutait qu'ils étaient en train de construire leur propre vaisseau spatial. Apparemment, malgré ses obligations, la Chine ne nous a pas tout dit…

Par « nous », il veut dire « le Japon, l'Union européenne, la Russie »… et surtout, « les États-Unis ». Des accords internationaux ont été conclus concernant l'exploration spatiale : aucun gouvernement ne peut rien faire sans en avertir les autres. Comment et pourquoi la Chine a-t-elle pris le risque de le faire quand même ? Envoyer une capsule habitée sans le dire à personne ? Cela paraît fou. Et inconsidéré.

Le vaisseau a un plan à peu près similaire au nôtre. Les variantes possibles sont faibles, de toute manière, à cause des contraintes multiples, et de là où nous en sommes dans le progrès technologique. Je retiens mon souffle alors que nous nous apprêtons à entrer dans ce qui pour nous est « le salon ». En tant que lieu de détente et de réunion, il serait normal d'y retrouver quelqu'un.

– Starship. Restez sur vos gardes, on ne sait jamais, nous prévient Aoi, de nouveau au micro. *Out.*

Je sais que toute notre équipe est tendue vers l'écran du module de contrôle et ressent presque la même chose que nous en ce moment.

– Personne…

Robert exprime ma pensée. Il n'y a personne dans le module. Il est vide et en apparaît fantomatique. Il reste des traces d'occupation, comme ce gobelet fixé au mur. Mais rien d'autre. Où sont-ils donc ? L'équipage d'un tel vaisseau comporte au moins trois personnes. Robert en fait le tour et ça me fait bizarre de le voir évoluer en scaphandre dans ce lieu qui ressemble tant à l'intérieur de notre vaisseau.

– Aucun signe de vie, commente-t-il.

– Starship. Allez voir dans les cabines, nous propose Mitchell. *Out.*

Le couloir dans la partie dortoir du vaisseau comporte quatre portes, disséminées en haut, en bas (par rapport à ma position) et sur les côtés. Donc quatre cabines. Et quatre passagers. La première est vide. Était-ce celle de l'individu qui flotte dehors au bout de sa ligne de vie… sans vie ? Voir les petits détails intimes de ce lieu me serre le cœur. La photo d'une petite fille, celle d'une femme souriante, le livre qu'il était en train de lire, coincés dans des sangles, ou fixés par du Velcro aux cloisons…

Je reste interdite un instant en pensant à la vie de cet homme qui n'est plus là, pendant que Robert se dirige vers la deuxième cabine.

– Esther… prononce-t-il d'une voix blanche. J'ai trouvé un deuxième passager.

Je me déplace le plus rapidement possible vers la cabine d'en face.

– Inutile de t'approcher trop près, me prévient-il.

Une femme est sanglée dans son lit, mains croisées sur le ventre, dans une attitude paisible… Ses beaux cheveux noirs et brillants se dressent au-dessus de sa tête comme si elle vivait une frayeur perpétuelle. Et le visage est dans le même état que l'homme du dehors. Je fais le geste de porter la main à ma bouche, mais bien sûr je suis freinée par mon casque.

– Ne restons pas là. Essayons juste de repérer rapidement les deux autres… Même si ce serait un miracle qu'ils puissent encore être sauvés. Et ensuite partons.

– Starship. Touchez le minimum de choses, nous préconise Aoi. Si vous pouviez éviter de ramener un virus dans le Starship 300, ce serait bien. *Out.*

Des deux cabines restantes, l'une est vide et l'autre contient un autre cadavre, celui d'un homme sanglé dans l'habitacle. Il serre un cadre contre sa poitrine. Une photo de sa famille, sans doute.

– Il en reste un à dénicher, dis-je en essayant de maîtriser ma voix.

– Qu'est-ce qui s'est passé, ici ? souffle Robert.

Personne dans le module de sport. C'est dans le module de contrôle et de pilotage que nous trouvons le dernier passager.

Un homme, attaché au siège du pilote. Ses bras flottent doucement. On dirait un mannequin en tissu cloué au fin fond de la mer. Je m'interdis de regarder son visage. En revanche j'inspecte le tableau de bord et les écrans tactiles, surtout pour qu'Aoi et Mitchell les voient à travers les caméras de mon casque.

– Starship. Vous en avez assez vu, partez, dit la voix de Mitchell. Vite. *Out.*

– Starship. Attendez, dit la voix d'Aoi. *Out.*

C'est si inhabituel d'entendre Aoi contredire sa commandante que je devine qu'elle a repéré ou pensé à quelque chose.

– Starship. Cet homme était certainement en train de communiquer avec l'homme au dehors. Si c'est le cas, comme tout est toujours enregistré, on pourrait dénicher cet enregistrement. Cela nous éclairera sur ce qui leur est arrivé. Et sur ce qu'ils font là, sur notre route. *Over.*

– EV2. Comment trouver ça ? *Over.*

Aoi m'indique comment naviguer sur l'écran tactile de communication. Au bout de quelques instants, je tombe enfin sur une série de vidéos.

– Je ne comprends rien, tout est en chinois !

Forcément.

– Starship. Je connais cette langue, intervient Mitchell. J'ai beaucoup travaillé avec les Chinois avant qu'ils ne fassent cavaliers seuls dans la course spatiale. Ouvre la vidéo la plus récente, Esther. *Out.*

Un homme apparaît. Sans doute l'homme qui est là, mort, à côté de nous. Il a l'air désespéré. Il se frotte le front, se prend la tête entre ses deux mains, puis se lance dans un monologue dont je ne comprends pas une miette.

– Starship. Appuie sur pause ! m'ordonne Mitchell. Merci, Esther. Je… Cet homme vient d'expliquer leur situation. C'est un compte rendu pour ses chefs, j'imagine. Je vous expliquerai les détails plus tard. Le temps presse. En tout cas, il explique qu'un virus s'est déclaré à bord, emportant d'abord la jeune femme que vous avez vue. Puis il y a eu la crise de panique de l'homme que vous avez trouvé dehors. Il voulait échapper au virus par tous les moyens, et il a totalement perdu l'esprit. Le reste de l'équipage n'a pas réussi à l'empêcher de s'équiper et de sortir en EVA… Puis chacun d'eux a attendu la mort, à sa façon. Lui a voulu témoigner. Rendre compte…

– Mais que faisaient-ils là ? demande Robert. Pourquoi ce vaisseau a-t-il été envoyé vers Mars ?

– Starship. Parlons de cela à votre retour. Revenez. *Out.*

Je quitte le module de contrôle avec soulagement. Ce mort-ci, que j'ai vu vivant sur l'écran, me met encore plus mal à l'aise que les autres.

– Un module-laboratoire… fait remarquer Robert en lorgnant vers des bacs de culture, visibles au-delà du hublot de l'écoutille fermée. Il y a des espèces que n'a pas Micaela.

– On n'a pas le temps, Robert.

– Starship. Esther a raison, reprend Mitchell. Rentrez sans attendre. Dans moins d'une heure nous devons inverser les moteurs pour éviter la collision. *Out.*

Robert ne bouge pas. Je comprends son envie de faire plaisir à Micaela en lui rapportant des informations sur ce qui est cultivable dans un tel environnement.

– On y jette un œil rapide, dis-je.

– Starship. De vraies têtes de mule, grogne Aoi. *Out.*

– Starship. Faites demi-tour, c'est un ordre, tranche Mitchell. *Out.*

Mais la curiosité est la plus forte pour Robert, qui a commandé l'ouverture du sas et s'est déjà engagé dans le module. Je le rejoins. Il inspecte la culture de plantes que je ne reconnais pas. Une espèce d'algues, peut-être ?

– Quel gâchis de laisser ça là, grommelle-t-il.

– Starship. Retour au sas requis sans attendre, ordonne Mitchell. *Out.*

Un cri strident me fait sursauter dans mon scaphandre. Je n'ai pas le temps d'en distinguer la source que quelqu'un a fermement attrapé ma main. Quelqu'un ? Une gueule de chimpanzé grande ouverte me fait face quand je me retourne, dans un hurlement perçant. Le grand singe, enfermé dans une cage, à gauche du sas, m'a attrapée en passant sa patte entre les barreaux.

J'essaie de le repousser mais son autre patte vient en renfort de la première pour me retenir. Je comprends en un éclair que l'animal est en train de mourir de faim et de soif tout en flottant dans sa prison. Ça le rend agressif. Il semble vouloir me blesser, en me griffant ou en me mordant. Le scaphandre est constitué de douze couches capables de résister notamment au choc de micrométéorites, je ne crains donc rien… Jusqu'à ce que les doigts agiles du primate atteignent le système de verrouillage du gant au-dessus du poignet et parviennent à l'actionner.

– Robert !

C'est un cri de terreur dans lequel je n'ai pas reconnu ma voix. Je regarde autour de moi pour trouver de quoi me défendre mais… mon gant flotte, libre de toute attache, la dépressurisation de ma combinaison commence et je m'éloigne juste à temps avant que l'animal ne m'agrippe de nouveau, en me griffant le dos de la main. Robert m'a tirée en arrière, hors de portée du primate hurlant. Il a récupéré mon gant et le réinsère le plus vite possible. Quand le verrouillage émet son clic, je parviens enfin à me calmer malgré les hurlements de plus en plus furieux du chimpanzé.

– Esther ? Tu n'es pas blessée ?

Robert est blême derrière sa visière.

– Non. Je ne crois pas, non, merci Rob… ATTENTION !

J'ai hurlé. Un deuxième chimpanzé, libre celui-là, vient de débouler du module suivant. Il se jette sur Robert. Il agrippe son casque et, avec des gestes aussi sûrs et maîtrisés que l'autre animal avec mon gant, il le déverrouille. Malgré les coups que lui donne Robert, il parvient à le tourner sur le côté, et à l'ôter. Puis il enfonce ses griffes dans les joues, le front et l'œil de mon coéquipier. Je saisis le *pistol-grip tool* fixé à ma ceinture et me précipite vers l'animal aux pattes agrippées à Robert, la gueule hurlante et les dents prêtes à le déchiqueter. La vue du visage défiguré de Robert décuple ma rage. Je vais enfoncer la pointe tournoyante de la visseuse-dévisseuse dans l'œil du chimpanzé fou, bien décidée à atteindre le cerveau, quand, d'un coup de pied, Robert me pousse violemment en arrière. Sans pesanteur, je suis projetée trois mètres plus loin, hors du module. Toujours avec le primate déchaîné sur lui, Robert trouve la force d'atteindre le bouton de fermeture du sas.

– PARS !

Je détourne le regard alors que les dents du singe s'enfoncent dans ses yeux et son nez. Du sang a giclé sur le hublot.

L'animal affamé va le dévorer, sous les cris surexcités de l'autre chimpanzé dans sa cage. Après une seconde de stupeur horrifiée, je cours pour actionner l'ouverture du sas et aider Robert.

– NON, me crie Mitchell dans les oreilles. N'ouvre pas, Esther, sinon tu mourras. Robert était condamné dès qu'il a perdu son casque, de toute façon. Il a respiré de l'air vicié.

– On ne peut pas le laisser mourir comme ça !

Je crie et je pleure en même temps. Puis j'appuie comme une forcenée sur le système d'ouverture du sas, mais ça ne fonctionne pas. Robert a actionné le mécanisme qui empêche d'ouvrir de mon côté. Je suis impuissante. Je n'ose pas regarder par le hublot, tant les hurlements sont affreux, consciente que, peut-être, Micaela voit tout ce que je vois, si les autres n'ont pas eu la présence d'esprit de l'éloigner des écrans. Je pleure de plus belle, dévastée, et sans pouvoir me boucher les oreilles. L'agonie de Robert est terrifiante. Si cruelle…

– Starship. Il faut que tu rentres, Esther. *Out.*

La voix de Mitchell est douce et blanche. Je réponds en hoquetant entre deux sanglots.

– On… ne peut pas… l'abandonner.

– On ne peut plus rien faire pour lui. Et cet animal est déchaîné. Tu ne ferais pas le poids.

– Je ne… rentre pas… sans Robert.

– Rentre tout de suite, Esther, c'est un ordre. *Out.*

Le ton est plus sec. Elle répète cette phrase plusieurs fois, de plus en plus fort. Elle veut me secouer. Je reprends mes esprits peu à peu. Les deux primates crient moins fort, ils grognent davantage, et les autres sons sont étouffés par l'écoutille. Je n'entends plus Robert. Il est mort. En tout cas je l'espère. L'animal assouvit sans aucun doute sa faim. Je ne dois pas y penser. Ne rien visualiser. Ne surtout pas jeter un dernier regard par le hublot, où l'horreur pure se joue en ce moment.

Le cœur brisé, tremblant de la tête aux pieds, je parviens à m'arracher du lieu.

Je me dirige vers le sas dans un état second. Pendant la durée de dépressurisation, Mitchell et Aoi se relaient pour me faire prendre conscience que le retour nécessite que je retrouve mon sang-froid. Je dois retrouver toutes mes facultés, pour ne pas commettre d'erreur fatale, jusqu'à ce que j'atteigne notre vaisseau. C'est pourtant comme une automate que j'accomplis tous les gestes qui me permettent de rejoindre le Starship 300. Je ne suis pas certaine que je pourrais réagir à un imprévu, mais heureusement, il ne s'en produit pas. Par petites poussées d'azote, je m'éloigne du tombeau errant qu'est ce vaisseau, et chaque mètre parcouru est déchirant. J'ai abandonné mon coéquipier qui, lui, m'a sauvée par trois fois. La première en m'éloignant du premier primate, la deuxième en réajustant rapidement le gant de mon scaphandre, et la troisième en se sacrifiant avec la fermeture du module. Et moi, qu'ai-je fait pour lui ? Rien. Je l'ai laissé mourir. J'ai laissé son corps à la merci d'un animal enragé.

Comment vais-je pouvoir regarder Micaela en face ? Je me le demande une fois de retour dans le sas de recompression de notre vaisseau. J'éclate en sanglots une nouvelle fois.

Pendant la repressurisation, Aoi m'informe qu'elle procède à l'inversion des moteurs pour freiner notre course, et permettre au vaisseau fantôme de nous couper la route sans collision.

– Esther, garde ton casque, s'il te plaît, m'indique Mitchell quand on approche de la pression adéquate.

Je sais pourquoi. J'ai été en contact avec l'air vicié du vaisseau où régnait la mort, lorsque mon gant a été ôté. S'il s'agissait d'un virus, j'ai peut-être été infectée.

– Il va falloir que j'informe Houston, laisse tomber Mitchell dès que je sors du sas.

Elle semble avoir vieilli de dix ans.

# 35.

En quarantaine.

De nouveau. Et j'ignore pour combien de temps.

Reléguée une nouvelle fois dans le module-laboratoire, avec un système d'isolement qu'Aoi a perfectionné avec les conseils des ingénieurs au sol… Je n'ai pas revu Micaela, et ne lui ai pas non plus parlé. Seule Aoi me rend visite, munie d'une combinaison de protection, pour m'apporter à manger. Le plus complexe, c'est d'aller aux toilettes. Nous n'avons qu'une cabine pour tout le vaisseau, et il n'y a pas d'autre moyen pour faire ses besoins. Alors je dois la rejoindre en combinaison, accompagnée d'Aoi qui désinfecte tout, très consciencieusement, après moi. Micaela est trop affectée pour prendre le relais, mais dès demain Olga et Jason le feront à leur tour.

Je m'en veux qu'ils soient astreints à cette tâche ingrate, mais je ne peux pas le faire moi-même, c'est trop difficile avec mes gants. Je vais au même endroit que le reste de l'équipage, par nécessité d'équipement, en revanche mon urine et mes selles sont isolées pour ne pas être recyclées avec les autres. Si jamais j'ai attrapé le virus, par exemple à cause de la griffure du chimpanzé, cela pourrait contaminer tout le vaisseau par ce biais. Ils rejoignent donc directement le stock de déchets, de plus en plus conséquent au fil de notre voyage. C'est pour le réduire, et pour faciliter le recyclage de notre urine, que chacune de nous a accepté de prendre la pilule en continu, pour supprimer les règles. Si les sanitaires avaient été pensés par et pour des femmes dès le départ, on n'y serait pas réduites, mais c'est ainsi pour le moment…

★

Dès que je le peux, je consulte ma tablette pour décrypter les messages codés de Hugo.

J'avais bien deviné : c'était la première lettre de chacune de ses phrases qui était signifiante, dans deux paragraphes, envoyés l'un fin novembre, l'autre en décembre. Ce que Hugo cherchait à me dire, et ce que Houston nous a caché, est d'une ampleur phénoménale, qui me dévaste. Hugo m'écrivait ceci le 29 novembre :

*« Par quoi commencer ? Avec une banderole… Nous nous sommes… Durant cette… Évidemment… Mais nous avons deviné… Inévitablement… Encerclement… Sommations… Une collègue affolée… Retourner sur l'*Ahora*… Tout simplement… Et voilà pourquoi… Rarement je me suis senti… Rarement aussi vulnérable… En approchant… Mais les policiers… On n'en menait… Irrationnellement… On est ainsi… Kenza, ma collègue…*

Cela donne : « Pandémie sur Terre. Moi OK. »

C'est soudain comme si tout se glaçait dans ma poitrine. Je déteste cette sensation, la même que j'ai éprouvée le jour où Chloé est partie à l'hôpital. Une peur doublée d'un très mauvais pressentiment…

D'autant plus que le deuxième message signifiant, début février, est celui-ci :

*« Ce sentiment… En toute sincérité… Les éponges et coraux… À vrai dire… Et magiques… Magiques… Partout… Imagine-toi… Rareté. Et sublime vision. »*

« Cela empire. »

Gérer en isolement le traumatisme de ce qui s'est passé et de ce que j'ai compris grâce à Hugo est difficile… J'aurais tellement besoin de parler à Olga, même de tout et de rien… On m'a aussi interdit de contacter mes proches, tant que Houston ne me l'autorise pas. J'ignore pourquoi. Peut-être pour qu'ils aient le temps de décider comment gérer cette « bavure ».

Alors je suis seule avec moi-même, avec les images horribles de Robert en train de se faire dévorer, et avec la crainte que l'un des miens ne soit atteint par le virus sur Terre. Je suis régulièrement réveillée dans mon sommeil par les cris stridents des primates, et dans mes cauchemars je suis assaillie par une troupe d'animaux en furie.

En plus, je dois supporter d'être tenue à l'écart des explications recueillies sur le vaisseau chinois… même si je les connais déjà. Je ne cesse de le dire à Aoi lorsque je la vois, et à distance à Mitchell : « Je sais ce qui se passe sur Terre ! Je sais qu'il y a une pandémie ! Je veux en savoir davantage sur l'ampleur de la maladie ! Je veux davantage d'informations ! » Elles me répondent de me reposer, que je suis encore sous le choc et qu'on en parlera quand je serai sortie de quarantaine.

Même si je me doute de la teneur de ses paroles, c'est une torture de ne toujours pas savoir ce que l'homme raconte dans sa vidéo. La seule chose que je sais, c'est que les visages de tout l'équipage, quand je suis sortie du sas, une fois la repressurisation effectuée, montraient un effondrement intérieur profond. La mort brutale de Robert en était la cause, bien entendu, mais avaient-ils appris autre chose d'alarmant ? Comment le virus est-il apparu dans le vaisseau ? Pourquoi n'ont-ils pas pris les précautions nécessaires pour ne pas le transporter de la Terre jusque dans l'espace ? Les astronautes l'ont-ils attrapé par l'intermédiaire des chimpanzés, embarqués pour des expérimentations scientifiques ?

Je ne sais pas. Je ne sais rien. On m'a tout de suite conduite là, et on ne m'a autorisée à ôter mon scaphandre que lorsque le sas du module-laboratoire a été verrouillé.

Cela fait deux jours que cela dure.

Non seulement je ne me sens pas malade le moins du monde, mais je tourne en rond seule avec moi-même, ayant comme seule compagnie de la musique, quelques podcasts et quelques films. Je ne peux même pas effectuer mes deux heures de sport quotidiennes, ce qui accentue l'impatience de mon corps tout entier, avide de mouvement.

Enfin, Mitchell m'appelle *via* l'écran de ma tablette, fixée au mur par Velcro. Son visage apparaît, plus tendu que jamais. Mais toujours avec cette grande dignité qui la caractérise.

– Comment te sens-tu, Esther ?

– Parfaitement bien. Je suis sûre de n'avoir contracté aucun virus. Mais je comprends les précautions.

– Bien. J'ai expliqué petit à petit à tout l'équipage ce que j'ai appris durant ces deux derniers jours, grâce à votre expédition. Il ne reste plus que toi à informer.

Enfin !

– Je suis prête.

Je me blinde psychologiquement. Une idée douloureuse me traverse : reverrai-je un jour mes parents ? Et Hugo ? Et la Terre ? Le son de la mer qui va et qui vient sur la plage bretonne en bas de chez nous me manque soudain violemment.

– Si j'ai bien compris, l'un de tes interlocuteurs sur Terre a réussi à te faire comprendre l'essentiel sur ce qui s'y déroule en ce moment…

– Je ne l'ai compris qu'avant-hier. Je n'ai pas réussi à décrypter ce qu'on me disait avant… malheureusement.

– En effet, malheureusement. Nous aurions évité de faire bien des erreurs… Mais ce n'est pas ta faute. L'homme que vous avez trouvé dans le module de contrôle était le commandant de l'équipage. Il a fait cet enregistrement dans le but d'expliquer ce qui s'est passé, au cas où quelqu'un retrouverait le vaisseau. C'était très improbable, et pourtant… Robert et toi avez été ce quelqu'un. Il se savait condamné au moment où il a enregistré ce que nous avons écouté. Il l'a su dès qu'un membre de son équipage a montré les premiers symptômes d'une maladie très contagieuse. Et mortelle. Ils l'ont isolé le plus vite possible, mais c'était trop tard. Chaque membre de l'équipage a fini par développer les mêmes symptômes, très rapidement. Il s'est ensuivi des crises de panique et des conflits violents entre eux. L'homme que vous avez trouvé dehors n'a pas été victime de bouffées délirantes, comme vous l'avez cru. Il était parfaitement maître de ses facultés, et le reste de l'équipage ne l'a pas empêché de mourir comme il l'a décidé. Il a choisi de mourir ainsi, dehors, flottant dans l'espace, avec cette immensité étonnante autour de lui.

Mitchell fait une pause, submergée par l'émotion. Je ne dis rien. J'attends qu'elle poursuive, ce qu'elle fait quelques instants plus tard.

– Mais si ce commandant chinois se trouvait, lui et son équipage, dans cette navette, c'était dans l'espoir d'échapper au danger qui les a rattrapés…

Elle laisse passer un nouveau silence. Mais cette fois je n'y tiens plus. Trop de questions se bousculent dans ma tête.

– Quand et pourquoi ont-ils décollé ? Pourquoi n'étions-nous pas au courant ? Et pourquoi ces primates avec eux ?

– Esther… Tu as déjà compris ce que Houston a voulu nous cacher jusqu'ici… Pour ne pas nous démoraliser.

– Un nouveau virus est apparu sur Terre, dis-je le plus posément possible.

– En effet. Les premiers cas ont été recensés en novembre, en Afrique. Au début, cela n'inquiétait pas du tout la communauté internationale. Tellement de virus sont apparus ces dernières années… Ils ont tous été contenus jusqu'ici, même si ç'a été plus difficile pour la Covid-19 et le syndrome de dépérissement de l'étoile de mer… Mais celui-ci a échappé à toutes les barrières sanitaires mises en place. Il s'est étendu, et est devenu de plus en plus virulent. En décembre, il circulait en France… On n'en connaît encore aucun remède, aucun vaccin. Même si la maladie se déclenche suivant des périodes variables après la contamination, tous les êtres humains semblent être à égalité face à lui. Face à la mort. Il se répand, malgré les fermetures des frontières, les confinements. Et il fait peur.

Je comprends enfin la sensation d'éloignement terrible que j'ai ressentie envers mes proches. C'était juste qu'on leur avait interdit de me parler de cela. Alors que cela devait les inquiéter terriblement. Alors que peut-être…

– C'est cette peur qui a conduit les dirigeants chinois à décider du départ de ce vaisseau. Ils préparaient de longue date leur propre mission sur Mars, et ont été mortifiés qu'on leur grille la priorité. Ils ont accéléré les préparatifs pour être les prochains à partir, une fois qu'on serait revenus. Et puis ce virus est arrivé et… le président de la République populaire de Chine a voulu que sa femme fasse partie de l'équipage, ainsi que son frère, son fils de 20 ans, et le commandant le mieux formé à un tel voyage. Il espérait sauver sa famille. Sauf que sa femme était déjà contaminée au moment de partir… On ignore comment cela a pu ne pas être détecté avant leur départ. Sans doute est-ce dû à la précipitation dans laquelle tout cela s'est déroulé.

J'accuse le coup. Une inquiétude folle s'empare de moi pour ma mère et mon père. J'ai pu leur parler avant-hier, mais depuis ? Et demain ? Quant à Hugo, pourquoi ne m'a-t-il pas écrit, ces derniers jours ? Va-t-il bien ? En bonne astronaute, je chasse ces inquiétudes pour me focaliser sur les problèmes plus immédiats.

– Et les chimpanzés ? Pourquoi ont-ils emmené des chimpanzés ?

– Ils faisaient plus ou moins partie de l'équipage.

– Comment ça ?

– Ces chimpanzés ont été formés pour aider les astronautes dans leurs tâches au quotidien et pour… prendre des risques à leur place, en quelque sorte, dans les cas extrêmes. Ils leur ont appris par exemple à aider les astronautes à enfiler ou enlever leur combinaison. Ils savent dévisser un casque…

– Et un gant.

– Exactement. Ils sont aussi des sujets d'expérimentation très instructifs. On pratique sur eux des expériences plus risquées que sur les humains. Je suppose que le commandant les avait enfermés dans le module-laboratoire pour que… eh bien pour qu'ils ne dévorent pas leurs cadavres, poussés par la faim, quand les réserves qu'il leur avait données se seraient épuisées.

– Je vois…

De nouveau ces images atroces de Robert… Je les repousse de toutes mes forces, pour me concentrer sur les paroles de Mitchell.

– Ce vaisseau utilise la technologie des moteurs ioniques, que nos ingénieurs ne trouvaient pas encore assez au point, pour décoller. Cela a permis à la Chine d'arriver au même point que nous, en moins de temps, tout en partant plus tard. Si l'équipage n'était pas mort avant, leur vaisseau serait déjà en approche de Mars. Mais avant de mourir, le commandant en a fait dévier la trajectoire, pour éviter de polluer la planète rouge avec leur énorme vaisseau échoué… et avec le virus.

– Cet homme a fait preuve de beaucoup de sang-froid, avant de mourir…

– En effet… La recherche avance vite pour essayer de comprendre ce nouveau virus, tu t'en doutes bien. Ils vont nous indiquer comment savoir si tu l'as contracté, à partir d'une prise de sang. Aoi suivra leurs instructions. On va vite procéder à tout ça pour que tu puisses sortir rapidement, et mener une vie normale à bord du Starship 300.

– Merci.

– À Houston, ils sont évidemment furieux contre moi.

Je suis étonnée par cette confidence. D'habitude, Mitchell garde une réserve hiérarchique. J'imagine que cette hiérarchie, justement, lui a beaucoup pesé ces dernières heures.

– Mais ils auraient dû nous tenir au courant de ce qui se passait sur Terre ! je m'exclame. Ce n'est pas votre faute. Pas notre faute. On aurait mieux compris pourquoi ils nous interdisaient si fermement d'aller dans le vaisseau errant si on avait su…

– J'aurais dû m'en tenir aux ordres. Je vous ai mis en danger, toi et Robert. C'était irresponsable de ma part. Je ne me le pardonnerai jamais.

Sa voix s'étrangle.

– Si en plus tu as contracté ce virus, je…

Elle est sous le choc, elle aussi, cela paraît évident.

– Je n'ai rien, commandante, vous pouvez être rassurée sur ce point. Je le sens au plus profond de moi : je suis en parfaite santé.

– Il est impossible d'en être sûrs avant d'avoir le résultat des analyses. La griffure de ta main nous inquiète un peu…

– Qu'est-ce qui va se passer, maintenant ?

– Il va y avoir des remontrances de la communauté internationale contre la Chine, pour commencer. Ils auraient dû tenir au courant les autres nations de l'envoi de leur sonde pour Mars.

– Je veux dire… pour nos proches sur Terre ? Et pour nous ici ?

– Nos familles sont mieux protégées que le reste de la population. À Houston, ils savent parfaitement que le décès d'un proche d'un astronaute compromettrait la bonne tenue de notre mission. Or cette mission a un sens encore plus important qu'avant. Si nous réussissions à réunir sur Mars toutes les conditions pour que de nouveaux colons viennent s'y installer, tu imagines…

Cela me rassure pour mes parents. Je me demande si Hugo pourra lui aussi bénéficier de cette protection quand il sera de retour de son expédition… J'espère qu'en attendant, personne de son équipage ne contractera la maladie pendant une étape de ravitaillement.

– Ça veut dire qu'on continue comme avant, conclut Mitchell. Et avec encore plus de conviction qu'avant, Esther. Mars apparaît comme une planète d'accueil de plus en plus… intéressante.

★

**– Papa ?**

…

**– Ma chérie ! Dis-moi que tu vas bien !**

J'ai enfin eu l'autorisation de parler à ma famille. À Houston, ils ont tardé à me la donner car ils voulaient d'abord prendre le temps, sur Terre, de prévenir en douceur celle de Robert avant d'expliquer l'événement à celles de ses coéquipiers. Pour que l'information ne leur arrive pas par un autre biais, de façon trop violente.

Enfin, parler c'est vite dit. Les visios ne sont plus possibles, elles prennent trop de bande passante, et les conversations téléphoniques sont compliquées, car le temps d'émission et de réception s'est rallongé. Attendre deux minutes avant d'avoir une réponse enlève un peu de plaisir et de spontanéité, disons-le. Du coup, même si les retours ne sont pas non plus immédiats, discuter par e-mails est le plus satisfaisant.

**– Je vais très bien, je t'assure.**

Deux minutes d'attente puis :

**– Qu'est-ce qui t'a pris**
**de désobéir comme ça ?**

...

– Ils t'ont raconté ?

...

– Secret défense, bien sûr,
je n'ai pas le droit d'en parler
à quiconque, mais oui, ils
m'ont raconté. Il a bien fallu
qu'ils m'expliquent pourquoi,
maintenant, on n'avait plus rien
à te cacher concernant cette...
cette pandémie.

...

– Ça va, toi, tu es bien protégé ?
Tu ne risques rien ?

Le temps d'attente est plus long. Je le connais, il va noyer le poisson. Me mentir, ou minimiser.

– Oui, je reste chez nous.
Je me fais livrer mes
courses. Je ne sors jamais
et je ne vois personne.
J'aime bien ça, finalement,
je suis un solitaire, tu le
sais. Je ne crains rien. Ta

mère aussi s'est confinée
avec Lily et Martin, à
Londres. Tu n'as pas à
t'inquiéter pour nous.

…

– Mais dehors, c'est comment ?
Pour les autres, c'est comment ?
Et il s'attrape comment ce virus ?

Temps de réception du message encore plus long.

– Tu veux la vérité ? Vraiment ?

…

– Dis-moi, papa. Raconte-moi.
Je veux savoir. Je dois savoir.

Mon père me raconte par écrit ce que j'ai connu déjà deux fois, avec deux virus différents. La Covid-19 quand je n'avais que 3 ans, puis le virus de l'étoile de mer, quand j'en avais 10, qui a été éradiqué plus rapidement… mais pas assez vite pour Chloé. Celui-ci est encore différent. Ils sont chaque fois différents, comme si la nature désirait nous surprendre. Ou nous effrayer. Ou nous tester. Peut-être qu'elle observe en s'amusant, après. *Alors comment vont-ils se débrouiller, cette fois ?*

On a trouvé à ce virus-ci le petit nom de SARS-CoV-5. Il s'agit d'un variant du virus de dépérissement de l'étoile de mer, aussi lui a-t-on donné le nom plus populaire de « virus étoilé ». Lorsqu'on est contaminé, on n'a que 1 % de chances de survie, quel que soit son âge… Je frémis en imaginant ce que mon père n'ose pas me raconter : le débordement des hôpitaux, la panique, le monde au bord de l'effondrement. Et tous ces morts…

*Mon Dieu,* ne puis-je m'empêcher de penser.

**– Tout le monde suit votre voyage vers Mars avec un intérêt accru, tu l'imagines bien. On se dit qu'il aurait dû avoir lieu beaucoup plus tôt, pour que tout soit déjà prêt pour accueillir le maximum de personnes.**

…

**– Mais un vaccin va être trouvé, papa. On trouve toujours un vaccin. Ne t'inquiète pas.**

…

**– Oui ma chérie. Mais quand ? Combien resteront ici ? Et à quels autres virus encore devrons-nous faire face ? La Terre se rebelle, Esther. Elle ne veut plus de nous.**

Jamais mon père n'avait tenu un tel discours fataliste. Je mesure l'ambiance que cela doit être là, en bas. Je pense à Lily, ma deuxième petite sœur. Je refuse qu'elle soit menacée à son tour. Je pense à Stephen. Morgane a dit qu'il avait une grosse grippe. Était-ce une demi-vérité ? J'ai peur de l'appeler. De lui demander. Comment recevrai-je une mauvaise nouvelle, isolée comme je le suis ? Je suis lâche, et je repousse la conversation avec elle.

Je déteste cette manière qu'a eue tout le monde de me cacher des choses, sous prétexte de me préserver. Je sais que c'était un ordre de Houston, j'admets que le récit de mon père a été éprouvant à entendre (des images d'apocalypse, d'affolement général et d'effondrement tournent dans ma tête, en continu), mais comment ont-ils pu réussir à me dissimuler une chose aussi importante ?

Seul Hugo a essayé de me prévenir. Je l'en aime encore plus. Mais je voudrais savoir s'il est en sécurité. Et s'il va bien. L'*Ahora* a forcément fait escale pour se ravitailler. Il y a forcément eu des contaminations. Il y a forcément eu des décès dans son entourage, voire dans sa famille, vu la virulence du virus. Depuis plusieurs jours, je n'ai pas de nouvelles de lui. Je suis folle d'inquiétude.

Je lui écris :

Hugo, mon amour, est-ce que tu vas bien ?
Je t'en prie, réponds-moi. J'ai enfin compris tes messages codés. Je les ai compris bien tard. Je suis si stupide !
Ici, dans le Starship 300, nous nous sentons tous humiliés d'avoir ainsi été tenus à l'écart de ce qui se déroulait sur Terre... Et cela nous a coûté Robert. Robert est mort, Hugo.
Je t'expliquerai comment. Mais d'abord dis-moi que tu vas bien et que ta famille n'est pas touchée par le virus.
Je t'en supplie, rassure-moi. J'espère que tu vas rester sur ton bateau, préservé, en attendant que les choses s'arrangent.
Écris-moi ! Tu me manques plus que jamais.
Esther, ton étoile

★

Le lendemain, Aoi entre dans le module-laboratoire sans combinaison. Je sais ce que cela signifie, et j'ai presque envie de lui sauter dans les bras. J'attends néanmoins qu'elle m'explique.

– J'ai fourni les images de mon microscope aux médecins de Houston, Esther. Ils ont pu analyser ton sang et ils n'ont trouvé aucune trace d'anticorps, ce qui est plutôt bon signe… Mais les tests sérologiques ne sont fiables qu'à 80 % dans la détection du virus étoilé. Il aurait fallu te faire un test nasal, mais bien sûr on n'en a pas ici. En revanche, si ce test sérologique négatif s'accompagne d'une absence de symptômes pendant plus de quarante-huit heures, on peut être sûrs à 98 % que le sujet n'est pas infecté.

– Et comment être sûrs que je n'entre pas dans les 2 % restants ?

– Franchement, Esther, je n'ai jamais cru à ta contamination. Tu es restée, quoi, dix, quinze secondes sans ton gant ? L'air infecté n'a pas eu le temps de pénétrer dans le reste de ta combinaison, et s'il y en a eu, ça n'a pu être qu'en très petite quantité. En plus de cela, sur Terre ils ne sont pas encore certains que le virus se transporte si facilement que ça dans les airs.

– Et est-ce que ce virus touche les animaux ? Les chimpanzés pouvaient-ils en être porteurs ?

– Pas tous. C'est encore l'un des grands mystères de ce nouveau virus. Certains primates attrapent le virus, mais en sont porteurs sains.

– Parce que cette griffure sur le dos de la main aurait pu…

– J'ai montré la photo de ton égratignure aux médecins sur Terre. Si tu avais été contaminée par ce biais, tu aurais probablement déjà des symptômes. Dans 75% des cas, la maladie se déclare très rapidement. Pas de symptômes, et test négatif : tout va bien. Toute inquiétude est écartée, Esther, tu peux revenir parmi nous !

– Merci Aoi ! Je n'en suis pas fâchée, je dois dire !

Hélas, je n'ai pas mesuré le degré de dépression dans lequel se trouve tout l'équipage…

# 36.

Cela fait exactement cent quatre-vingts jours que nous voyageons. Désormais faut-il plus précisément parler de sols : il s'agit de l'unité de jour martien, qui dure sensiblement lui aussi 24 heures. 24 heures et 39 minutes, très précisément.

Mars est là, rougeoyante, visible par la grande cupola, plus imposante de sol en sol.

Nous la contemplons, tristes et fascinés. Tristes, car les mauvaises nouvelles provenant de la Terre ne cessent de nous abrutir de chagrin. J'ai bien sûr fini par échanger avec Morgane, au moyen de ces e-mails qui mettent si longtemps à arriver.

« C'était si difficile de te cacher la vérité, Esther ! J'aurais tellement eu besoin de te parler, de te dire ce que je vivais, ce qu'on vivait tous, et ce qui est arrivé à Stephen… »

J'ai entendu sa douleur à travers ses mots, ses pleurs et ses cris. Stephen est mort du virus étoilé en janvier. J'ai tellement de mal à y croire… Stephen, mon grand ami, si plein de vie, si joyeux… Je croyais avoir connu le pire avec la mort de Chloé, fauchée si jeune, mais la perte d'un être cher cause toujours la même souffrance, et elle est d'autant plus grande qu'on est loin. Il s'avère très cruel de ne pas pouvoir me jeter dans les bras de Morgane, pour qu'on se console l'une l'autre. Et puis bien sûr, hélas, Stephen n'est pas le seul à avoir succombé au virus. Tout le monde sur Terre essaie de nous préserver, mais malgré leurs précautions, chacun de nous apprend une mort proche ou lointaine. Aoi a perdu sa mère. Olga, l'une de ses cousines adorées. Mitchell, ses voisins dont elle était proche : une famille entière, décimée, dont le meilleur ami de son fils. Jason, on ne sait pas, il ne dit rien, mais son air est sombre. Quant à Micaela, impossible de dire qu'elle se sent moins seule puisque nous sommes tous endeuillés, ça ne fonctionne hélas pas comme ça. Évidemment, l'économie mondiale est profondément affectée par ces décès en masse et par le confinement des survivants. Tout est à l'arrêt. Au bord de l'effondrement. Pour l'instant, les États arrivent encore à rassurer les populations et à éviter les mouvements de panique qui les mèneraient aux portes des banques ou des magasins pour tout piller, mais pour combien de temps ?

Et Hugo n'a toujours pas répondu à mon message. Que lui est-il arrivé ? Aurait-il contracté le virus mortel ? L'équipe de Houston m'avertirait-elle d'une telle chose, ou bien me la cacherait-elle comme elle n'a pas hésité à le faire pour la pandémie dans son ensemble ? Je suis tellement inquiète, et c'est si douloureux que j'ai presque envie d'en mourir ! Ce que Houston voulait éviter à tout prix arrive : nous sommes tous, sans exception, profondément abattus.

Pourtant, Mars grossit dans la cupola, et cette vision aurait dû marquer le moment le plus exaltant de notre mission. Cette planète, que personne encore n'avait approchée d'aussi près, est moins uniformément rouge que je ne le croyais. Elle est parcourue de diverses teintes ocre, du plus clair au plus sombre, et ses reliefs sont de plus en plus visibles au fil des sols, comme autant de rides d'expression sur un visage qui a vécu. Mars n'est pas une jeune planète toute ronde, conçue rien que pour nous. C'est une dame qui a vécu seule jusqu'ici, et qui entend certainement ne pas être défigurée pendant les millénaires qui lui restent.

Je sèche une larme alors que je la contemple. Impossible d'oublier ce qui se passe sur Terre, et encore plus impossible de ne pas donner à notre expédition un sens plus fort qu'elle ne l'avait en partant, et c'est d'une tristesse infinie. Le poids qui pèse sur nos épaules en est d'autant plus grand. On sent dans les discussions avec Houston que l'urgence est accrue, que l'on attend de nous plus que prévu. Là-bas, tout le monde espère qu'il n'est pas trop tard.

– Et si notre mission échouait ? me demande Olga.

Elle m'a rejointe et m'a pris la main, me voyant triste. C'est doux d'avoir une amie ici. Je me force à lui envoyer un sourire, bien petit hélas. Mes doutes et mes pensées sont partagés par tout l'équipage.

– Tu veux dire, si on découvre que la vie sur Mars est impossible, au final ?

– Oui. Il suffirait qu'on ne trouve pas d'eau, et tout serait fini.

C'est notre mission prioritaire : trouver de l'eau liquide. L'eau est présente sur Mars, dans le sol, notamment aux calottes polaires sous forme de glace, et dans l'atmosphère, sous forme de gaz, mais ces formes ne sont pas exploitables. La pression et la température sont trop basses en surface pour que l'eau liquide… reste liquide. Liquéfier les formes gazeuses ou solides serait possible, en augmentant à la fois la pression et la température, mais ce serait au prix d'une consommation d'énergie phénoménale, trop coûteuse pour l'environnement de Mars. Les ingénieurs de la NASA et de MarSpace bûchent comme des titans sur cette question essentielle, et ils ne sont pas à court d'idées, mais la seule solution raisonnable serait d'exploiter directement les ressources de Mars, sans abîmer la planète, et avec le seul secours d'un équipement léger, au début. L'hypothèse la plus optimiste repose sur l'espoir qu'il existe de l'eau liquide en profondeur, à des endroits où la pression et la température sont suffisamment élevées. Il nous suffirait d'y puiser.

– Tellement d'inconnues nous attendent, dis-je rêveusement. On ne sait pas non plus, pas encore, quels risques réels pour notre santé ou pour nos performances fera peser sur nous le rayonnement ionisant. On ne sait pas trop quelle toxicité porte la poussière martienne. On ne connaît pas la résistance réelle de nos équipements aux conditions sur Mars…

– On ne sait même pas si on réussira à atterrir ! Jamais une charge aussi importante, et habitée, n'a été posée sur Mars !

– Il y a une chose qu'on sait, tout de même.

Nous nous retournons toutes les deux. Mitchell est entrée dans le module-salon avec une expression fatiguée… comme celle que nous arborons tous.

– Peut-être cela vous détournera-t-il de tous ces doutes bien peu optimistes, mes chères stagiaires : Houston a décidé lequel d'entre vous posera le premier son pied sur Mars.

En anglais, *who* et *first* sont épicènes, ce qui ne permet pas de deviner s'il s'agit de l'une de nous deux… ou de Jason. Embourbée dans la tristesse, j'avais presque oublié cette compétition. M'en souvenir réveille en moi quelque chose de stimulant. J'aimerais tellement être « l'élue » ! Je constate à la tension du corps d'Olga qu'elle n'a pas abandonné tout espoir d'être choisie.

– J'appelle le reste de l'équipage pour mettre fin au suspense.

Cela me fait un drôle d'effet de nous voir tous réunis. Depuis la mort de Robert et depuis notre découverte de la pandémie sur Terre, cela ne nous était pas arrivé. Le deuil et la dépression nous ont rendus sauvages, fuyants, asociaux. Nous nous évitons. Nous mangeons l'un après l'autre, ou presque. Nous dérogeons aux réunions auxquelles Mitchell elle-même oublie de nous convier. Notre travail en a pâti. Nous communiquons mal, les informations arrivent tronquées ou fausses, et plus d'une fois nous avons frôlé la catastrophe en comprenant de travers ce qu'il fallait réparer ou mieux entretenir dans le vaisseau. C'est très inquiétant pour notre atterrissage sur Mars, où nous aurons besoin de toutes nos capacités conjointes. Ce sera nécessairement un travail d'équipe… ou bien cela ne sera pas.

Micaela est la plus atteinte de nous tous, cela me frappe en la voyant près des autres : sa posture est plus voûtée et ses traits plus tirés. Il faut dire qu'elle a vu, *via* la caméra de mon scaphandre, son mari mourir en direct, d'une façon atroce. Comment se remettre d'un tel choc ? Mais Jason la suit de près, dans les signes extérieurs de dépression. Il a maigri, il ne s'est pas lavé les cheveux depuis des jours apparemment, ne s'est pas non plus rasé, et il se frotte le bras en permanence, désormais. Il fait peur à voir. En comparaison, Olga, Aoi et Mitchell se portent comme un charme. Elles vont mal aussi, c'est évident, mais ne sont pas effondrées.

– Ils ont eu du mal à choisir, à Houston, parce que vous avez tous les trois été très méritants, courageux, professionnels…

Jason frictionne son bras plus vigoureusement. Il sait qu'il a moins fait ses preuves qu'Olga ou que moi, puisqu'il est le seul de nous trois à ne pas avoir fait d'EVA. Cela dit, ça lui a permis de ne pas faire de faute grave, comme moi qui aurais dû réussir à sauver Robert d'une façon ou d'une autre. Et surtout, surtout, il est le seul à avoir voulu obéir aux ordres de Houston. Cela équivaut certainement à un énorme bonus aux yeux de la NASA. Pourtant, la plus héroïque, selon moi, a sans aucun doute été Olga, qui a gardé son sang-froid alors qu'elle risquait de se noyer.

– Inutile de vous torturer plus longtemps…

Au fond de moi, je ne peux pas m'empêcher de crier silencieusement, comme lorsque j'espérais être retenue pour le programme Hyperion, ou participer à l'EVA : « Moi ! Moi ! Moi ! Faites qu'ils me choisissent moi ! »

– Ce sera Jason.

Il se redresse d'un coup, sincèrement surpris. À côté de moi, dans un mouvement inverse, Olga se rétracte, comme si on lui avait ôté tout ressort. Quelque chose s'effondre aussi en moi.

– M… moi ? bredouille Jason.

– Oui. C'est un grand honneur, et j'espère que tu en seras digne.

Mitchell jette un œil sévère sur sa mise négligée. Il se redresse.

– Vous pouvez compter sur moi, commandante.

– Olga, Esther, ne soyez pas tristes. Votre valeur est reconnue, sur Terre. On retiendra vos deux noms dans l'histoire autant que celui de Jason, je peux vous l'assurer. Aoi et Micaela aussi, croyez-moi. Et Robert, bien entendu…

Enfin ça, c'est si le monde ne s'effondre pas totalement, sur Terre, à cause du virus… On se surprend tous, parmi l'équipage, à envisager nos actes et notre mission comme si tout allait bien sur notre bonne vieille planète natale. On peut difficilement faire autrement. On ne peut agir qu'en songeant que tout redeviendra normal, ou au moins qu'une stabilité relative sera trouvée dans notre monde d'attache. Sinon, autant se laisser mourir comme dans le vaisseau errant… Le ton de Mitchell est si assuré que je parviens à croire qu'Olga sera ovationnée à son retour en Russie. Je le serai moi aussi, j'ai envie d'y croire, mais il me paraît évident que c'est surtout Jason qui sera médiatisé, si médiatisation il y a. Dire qu'il n'est peut-être là que par piston, grâce à son père qui est ami avec Mark Row ! Et comment ne pas croire que, si ça se trouve, c'est aussi à cause de ce piston qu'il a été choisi, encore cette fois-ci ? Je me secoue mentalement. Je ne veux pas tomber dans ces aigres suspicions…

– Vous êtes des héroïnes, Esther et Olga, poursuit Mitchell. Ne laissez personne vous dire le contraire.

Son ton semble porteur de mille sous-entendus, que je ne saisis pas… Ou que je peux interpréter de mille façons.

– Olga, je suis désolée mais c'est Esther qui a été choisie pour suivre Jason, et ensuite ce sera toi. N'y vois aucun lien avec le mérite, ce sont juste des tractations entre l'Union européenne, les États-Unis et la Russie, qui a sans doute obtenu autre chose en échange.

La partie mobile du visage mobile d'Olga se décompose.

– Personne ne fera aucune différence entre la deuxième ou la troisième personne qui posera le pied sur Mars, tu peux me croire. En attendant, le plus urgent est ailleurs. Il faut que nous nous ressaisissions tous et toutes. C'est primordial pour la réussite de notre arrivée sur Mars. Je sais que c'est difficile, mais nous devons resserrer nos liens… et oublier tout le reste. Nos esprits et nos corps tout entiers doivent être tournés vers la réussite de l'atterrissage. Est-ce bien compris ?

Nous hochons la tête.

Le soir même, sans nous concerter, nous faisons en sorte de partager le même repas, ensemble. La suffisance retrouvée de Jason est insupportable, mais Olga a l'idée de nous jouer un morceau à la flûte traversière. Ou bien elle en a vu la nécessité, pour faire fuir sa profonde déception. J'ai d'abord cru que c'était une mauvaise idée, car nous avons immédiatement, tous, pensé au mini-concert de Noël, et à la guitare désormais inutilisée de Robert, mais les pleurs de Micaela ont semblé la délivrer de quelque chose. Pleurer devant nous, elle ne l'avait jamais fait, et peut-être en avait-elle besoin, pour attester son chagrin. Nous l'avons prise dans nos bras chacun notre tour. Nous avons tous pleuré, devant tous les autres, et ç'a été la meilleure catharsis que nous aurions pu accomplir. Cela a aussi été le meilleur ciment que nous aurions pu construire et appliquer entre nous six. Après ce repas à fortes doses lacrymales, nous avons pu, de nouveau, aller de l'avant, ensemble.

★

Hugo... Mon amour... Où es-tu? Es-tu encore vivant? Je t'en prie... Donne-moi un signe de vie. Je t'aime. Je t'aime si fort.

★

Dernière réunion avant notre descente vers Mars. Notre petit groupe s'est ressoudé tant bien que mal. En tout cas, chacun parvient désormais, de nouveau, à se concentrer sur son travail et sur notre objectif principal: arriver entiers sur le sol martien.

– La grosse difficulté, commence Mitchell, c'est que nous sommes livrés à nous-mêmes. Pas de Capcom ni de directeur de vol sur Terre pour nous guider à chaque étape ou nous informer de l'état de la capsule. Il faudra donc être encore plus vigilants et réactifs. Mais ne vous inquiétez pas, on s'est entraînés mille fois, tout devrait bien se passer.

Tout est dit dans l'emploi de ce conditionnel...

– Comme vous le savez, le lieu d'atterrissage s'appelle Hellas Planitia[1] et se trouve dans l'hémisphère Sud de Mars. La région est très intéressante puisqu'elle se situe près de

---

1. Ce cratère, causé par l'impact d'une météorite, mesure 2200 kilomètres de diamètre et 9,5 kilomètres de profondeur. C'est l'une des premières formations identifiées à la surface de Mars.

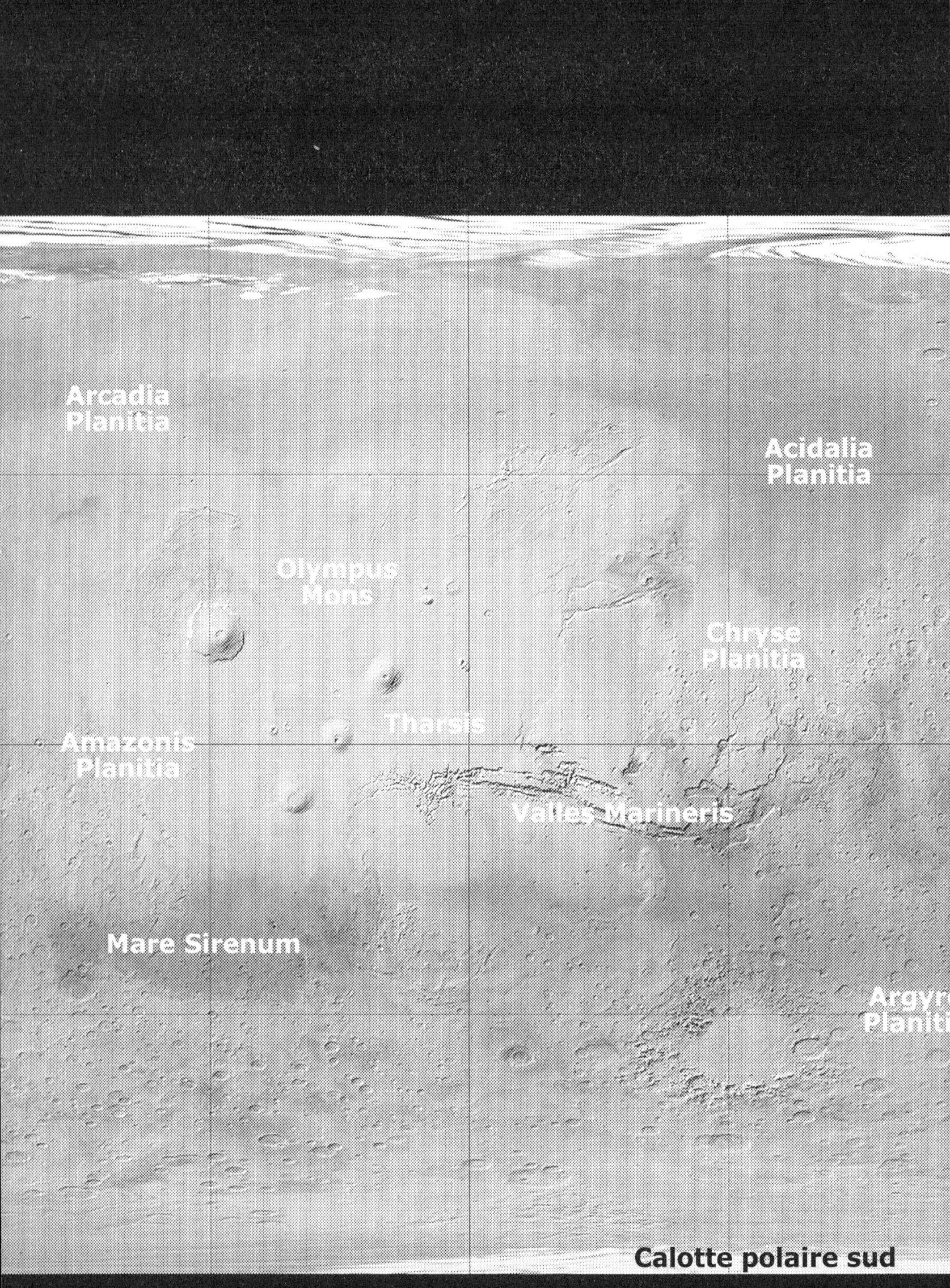
Arcadia Planitia
Acidalia Planitia
Olympus Mons
Chryse Planitia
Tharsis
Amazonis Planitia
Valles Marineris
Mare Sirenum
Calotte polaire sud

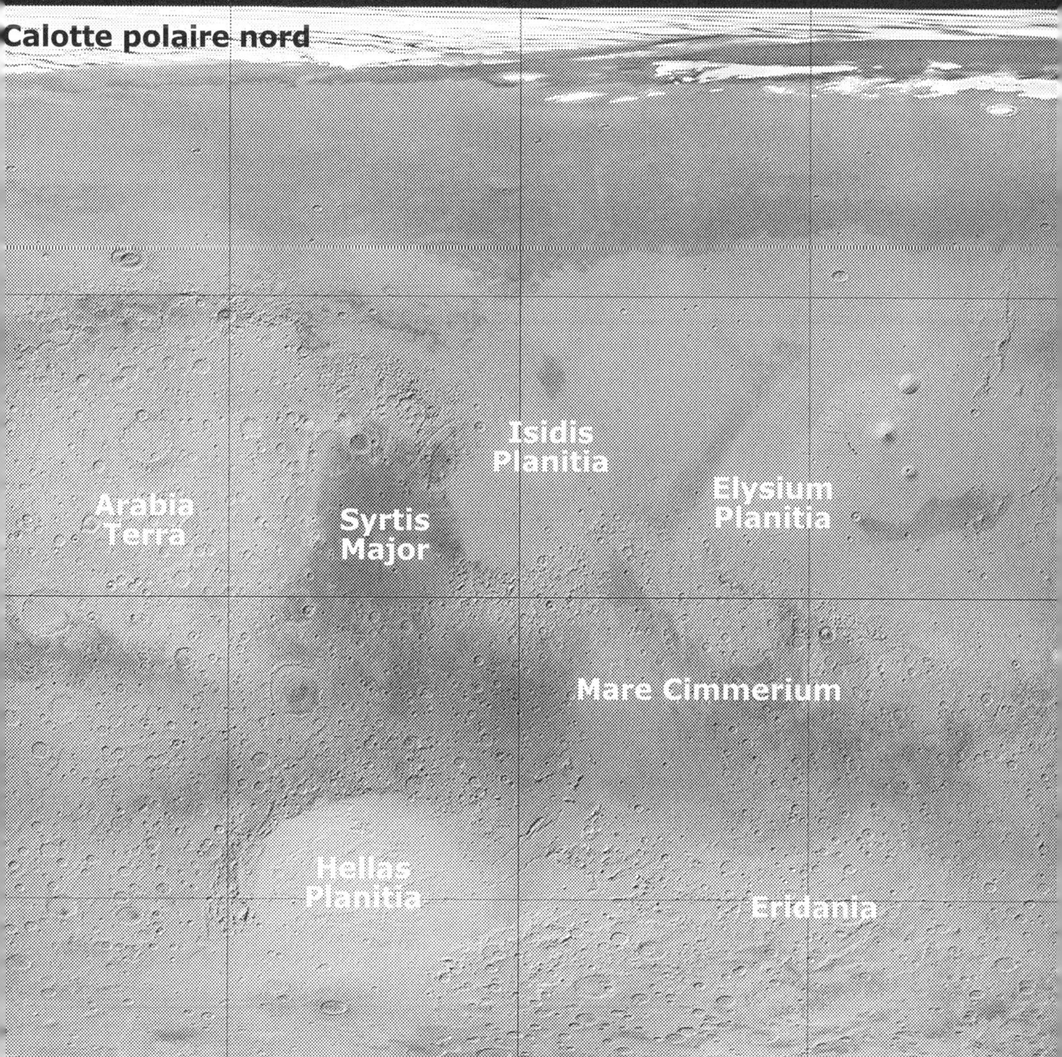

Calotte polaire nord
Isidis Planitia
Arabia Terra
Syrtis Major
Elysium Planitia
Mare Cimmerium
Hellas Planitia
Eridania

l'équateur martien, qui est la zone la moins exposée aux radiations.

«Avec un bon télescope, de la Terre tu pourrais voir cet endroit, ai-je écrit à Morgane. C'est une région uniformément claire. Je te ferai coucou de la main dès que j'y serai.»

J'aurais tellement aimé écrire cela à Hugo. Mais je ne sais même pas ce qu'il est devenu. J'imagine divers scénarios qui me déchireraient le cœur, mais qui au moins me mettraient quelque chose sous la dent afin de le maudire. Je me sens si mal de ne plus avoir de messages de lui que j'ai demandé à Abigail de se renseigner. Elle m'a assuré que Houston avait fait une enquête et qu'ils n'avaient rien appris d'anormal concernant Hugo, mis à part la mort de son frère, du virus étoilé. L'*Ahora* a continué sa route, sans encombre apparent. Abigail a même réussi à savoir que le virus les avait épargnés. Ils seraient en quarantaine, ravitaillés par une association, au large de l'Uruguay. Il n'a aucune raison de ne pas m'écrire. Serait-il alors… tombé amoureux de Salomé? Je préférerais ça, même si j'en mourrais de chagrin. Tout plutôt que sa mort. Je veux que Hugo vive… En attendant, la douleur de l'absence est intense et profonde.

– Au nord-est de ce cratère se trouve Hadriacus Mons, poursuit Mitchell, une montagne d'origine volcanique dans laquelle existent des cavités cylindriques formées par la lave. Bref, cette région ne manque pas d'intérêt et sera passionnante à découvrir, mais difficile à arpenter en raison de son relief accidenté. Nous atterrirons au bord du cratère, et devrons y descendre pour explorer Dao Vallis et Niger Vallis, des vallées où probablement, autrefois, se trouvaient des lacs.

Malgré toute ma peine et toute mon inquiétude concernant Hugo, le frisson de l'exploration me parcourt l'échine. Est-ce ce qu'ont ressenti Magellan ou Marco Polo en leur temps ? Cette peur du danger mêlée à l'excitation de la découverte ? Et ce sentiment indéfinissable à l'idée de fouler pour la première fois un territoire vierge ?

Nous écoutons attentivement les consignes de Mitchell, tout en nous redressant et en relevant le menton. Nous avons retrouvé, grâce à ces rappels, l'étincelle initiale qui nous a tous menés là.

★

Arrive le moment crucial. Celui où nous devons entamer la procédure de descente. Mars est si proche désormais qu'on croirait pouvoir la toucher. Elle est immense, ronde, et intimidante. À côté d'elle, la Terre semblait être une bonne fille accueillante, toute vêtue de bleue et de blanc comme pour un baptême. Mars arbore une tenue digne des Enfers. Mais derrière cet apparat, que cache-t-elle ?

Aoi nous aide à enfiler nos scaphandres ordinaires, mais nous embarquons aussi avec nous nos combinaisons martiennes en nickel-titane. Ce ne sont pas les mêmes que celles que nous avions jusqu'ici pour nos sorties extravéhiculaires. On les appelle « BioSuit », et elles sont plus légères, plus élastiques, et plus protectrices contre les radiations, la poussière fine, et les températures glaciales. Leur masse, ajoutée à celle de notre paquetage, a été étudiée pour que nous puissions marcher sur Mars dans les mêmes conditions que sur la Terre. J'ai vraiment hâte d'expérimenter ça !

Parmi tous les scénarios plausibles et pressentis, les ingénieurs de la NASA et de MarSpace ont finalement décidé que le vaisseau serait laissé en orbite, et qu'une capsule plus petite et moins lourde serait utilisée pour descendre. C'est la seule manière pour ne pas s'écrabouiller sur le sol rouge. Or, il faut bien que quelqu'un reste à bord du vaisseau-habitat. Aoi, notre pilote, est donc venue jusqu'ici en sachant qu'elle ne marcherait pas sur Mars. Elle a été désignée pour rester en orbite. Je ne sais pas comment elle gère sa déception, ni comment elle va supporter la solitude pendant les trente jours où nous serons au sol, mais elle ne montre rien de ses craintes, admirable de dignité.

– Décélération…

Aoi a enclenché la procédure pour que notre vaisseau se place en orbite basse martienne. Le processus est très délicat car si l'angle d'approche est mauvais, on peut être repropulsés vers la Terre ou bien… tout bonnement se désintégrer dans la partie trop épaisse de l'atmosphère martienne. Pendant cette étape décisive, l'absence de Robert est un grave handicap, puisqu'il était notre ingénieur de vol. En tant que stagiaire, je serais censée le remplacer dans toute autre situation, mais pas dans celle-ci, trop dangereuse. C'est Mitchell qui s'en charge, après m'avoir demandé de vérifier ses calculs au moins trois fois, pendant que les ingénieurs de la NASA les recalculaient de leur côté. Une erreur d'une virgule et… *adios*.

– À bientôt, Aoi !

On l'embrasse tous avec émotion avant de se diriger vers la capsule Orion.

On attend dans le silence. Cette fois, nous ne sommes pas en direct sur tous les écrans terriens. Là-bas, ils sauront que nous avons bien posé le pied sur Mars de longues minutes après que ce sera arrivé, si tout se passe bien…

Ce silence nous est utile pour nous préparer psychologiquement à ce que des ingénieurs inconséquents ont appelé « les 7 minutes de terreur »… à cause du taux d'échec d'« amarsissage » des modules envoyés jusqu'ici. Sympa, les gars. Ç'aurait juste été un peu cool de songer aux premiers humains qui les vivraient, ces sept minutes de descente. Parce que ces humains-là, c'est nous.

– Starship. Vous me recevez ? *Over.*

Aoi joue le rôle de Capcom à la place de Jenny. Notre nouveau point d'ancrage, c'est elle.

– Orion, bien reçu. *Out*, répond Mitchell.

Nous hochons tous la tête. Nous évitons de regarder le siège vide prévu pour Robert. Mon cœur se serre…

– Starship. Le décompte commence : 10, 9, 8…

Quelques secondes plus tard, Mitchell souffle :

– On y va.

Je prends une forte inspiration. Olga et moi échangeons un sourire pour nous donner du courage, et hop, c'est reparti pour la fête foraine. Notre vitesse atteint vite 7 kilomètres-seconde. Mon cœur remonte dans ma gorge.

Je réfléchis à l'aspect technique de ce qui va se produire, comme à chaque fois que j'ai besoin de calmer les battements de mon cœur, qui menace fort de s'emballer, là tout de suite. On ne descend pas sur Mars comme on descend vers la Terre ni même vers la Lune, vu que l'atmosphère y est très peu dense : elle équivaut à seulement 1 % de celle de la Terre. Le faible frottement sur le vaisseau ne le freine pas beaucoup, néanmoins on parvient tout de même à décélérer. La vitesse est désormais de 0,4 kilomètre-seconde. Tous mes organes le sentent bien… Et ce même frottement, si faible soit-il, est capable de faire monter la température jusqu'à 1500 degrés, à la vitesse où nous allons. Nous ne survivrions pas sans le bouclier thermique qui protège Orion.

– Starship. Déploiement parachute. *Out.*

Un immense parachute se déploie, quatre minutes après notre séparation du vaisseau. Si par malheur il était défectueux, s'il se déployait mal ou se déchirait, soit nous prendrions feu, soit nous nous écraserions sur le sol martien. Évidemment, c'est déjà arrivé avec l'un des modules envoyés, sinon ce ne serait pas drôle. Je ferme les yeux, prête à tout vivre… même la mort.

Un coup d'œil sur les caméras extérieures : le parachute remplit bien son office.

– Starship. Largage bouclier. *Out.*

Un *clong*. Là encore, étape décisive, qui a déjà foiré avec une sonde. Le bouclier thermique inférieur ne s'était pas bien détaché, la faisant vriller. Perte totale de contrôle. Elle a fini par atterrir des kilomètres plus loin que prévu, dans une cavité inaccessible.

– Starship. Bouclier largué. *Out.*

Presque envie d'être croyante, à ce stade.

– Starship. Allumage des moteurs. *Out.*

On ralentit encore.

– Starship. Atterrissage imminent. *Out.*

Sur les écrans de contrôle, nous distinguons l'atterrisseur qui déploie ses trois jambes, et s'approche en douceur de la surface martienne, dans un nuage de poussière. Il pourrait se passer encore mille incidents de toutes sortes.

Un choc nous fait sursauter.

Mon cœur a fait un bond stratosphérique… mais ce n'était que le choc de l'atterrissage.

La capsule s'est posée… Nous avons atterri… Ou *amarsi*, pour les puristes.

On s'est posés sur Mars.

On a réussi.

On est entiers.

Sur Mars.

Aux abords du cratère Hellas Planitia.

Un lieu que vous ne trouverez pas sur Mappy.

# 37.

Nous restons là, enfermés dans notre boîte de conserve, silencieux pendant une poignée de secondes, ahuris d'être enfin arrivés à destination. Puis nous faisons éclater notre joie. Je suis à deux doigts de tomber dans les bras de Jason qui me les tend, mais il ne faut pas exagérer non plus. En revanche, j'enlace chaleureusement Olga, Micaela, et même Mitchell. Je surprends une larme sur la joue de la commandante. C'est pour elle l'aboutissement de plus d'une dizaine d'années de travail et d'entraînement. De plus, elle va jouer ici la possibilité de se racheter, après la mutinerie dont elle a été l'instigatrice. Cette réussite est un bon début.

Nous pourrions garder nos scaphandres pour sortir, mais on a vraiment trop envie d'essayer nos « BioSuit », et surtout de se prendre en photo sur Mars ainsi vêtus. Elles sont mille fois plus seyantes que les autres, et ce sera le signal fort d'une nouvelle ère spatiale pour les êtres humains : moins engoncés, aux mouvements fluides, tout en étant sur une planète si éloignée. Alors on prend le temps (qui nous paraît infini) de nous aider les uns les autres à nous extirper de nos scaphandres dans l'espace exigu de la cabine. Enfiler nos combinaisons martiennes paraît un jeu d'enfant, même si nous devons veiller attentivement à ce que tout soit bien verrouillé. Chacun vérifie la combinaison des autres. Un accident maintenant qu'on est si près du but, ce serait terrible.

Jason est le premier dans la file, comme prévu.

Il sera le premier astronaute à fouler le sol de Mars. Jeune, américain, pas mal de sa personne… Il n'y a pas plus prometteur. Olga semble ravaler sa jalousie. Moi, c'est certain, je la ravale. J'aurais tellement aimé être à sa place ! Nos sentiments à tous sont si intenses qu'il est difficile de les démêler. J'essaie de chasser un sentiment d'injustice prégnant pour me focaliser sur l'excitation de vivre un moment exceptionnel. Certes, mon nom ne sera pas celui qui sera cité en premier dans les livres d'histoire. Mais je fais partie du tout premier groupe à explorer Mars, et y faire des découvertes qui ouvriront de nouvelles possibilités à l'humanité.

Jason descend les quelques marches qu'on vient de déployer au-dehors, après la phase de décompression. Déjà, devant lui, s'étend le paysage martien dont je n'ai fait que rêver jusqu'ici. C'est époustouflant, et en même temps, comme quand j'étais dans le vide de l'espace, impressionnant de… « réalité ». Est-ce l'habitude de me plonger dans des images virtuelles en haute définition ? Je ne peux m'empêcher de comparer. Ce qui s'offre à nous, devant nous, y ressemble, mais dans une version palpable et proche. J'en fais partie pour de vrai. Je suis martienne à cet instant.

Jason filme le paysage, puis ses pieds – les premiers petits petons humains à fouler la surface de cette planète. Ces images sont immédiatement envoyées à Houston, mais elles ne leur parviendront qu'avec un décalage de plusieurs minutes. Nous sommes les seuls à vivre ce moment en direct, et cela fait un drôle d'effet, à la fois de solitude infinie et d'exaltation extraordinaire.

Jason : la fierté faite homme. Il a longtemps tourné dans sa tête la petite phrase à dire au moment où il filmerait son pied en train de se poser sur le sol rouge. J'aurais bien vu quelque chose de drôle comme un détournement de dicton tel que, puisque nous sommes en avril sur mars : « À mars poudreux, avril pluvieux, et Terre heureuse. » Mais bien sûr il a préféré : « De nombreux autres pas effaceront la trace du mien. » Forcément, c'est plus sérieux, mais moins classe, je trouve.

Puis c'est mon tour.

Je m'extirpe de la capsule Orion.

Une marche plus loin, le paysage martien me saute à la figure. Une étendue désertique et rocailleuse, caressée par une brise de poussière rouge ; des dunes douces et poudreuses, paraissant s'évaporer sous un ciel en camaïeu d'ocres divers… Étrange beauté.

Je pose mon pied sur le sol.

Mon pied sur Mars. Je suis sur Mars. Mars. Et je ne peux pas m'empêcher de prononcer cette phrase qui me trotte dans la tête depuis que je suis toute petite : « Un premier pas pour les femmes, un grand pas pour l'humanité. » Juste après, j'éclate de rire, ce qui ôte pas mal de solennité à mon propos. Après tout, ne suis-je pas la première femme à poser le pied sur Mars ? Je risque de me faire tancer par Houston mais tant pis, c'était trop tentant. Olga me suit, en me présentant un pouce levé. A-t-elle aimé ma grande phrase pour la postérité ? Nous voilà tous trois là, jeunes et martiens. Jason prend un selfie de notre petit groupe. C'était le plan médiatique : mettre en avant notre jeunesse, pour montrer au monde terrestre qu'ici, c'est l'avenir.

La gravité, qui est équivalente à 38 % de celle de la Terre, est bien plus élevée que dans l'espace. Combinée avec le poids de ma combinaison, elle me procure une joie intense, celle des retrouvailles avec mes sensations terriennes. Cela fait vraiment du bien de se sentir d'un peu de poids, et de marcher « normalement », je veux dire comme sur Terre.

Mitchell et Micaela nous rejoignent. Je les observe avec émotion. À cet instant, sur Terre, ils ont normalement reçu l'information de notre atterrissage réussi. Mes parents doivent être infiniment soulagés. Ainsi que Hugo (où qu'il soit, quoi qu'il soit devenu), et Morgane, et mes autres amis, même si j'ignore lesquels sont encore vivants…

J'imagine qu'au centre de contrôle tout le monde s'est levé en applaudissant et en se jetant dans les bras les uns des autres – si les mesures de sécurité sanitaire le permettent.

Nous marchons jusqu'à l'emplacement où il est prévu que nous établissions le camp.

Le cratère de Hellas Planitia est à portée de rover, mais nous ne distinguons, de là où nous sommes, qu'une vaste plaine entourée de collines douces et jonchée de plusieurs objets plus ou moins volumineux, jetés là durant les années précédentes au cours de plusieurs vols non habités.

Deux mars-rovers, par exemple : ces petits véhicules qui ressemblent à des Jeep à l'habitacle fermé, qui nous permettront d'explorer la planète. Nous y trouvons aussi le précieux véhicule d'ascension martienne (son petit nom : MAV, pour

*Mars Ascent Vehicle*, ou VAM en français), grâce auquel nous pourrons rejoindre notre vaisseau laissé en orbite. Et enfin, et surtout, les modules gonflables qui nous serviront d'habitat. Ils ont la forme d'une demi-sphère, et sont reliés entre eux par des tunnels semblables à des soufflets, comme ceux qui servent à relier deux wagons d'un train. Le module principal d'habitation est ainsi connecté au module de stockage, et le tout est relié à un réacteur nucléaire de la taille d'un appartement, disposé non loin, pour nous fournir l'énergie nécessaire. Et bien sûr, l'habitat est équipé d'un recycleur d'oxygène. Tout cela a été disposé par des robots automatisés, avant notre arrivée. Merci, les gars.

Cet habitat est temporaire. Nous ne pourrons y séjourner que trente jours. Plus longtemps, ce serait dangereux parce qu'il ne protège pas des radiations de façon optimale. Or, j'aimerais autant ne pas rentrer sur Terre avec un cancer, tant qu'à faire.

En revanche, si nous trouvons de l'eau sur place, alors nous pourrons commander le gonflage de la « maison de glace ». La « *Ice Mars Home* » nous attend tranquillement dans l'un des conteneurs largués sur Mars avec le peu de précision et de délicatesse dont on est capables avec les moyens actuels (ils sont balancés là sans ménagement ni grande précision, et rebondissent plusieurs fois sur le sol avant de s'échouer). Il s'agit d'une espèce d'igloo gonflable entouré de glace, qui nous protégerait efficacement des radiations cosmiques, tout en laissant passer la lumière. Une couche de gel est imprimée sur la glace pour assurer l'isolation thermique. La maison de glace est un rêve d'habitation martienne, en forme de dôme, où sont prévus une serre, une bibliothèque, des chambres individuelles et de vastes espaces communs agrémentés de plantations hydroponiques. Si nous trouvons de l'eau pour l'alimenter, et pour prévoir des cultures, nous pourrons alors rester cinq cent cinquante jours : c'est le temps qu'il faudra attendre quand, dans un mois, une nouvelle fenêtre de tir s'ouvrira pour rentrer sur Terre – si tout ne s'y est pas effondré d'ici là.

Nous sommes donc là pour un mois, ou pour plus d'un an et demi. En dehors de ces fenêtres de tir, si nous rencontrons un problème grave, notre seule solution sera de nous réfugier dans le Starship 300.

Nous nous serrons dans le sas de l'habitat destiné à la repressurisation. Celle-ci terminée, nous pénétrons dans ce que nous pouvons considérer comme notre nouvelle maison, pour un temps.

– Nous y voilà, souffle Olga en ôtant son casque.

Des bouteilles d'oxygène et d'azote ont déjà commencé à libérer les gaz qui se mélangent, un oxygénateur décomposera le $CO_2$ pour récupérer l'oxygène, et la pression ici est la même que dans le vaisseau, nous pouvons donc évoluer sans combinaison. Cette « maison » n'a rien du nid douillet et lumineux promis par les vues d'artiste de la maison de glace qu'on espère pouvoir construire ; elle ressemble plutôt à une grande tente militaire. Mais après plus de six mois passés dans l'espace exigu du Starship 300, vaste chantier plein de câbles, elle nous paraît luxueuse. Ça fait du bien d'évoluer dans un environnement moins encombré ! Et puis nous pourrons enfin dormir dans de vrais lits sans flotter. Même s'il s'agit d'un lit de camp inconfortable, j'en rêve depuis six mois.

– Bienvenue chez nous ! lance Mitchell.

– C'est parti pour au moins trente jours, murmure Micaela.

Olga passe ses mains sur son visage plusieurs fois, comme pour s'assurer que c'est bien elle, ici, et qu'elle est bien faite de chair et de sang, là, sur Mars. Jason ne dit rien et me lance des regards furtifs. J'y lis une grande émotion. Lui aussi a réalisé un rêve, je n'en doute pas.

Quant à moi, mon pragmatisme forcené surpasse peu à peu l'extraordinaire du moment. Tout mon corps me crie que cet habitat temporaire ne pourra pas nous protéger longtemps. Sans une structure du type *Ice Mars Home*, et sans même songer à la nécessité de développer une forme d'agriculture, toute velléité de vie humaine ici est illusoire. Je me sens motivée par une seule chose, désormais : trouver de l'eau. C'est notre mission prioritaire, ce qu'on appelle le plan A. Je l'éprouve encore plus que lorsque nous étions encore là-haut, là-bas.

Si nous ne trouvons pas d'eau sous forme liquide, et nous nous donnons quinze jours pour cela, il faudra passer plus vite que prévu à la suite du plan A, qui se révélera être un plan B : l'installation d'immenses panneaux solaires. Nous aurons trop peu de temps pour bien avancer ce gros chantier, mais nous l'amorcerons pour les prochains colons qui viendront ici après nous – si Dieu, ou ce qu'on voudra, le veut bien. Parvenir à réchauffer Mars *via* les panneaux solaires libérerait des gaz actuellement sous forme de glace, qui enrichiraient l'atmosphère et augmenteraient sa densité, provoquant un effet de serre. Les températures s'élèveraient, faisant fondre la glace de surface, surtout près de l'équateur martien. De l'eau coulerait. Cette précieuse eau liquide essentielle. Elle permettrait des cultures à l'extérieur des serres, qui dégageraient de l'oxygène.

C'est ce qu'on appelle « la terraformation de Mars à grande échelle ». Cela me paraissait de la science-fiction, quand on nous l'a enseigné pendant notre année de formation. Pourtant, c'est évident, si nous ne trouvons pas d'eau à l'état liquide en sous-sol, que nous pourrions faire remonter en surface, la terraformation sera essentielle et nécessaire pour améliorer notre existence ici.

Avec ce procédé d'écosynthèse planétaire, la vie sur Mars pourrait devenir semblable à celle sur la Terre. Tout cela prendra du temps, beaucoup de temps, et nous ne sommes ici que pour évaluer par quoi il faudra commencer.

Nous sommes les pionniers.

# 38.

Nous avons à peine le temps de nous remettre de nos émotions, et d'envoyer à Houston et à nos proches nos premières images, que nous devons ressortir. Il nous faut rapatrier le contenu de deux conteneurs à l'intérieur de l'habitat, pour mieux nous installer, et nous ravitailler.

Mais cette sortie a un autre objectif avoué : contempler le soleil déclinant par-delà le relief, doux à l'est, escarpé à l'ouest, le tout balayé de poussière rouge. Notre premier coucher de soleil sur Mars. Je le savais déjà, et pourtant j'ai été surprise qu'il ne soit pas aussi rougeoyant que dans les films. Un coucher de soleil martien est bleu. Presque violet. Le bleu se disperse plus vite du fait de ses longueurs d'onde plus grandes. C'est pour cette raison que l'atmosphère martienne, composée de particules très fines, laisse passer la lumière bleue plus facilement que les autres couleurs. Et cet effet s'accentue davantage au moment du coucher du soleil :

sa lumière suit un trajet dans l'atmosphère plus long qu'à la mi-journée. La seule couleur qui atteint alors la surface de Mars est le bleu.

Ma satanée déformation scientifique me pousse à toujours vouloir tout comprendre, tout expliquer. Mais cela n'empêche pas l'émerveillement, qui est intense à cet instant. Un peu plus haut, les deux lunes de Mars, Phobos et Deimos, trouent le ciel turquoise de leurs disques blancs un peu fantomatiques, accentuant un profond sentiment d'étrangeté.

**Sol 1**

Se réveiller sur Mars.

Ou plutôt dans une tente qui me ferait croire que j'ai été enrôlée dans l'armée, dans l'attente du prochain combat. Mais surtout, se réveiller après avoir dormi « normalement », sans flotter ! J'ai le sentiment d'avoir rattrapé plus de cinq cents nuits. Et j'ai rêvé que j'étais chez moi, à Paris, puis chez mon père, à Ti Melen. J'étais de plus en plus petite. Je n'étais qu'un être humain, à l'endroit où il est né.

Je me suis réveillée être humain, mais à des dizaines de millions de kilomètres de mon lieu de naissance.

Mais pas question de faire la grasse matinée, même après ce jour exceptionnel de notre arrivée ici. Honnêtement, on aurait bien besoin d'un peu de repos pour récupérer après de telles émotions. Le temps est compté. Nous avons énormément à faire en trente jours, avec l'espoir que nous pourrons rester bien davantage, si les choses tournent pour le mieux. Hier soir, alors que nous dînions, abrutis d'émotions fortes, nous avons découvert peu à peu les réactions de par le globe terrestre, transférées par Houston. À notre immense soulagement, la liesse attendue a bien eu lieu. Ce n'est pas que nous attendions d'être acclamés, mais nous craignions que la situation ne soit si critique sur Terre que notre aventure martienne paraisse complètement déconnectée de préoccupations purement primaires de survie. Nous existons donc encore pour les Terriens. Si le lointain a du sens pour eux, c'est que le proche ne leur paraît pas insurmontable.

J'ai par ailleurs reçu une très courte vidéo de ma mère avec la petite Lily, et toutes les deux semblaient pleines de joie et de vitalité. Ce bébé est tout simplement magnifique. Ma petite sœur va bien. Cela m'a complètement rassurée.

Mais toujours aucune nouvelle de Hugo…

★

Micaela me rejoint dans la cuisine, alors que je sirote un ersatz de café.

– Bonjour Micaela. Ou plutôt, bonsol !

– Tu as raison, on va être amenés à imaginer de nouveaux mots, forcément, me répond-elle avec un sourire triste.

Aura-t-elle de nouveau, un jour, un sourire qui ne le soit pas, triste ?

– Alors bonsol, Esther !

– Tu es réveillée depuis longtemps ? Je croyais être la première à me lever avant que mon alarme ne sonne.

– Ça fait une heure que je suis debout.

Elle se fait chauffer un café à son tour, grâce au petit four que nous avons extrait d'un conteneur, puis s'installe à côté de moi. Nous ne flottons plus du tout, même sans combinaison, car nous portons des chaussures au poids étudié, et c'est extraordinaire cette manière d'être assise à côté de quelqu'un comme dans un bistrot ou une cuisine terrienne. J'apprécie si pleinement que je me dis que vivre sur Mars peut réellement être agréable, si on parvient à y réunir d'autres conditions.

– C'est si excitant d'être ici, pour moi… Même sans Robert. J'ai tellement rêvé ça. Dans tellement de rêves différents. Robert n'y était pas toujours présent, d'ailleurs… Comme si quelque chose en moi se préparait à l'idée que, peut-être, il ne…

Sa voix s'est étranglée. Je ne sais pas quoi dire. Lâchement, je choisis de changer de sujet.

– Où en sont tes cultures ? Elles ont résisté aux sept minutes de terreur ?

Ce n'est pas seulement par lâcheté, mais aussi par vraie curiosité.

Les conteneurs comportent assez de vivres, eau et nourriture, pour plus de cinquante jours, mais si tout se déroule bien, Micaela devrait parvenir à cultiver dans la serre, à partir de graines et de ces cultures, par hydroponie, de quoi subvenir à une partie de nos besoins : haricots, pois, pommes de terre… Elle récupérera aussi nos excréments pour en faire du fumier. Là où nous on ne voit qu'un déchet malodorant, elle, elle voit de bien belles bactéries aux protéines complexes. Un vrai bonheur de botaniste. Elle le mélangera au sol martien, et à la terre arrivée avant nous. Cette terre contient elle aussi des dizaines de bactéries. Vive les bactéries ! pense Micaela. Évidemment, les plantes cultivées avec cet engrais très spécial ne seront pas destinées à la consommation, sinon nous tomberions malades. Son but, c'est en quelque sorte d'infecter le sol martien afin d'accroître la réserve de terre cultivable. Les infections, parfois, sont bénéfiques.

En attendant d'arriver à faire tout cela, elle continuera de bichonner les algues et salades qu'elle a cultivées dans le vaisseau, et d'observer leur comportement dans l'environnement qui est désormais le leur ici… Si elles sont toujours en bon état.

– Oui, elles ont résisté, heureusement ! J'espère bien développer des systèmes de production indépendants. Tu veux venir voir ce que j'étais en train de faire ?

Je la suis dans l'espace où elle a entreposé ses petits bacs de plantes. Elle sort de son emplacement un tube rempli d'un liquide vert vif, presque luminescent. Il s'agit de cyanobactéries, qu'on appelle aussi algues bleues… malgré leur couleur verte !

– Regarde, d'abord, je stérilise. Heureusement que l'autoclave est arrivé intact sur Mars…

L'autoclave est une sorte de cocotte-minute qui tue les microbes. Elle place ensuite les cultures dans un incubateur éclairé par des LED.

– Le but : multiplier les cyanobactéries. Elles peuvent être une source d'oxygène précieuse à notre survie ici et pourraient aussi entrer dans la composition d'un nouveau carburant.

Ses yeux brillent. Je suis heureuse de la voir aussi passionnée et enthousiaste… Vivante, pour ainsi dire, malgré son deuil. Robert serait si fier d'elle. Peut-être l'est-il, quelque part, si ce quelque part existe. Mais existe-t-il un lieu plus extraordinaire que la planète Mars ?

– Je veux une cérémonie, lâche-t-elle subitement, les yeux toujours rivés sur le liquide de plus en plus luminescent. Je veux un endroit où me recueillir. Un endroit pour Robert. Il le mérite.

– Tu veux dire… ici, sur Mars ?

Elle se tourne vers moi. Son air de défi la rend encore plus belle que d'habitude, de cette beauté emplie d'assurance et de fermeté.

– Oui, ici, sur Mars. Il aurait dû être là, aujourd'hui. Il rêvait d'être là. Il a travaillé et enduré autant de choses que moi pour avoir le droit d'être ici, sur ce sol. Il faut qu'il y soit d'une manière ou d'une autre. Pour que son âme ait un endroit où se reposer.

Je ne suis pas croyante, mais il me semble que je comprends son besoin. Robert aura, je pense, droit à un emplacement dans un cimetière sur Terre, mais n'en a-t-il pas le droit aussi sur Mars ?

Micaela tombe dans un profond silence tout en s'affairant. Je rejoins le reste de l'équipe, tous en train de petit-déjeuner et de discuter de la sortie prévue dans quelques jours.

★

La requête de Micaela a agité plus que je ne le pensais à la fois l'équipage et le comité bioéthique de Houston. C'est en réalité une question brûlante, à laquelle le comité n'a pas encore trouvé toutes les réponses. Les membres du comité bioéthique de la NASA ont été profondément ébranlés par le vaisseau chinois errant, avec tous ces cadavres à l'intérieur. Une charte de l'ONU interdit les débris dans l'espace, afin de ne pas le polluer, et ce vaisseau est une sacrée entorse à la loi. Si jamais il s'écrasait sur une planète quelconque, il risquerait d'en bouleverser l'écosystème…

Heureusement, si l'on peut dire, on n'est pas confrontés au problème de l'inhumation d'un corps humain sur Mars, puisque celui de Robert est actuellement en train de dériver dans l'espace. La véritable question qui se pose est : a-t-on le droit de disposer un lieu de recueillement connoté religieusement sur une planète qui n'appartient à personne ?

Après de longues tergiversations, la NASA a consenti à ce que nous formions un cairn avec les roches et pierres déjà présentes sur Mars. Autrement dit, nous n'avons pas l'autorisation de planter une croix – comme l'aurait souhaité Micaela.

★

– Robert Finley était un homme discret, modeste, bon et courageux. Il est devenu au fil du temps et de ses six sorties dans l'espace une icône de l'exploration spatiale au Canada.

C'était un formidable camarade, essentiel à la bonne humeur de notre équipe, et… Tu nous manques, Rob.

Mitchell se tait, submergée par l'émotion, devant un léger tourbillon de sable rouge balayé par la brise. Au-dessus d'elle, les deux lunes semblent l'observer avec curiosité dans un ciel qui tire sur le mauve. Elle se tient debout dans sa combinaison martienne, tête penchée, un missel à la main, devant l'amas de roches martiennes.

Aoi dit quelques mots à distance, nous l'entendons tous dans nos casques, des mots d'amitié et de respect, puis Mitchell laisse la place à Micaela. Mon cœur se serre en lisant la douleur sur ses traits, au travers de sa visière.

– Robert, mon amour… Nous aurions dû être le premier couple à vivre sur Mars. Tu m'as laissée seule. Mais moi, je t'ai abandonné là-haut, dans ce vaisseau fantôme.

Personne n'ose intervenir pour la reprendre. Pourtant, elle ne l'a pas abandonné. Et il ne l'a pas laissée. Rien n'était leur faute dans cette histoire… Je culpabilise, moi aussi. J'étais avec lui, j'aurais peut-être pu faire quelque chose, j'aurais peut-être pu faire ce qu'il a fait pour moi : me sacrifier pour le sauver. Un sanglot monte et secoue tout mon corps. C'est arrivé d'un coup, insurmontable, comme une marée montante intérieure. Olga entoure mes épaules de son bras. Jason me lance un regard douloureux puis baisse le menton pour se recueillir. Aucun de nous trois parmi les stagiaires n'a souhaité dire un mot. Nous ne nous sentons pas légitimes comparés aux trois autres qui le connaissaient depuis des années.

– Mais tu es aussi un peu ici, poursuit Micaela. Je le sais, je le sens. J'ai emporté de toi sur la surface de cette planète où tu rêvais de poser le pied. Tu es là.

Elle pose sur le cairn une pierre sur laquelle sont gravés le nom de Robert, sa date de naissance et la date de sa mort. La première victime de l'exploration martienne : c'est ainsi que Robert Finley est entré dans l'histoire. Le premier être humain, aussi, à avoir eu droit à une cérémonie improvisée sur Mars, menée par un homme et des femmes en drôles de combinaisons, entourés d'une étendue rougeoyante, à perte de vue.

Une vague de poussière gifle mon casque, comme si Chloé, Stephen et toutes les victimes de toutes les pandémies terriennes réclamaient qu'on se souvienne d'eux, ici aussi. Nous n'avons pas fait qu'amener nos petites personnes et notre matériel, sur cette planète, nous avons aussi charrié nos morts.

Insistante omniprésence.

# 39.

**Sol 2**

Jason et moi avons été désignés par Mitchell pour sortir, afin de vérifier tous les modules envoyés ici bien avant notre arrivée.

Nouvel émerveillement en foulant le sol de sable fin et de rocaille, avec cet horizon pur et doux face à soi… Nos combinaisons sont décidément incroyables, je m'en rends encore mieux compte aujourd'hui (*ausold'hui?*), parce que je m'autorise à marcher plus longtemps que la veille, lors de la cérémonie. J'éprouve une impression de légèreté et de liberté, qui apaise un peu mon esprit.

De plus, ici, c'est le printemps, et rien que le savoir me rassérène. Alors évidemment, pas d'oiseaux qui chantent audessus d'une nature réveillée. Le printemps sur Mars signifie juste que la température est légèrement plus clémente, si l'on peut dire quand on parle de dizaines de degrés Celsius en dessous de zéro.

Cette sortie ne devrait être qu'un examen de routine. Deux sondes ont déjà pris tous les clichés et toutes les données nécessaires, nous permettant d'être assurés que les modules contenant les éléments vitaux n'ont pas été endommagés. Si ç'avait été le cas, notre voyage aurait été tout bonnement annulé, ou beaucoup retardé.

Je me dirige vers le VAM, le véhicule sans lequel nous ne pourrions quitter Mars. Il a bien entendu bénéficié de plus d'attention que toutes les autres cargaisons. Le système permettant de freiner sa descente était plus élaboré. Néanmoins, le VAM est le seul module qui a dû être envoyé d'un bloc indivisible, et il pèse plusieurs tonnes, ce qui fait que l'atterrissage ne s'est pas non plus déroulé dans une douceur idyllique. Cela dit, tout paraissait s'être bien passé… avant que je me penche vers la base du véhicule enfoncé dans le sable.

S'il y a bien une image faussée qu'on a de Mars, c'est celle d'un sol uniformément sableux. C'est dû aux films censés se dérouler ici, en réalité tournés dans le désert de Jordanie, sur Terre. Ah, ce relief doux aux dunes ondoyantes… Un filtre rouge, et hop dans la boîte. Mais le sol de Mars est beaucoup plus rocailleux que cela, constellé de cailloux plus ou moins importants. Et devinez sur quoi a atterri notre précieux VAM ? Sur un gros rocher dissimulé sous le sable, si bien qu'aucune photo d'aucune sonde n'a pu le déceler.

– Et merde, résume Jason après m'avoir rejointe. Tu crois qu'il est endommagé ?

Je dégage mieux le sable qui nous empêchait de constater l'étendue des dégâts.

– On ne voit pas bien… Le rocher est tout contre le véhicule.

Il faut se rendre compte à quoi ça ressemble, un VAM. C'est une fusée de six mètres de haut, à deux étages, pouvant contenir six personnes. Ses flancs portent deux réservoirs, qui seront largués une fois vides. La fusée a bien atterri sur ses trois pieds, mais l'un d'eux s'est enfoncé un peu plus profondément dans le sol, exposant l'un des flancs à ce gros rocher pointu. La vitesse avec laquelle est arrivé le VAM était très élevée, si bien que le roc a très bien pu s'imprimer avec violence dans la tôle. Je n'arrive pas à distinguer à quel point.

Jason ne répond pas. Je jette un regard vers lui. Son teint est devenu blême.

– Et si le système-carburant était endommagé ?

Effectivement, ce serait une catastrophe. Le VAM a atterri ici deux ans avant nous, pour qu'il ait le temps de pomper l'atmosphère martienne et de fabriquer son propre carburant. Avec un plein initial, il aurait été trop lourd. Il contient donc une véritable petite usine chimique, très précieuse. Et si elle n'avait jamais pu se mettre en route ?…

– Nous serions coincés ici pour au moins quatre ans, je murmure, mais…

– Autant dire que nous allons mourir ! hurle Jason. Nous n'avons pas de quoi tenir aussi longtemps !

– Calme-toi, Jason, on ne sait pas encore ce qui…

Mais je l'entends hyperventiler.

– Tu fais une crise de panique, dis-je le plus posément possible. Concentre-toi sur quelque chose. Compte à l'envers, tiens : 20, 19, 18… Ou bien… Ou bien… Fixe l'horizon. Décris-moi cet amas rocheux, là devant nous. Raccroche-toi à quelque chose de concret.

Ma main gantée prend la sienne.

– … Concret ?

De blême, je le vois devenir aussi rouge que la poussière qui volette entre nous. Il me lance un regard de pure détresse.

– Esther…

– Jason ?…

Sont-ce des larmes ? Il détourne les yeux avant que je puisse m'en assurer. Il se libère et recule, avant de s'asseoir sur un rocher.

Au moins sa crise de panique semble-t-elle s'être calmée. Je ne sais pas quoi faire. Ce regard qu'il avait… Je m'approche doucement.

– Ça va ?

– Quelque chose de concret…

Je lui touche l'épaule. Il se dégage vivement.

– Laisse-moi !

– D'accord, Jason. Il faut qu'on prévienne Mitchell. On doit analyser les dégâts. C'est urgent.

– Se focaliser sur la solution, et pas sur le problème… Se focaliser sur…

– Oui, c'est ça, Jason. Allez, viens.

– On nous a si bien formatés… marmonne-t-il. Et quand il n'y a pas de solution, hein ? Esther, est-ce que tu sais sur quoi te focaliser quand il n'y a aucun espoir ?

– Tu parles du VAM ? Il n'a peut-être rien de grave, tu sais. Et il y a toujours une solution à un problème mécanique.

– Tout n'est pas mécanique. On n'est pas des robots. Je parle de toi, figure-toi. Toi ! Tu es un sacré problème sans solution ! Bordel, aucune solution !

Est-il en train de délirer ? Est-ce la panique ?

– Qu'est-ce que tu… ?

Il secoue la tête et se lève. Il me jette un regard indéchiffrable. Une douleur y perce.

– Laisse tomber. Fais comme si je n'avais rien dit. Prévenons les autres. Tu as raison, il faut agir vite.

Il retourne vers l'habitat à grandes enjambées, me laissant bras ballants.

Mitchell et Olga sont allées examiner le VAM. Olga a un master de mécanique, ce qui la rend particulièrement apte à évaluer les dégâts. Par chance, ni la production de carburant, ni son stockage n'ont été touchés. En revanche, l'une des tuyères destinées à guider le flux propulsif est endommagée. Cela risque de déséquilibrer le véhicule et d'impacter sa trajectoire. Si on veut partir tous les cinq, et embarquer avec nous des échantillons de roche et de sol, cela va représenter un poids considérable. La stabilité est essentielle. Il faut réparer la tuyère avant le prochain départ.

– Et ce prochain départ est pour dans un mois, nous rappelle Mitchell lors de la réunion à leur retour dans l'habitat, si on ne trouve pas d'eau.

– On arrivera à réparer ça à temps ? demande Micaela.

– J'attends l'avis des ingénieurs de MarSpace et de la NASA.

L'inquiétude s'immisce dans tout l'habitat.

– C'est la même tuyère que celles de la capsule Orion, lâche Olga au bout de plusieurs secondes pesantes.

– Quoi ?

Mais Mitchell a très bien entendu, et son regard pétille subitement d'espoir.

– J'en suis presque sûre. Orion et le VAM possèdent les mêmes tuyères. J'ose espérer que les ingénieurs ont créé des éléments standards. Ce serait malin, non ?

– Il n'y aurait qu'à démonter une tuyère d'Orion pour la fixer sur celle du VAM, poursuit Jason.

Lui aussi semble soudain requinqué.

– Mais ça ne doit pas être si facile que ça, j'objecte à contrecœur. Démonter deux tuyères et en refixer une ! A-t-on le matériel adéquat ? Et surtout le temps pour le faire ?

– Tiens, tu te focalises davantage sur le problème que sur la solution, maintenant ? me fait remarquer Jason froidement. Pas très professionnel, ça.

Mais qu'est-ce que je lui ai fait, bon sang ?

L'avis des ingénieurs met des heures à arriver. Ils font certainement plein de calculs très complexes. Après une soirée angoissante, ils contactent enfin Mitchell.

– Ça leur paraît faisable ! nous lance-t-elle. Ils nous guideront à chaque étape. Mais il n'y a pas une minute à perdre.

Dès demain, le désossage d'Orion débutera.

Et avec lui, une course vitale contre la montre.

# 40.

**Sol 4**

Hugo… Je ne cesse de penser à lui, malgré l'extraordinaire que je vis. Je n'ai aucune nouvelle… Est-il vivant ? Est-il mort ? Je me sens littéralement brisée à cette idée, mais je ne vois pas d'autre explication à son silence. Je demande régulièrement aux gens de Houston de chercher des signes de vie de mon amour, mais ils ne savent rien. Je m'inquiète aussi pour tous mes autres proches, exposés à la pandémie sur Terre. Je m'inquiète pour la Terre entière. Je suis un peu morte à l'intérieur. Et pourtant, je dois me concentrer sur ma mission sur Mars, où chaque minute est comptée. Cela en laisse peu pour se reposer d'un chagrin si immense qu'il en est épuisant…

Notre priorité, réparer le VAM, se heurte à notre mission tout aussi urgente de trouver de l'eau. Impossible pour une même personne de faire deux sorties dans une même journée, à cause des radiations trop importantes. Aussi Micaela sera-t-elle chargée de commencer à démonter la tuyère de la capsule Orion dès que Mitchell, Olga, Jason et moi serons rentrés de notre première expédition, prévue depuis notre arrivée. Aoi sera chargée de superviser, à distance, de là-haut, notre sortie de la station, alors que Micaela contrôlera les opérations à partir de l'habitat.

Les rovers peuvent contenir jusqu'à six personnes, aussi n'en avons-nous besoin que d'un seul. Ce sont des petites merveilles à quatre roues motrices, avec des suspensions pour s'adapter au relief accidenté de la planète et qui contiennent des MOXIE puissants – MOXIE pour *Mars Oxygen In-Situ Resource Utilization Experiment*. Ces petites boîtes à l'arrière du rover transforment le $CO_2$ en oxygène, ce qui nous permet d'ôter nos casques dans les rovers. Plutôt confortable.

C'est Mitchell qui conduit. L'objectif de la balade : repérer les lieux et décider de l'endroit le plus pratique pour entrer dans le cratère. Ce sera de la spéléologie martienne.

– Capcom, nous dit Aoi par radio. Est-ce que tout va bien ? *Over.*

– Mitchell. Tu as toutes nos données médicales en temps direct, Aoi, on est truffés d'électrodes, donc que souhaites-tu vraiment savoir ? *Over.*

– Capcom. Pardon de faire mon job, chère commandante. Pardon aussi de vous envier. Racontez-moi plutôt comment c'est. *Over.*

– Pardon, Aoi, répond Mitchell, oubliant le protocole de communication.

– Olga. C'est extraordinaire. *Out.*

Je peux quasiment voir les étoiles dans ses yeux.

– Tout est possible, ici, ajoute Jason d'un ton rêveur.

Lui, c'est une galaxie entière qu'il a dans le regard.

– Là, s'exclame Mitchell. Regardez, la pente du cratère paraît plus douce. On peut sans doute y descendre en limitant les risques.

Nous descendons du rover chacun à notre tour, et avançons au bord du cratère. La vue est spectaculaire. Le cratère est immense et profond, caressé de douces volutes ocre allant, venant, dansant ici et là. En effet, on pourrait descendre par là, encordés et en rappel. Nous nous apprêtons à enfoncer une pointe dans la terre martienne pour y fixer la corde lorsqu'une alerte retentit dans nos casques. Un écran s'affiche sur nos visières : le radar météo du rover indique de l'agitation.

– Habcom. Rentrez tout de suite, nous avertit Micaela, qui a le retour des indications du rover. Une tempête approche. *Out.*

L'une des fameuses tempêtes du printemps martien, pouvant soulever des quantités importantes de sable rouge jusqu'à 50 000 mètres de hauteur. Nous courons jusqu'au rover sans perdre une seule seconde. Nous y reprenons place et en verrouillons les portes.

– Habcom. Les capteurs indiquent que les rafales atteignent 70 kilomètres-heure. Faites vite. *Out.*

On a parcouru 20 kilomètres en une heure.

– À quelle distance se trouve la tempête ? demande Mitchell à Olga tout en négociant un demi-tour.

– Cinquante-cinq kilomètres environ.

On fait tous le calcul dans nos têtes. C'est juste. Très juste. Le rover est une magnifique machine, oui, mais le sable de Mars est si fin qu'il s'introduirait dans chaque interstice, et même si les ingénieurs ont essayé de tout prévoir, on ne peut pas être sûrs des dégâts que ces particules pourraient causer dans le système de roues motrices en mouvement. Est-ce que ça pourrait nous stopper ?

– On peut aller plus vite ? s'enquiert Jason.

Il triture son bras droit.

– Vingt-cinq kilomètres-heure est le maximum, rappelle Mitchell. Zen, on va y arriver, c'est tout à fait possible. Une fois dans l'habitat, tout ira bien. Il est parfaitement étanche et prévu pour résister à ce type de tempête. On savait que ça arriverait.

– Pas si tôt quand même, fait remarquer Olga.

Peu importe.

Mitchell se concentre pour contourner les inégalités du terrain. À cette vitesse, c'est très difficile, et par moments on roule sur une pierre qui manque de nous faire basculer sur le côté. On retient notre souffle pendant qu'Aoi fait de son mieux pour nous rassurer sur la distance entre nous et les rafales… même si elle ne peut pas s'empêcher d'observer que notre rythme cardiaque est trop élevé.

– Habcom. Distance de l'habitat : 5,5 kilomètres, annonce Micaela au bout de trois quarts d'heure. *Out.*

La visibilité commence à être réduite. Je calcule que la tempête, elle, doit nous talonner à moins de 15 kilomètres de distance.

– Les rafales atteignent maintenant 75 kilomètres-heure, s'affole Jason.

– Vite, vite, vite, souffle Olga, sans se rendre compte que ça ne sert à rien.

– On n'y voit plus rien ! s'exclame Mitchell.

– La tempête est sur nous, dis-je.

– Capcom ? Habcom ? Micaela ?

On ne capte plus. Et surtout, notre visibilité est déjà très réduite. Une secousse nous fait pousser un même cri. Le rover a percuté un rocher et effectue un tonneau. Je tombe sur Jason, qui me repousse violemment. Le temps qu'on reprenne nos esprits, l'extérieur a gagné en opacité rougeâtre. Le rover émet divers signaux et son tableau de bord clignote de toutes parts, comme si lui-même exprimait sa détresse.

– Le MOXIE est défaillant ! crie Mitchell pour couvrir le vacarme de la tempête.

Traduction : notre oxygène va se raréfier. On ne va pas tenir longtemps vivants là-dedans.

– Il faut rejoindre l'habitat à pied.

– Mettez vos casques ! Tout de suite ! crie Jason, la main sur le système d'ouverture.

– Mais on n'y voit rien du tout ! s'effraie Olga.

– On est à 50 mètres de l'habitat à peine, c'est faisable, dis-je.

– Encordons-nous ! hurle Mitchell.

On s'attache tous les uns aux autres. Le chaos de la tempête va en s'intensifiant. C'est impressionnant mais je tente de me raisonner : la pression ici étant très basse, les rafales sont incapables de déplacer ne serait-ce que des graviers.

Mais nous évoluons dans une purée de pois rouge. Jason et moi sommes les derniers de cordée, moi devant lui.

Dès que la porte du rover s'ouvre, une bourrasque de poussière s'engouffre à l'intérieur. Le bruit est tonitruant. Je ne m'y attendais pas. Il s'agit surtout d'une déformation des sons, mêlés à un grésillement de nos appareils de transmission. Je ne sais même pas si mes collègues me parlent. On s'extirpe avec difficulté du véhicule, pour entrer dans une sorte d'enfer ocre.

Tout est rouge. Je ne distingue rien. Je n'entends rien. Olga, devant moi dans la cordée, attrape ma main.

Au début, on s'accroche au rover. Puis il faut s'en détacher. C'est comme sauter dans le vide, à l'aveugle.

Je pense subitement au début de ce film, *Seul sur Mars*, où le héros est transpercé par l'antenne de réception d'une parabole arrachée lors d'une tempête comme celle-ci. Scène improbable, mais mon esprit se focalise sur cette scène effrayante. Pile à cet instant ma main lâche celle d'Olga. La corde derrière moi s'est tendue subitement, me coupant le souffle. Je crie le prénom d'Olga, puis celui de Jason, mais j'imagine qu'ils ne m'entendent pas. J'aimerais remonter la corde pour arriver jusqu'à Jason, mais je suis tirée en avant par Olga qui veut avancer, ne se doutant pas qu'il y a un problème. Alors je dénoue ma corde pour me désolidariser d'elle.

Je peux enfin retrouver Jason. En tâtonnant, je comprends qu'il est au sol.

– Jason ! Est-ce que ça va ?

Je crie mais je n'obtiens aucune réponse. Je parcours son corps pour tenter d'y déceler un problème. Je sens sa main repliée autour de sa cheville et soudain je comprends. Il s'est blessé !

– Tiens-toi à moi, Jason, je vais t'aider !

Je parle surtout pour me donner du courage. Je l'agrippe par les épaules pour qu'il s'assoie. Puis je passe un bras sous ses aisselles et l'aide à se redresser.

– Oui, c'est bien, Jason ! Allez, on y va !

Nous faisons trois pas, mais Jason est si lourd que nous rebasculons à terre. Il tombe lourdement sur moi. J'accuse le coup mais je n'arrive pas à me relever. Les bourrasques sont de plus en plus denses. Il roule sur le côté pour me dégager, et je renouvelle l'opération. On est de nouveau debout. On fait trois pas… Et Jason s'écroule violemment à terre.

– Habcom, Esther, Jason, vous m'entendez ? *Over.*

La radio est rétablie !

– Micaela ! Ici Esther ! Jason, tu m'entends ? Jason ?

– Habcom. Rentre vite Esther, les bourrasques ont atteint 300 kilomètres-heure ! Dépêche-toi ! *Out.*

– Mais Jason ?

– Rentre immédiatement, Esther ! *Out.*

Comme tout à l'heure, je tâte la combinaison de Jason. Elle est déjà recouverte d'une bonne couche de sable fin. Si on ne fait rien, il sera entièrement enseveli dans une minute à peine. Apparemment, sa visière est intacte. Et rien ne semble avoir percé sa combinaison. En revanche il est inerte. Il a dû perdre connaissance pour une raison ou une autre.

Je me relève et attrape ses pieds.

– Esther ! crie Micaela dans mes écouteurs.

– J'arrive ! J'arrive avec Jason.

Je tire son corps, mais il est si lourd et si dénué de vie qu'il paraît peser une tonne, sans compter les gifles que la tempête m'administre d'un côté, puis de l'autre. Je tombe plusieurs fois. Je ne suis même pas sûre d'aller dans la bonne direction. Est-ce que je ne suis pas en train de m'éloigner de l'habitat plutôt que de m'en rapprocher ?

– Habcom. Esther où es-tu ? *Over.*

– Je ne sais pas, Micaela ! Je ne sais pas !

Je m'écroule de nouveau. Le sable frappe ma visière. Je prends le temps de rassembler mes forces, quelques instants à peine, mais quand je cherche à me relever… je n'arrive plus à bouger. Le sable m'a presque entièrement recouverte. Par chance, j'arrive à dégager mes bras facilement, et je balaie frénétiquement le sable pour libérer mon corps.

– Je n'y arrive pas, je n'y arrive pas !

Des larmes jaillissent de mes yeux. Le désespoir commence son travail de sape dans mon cœur.

– Habcom. Esther ? Où es-tu ? Reviens ! Tu ne vois pas la lumière de l'habitat ? *Over.*

Non, je ne vois rien. Je vais rester coincée là. Je vais être enterrée vivante. Et si la tempête dure plusieurs heures et que personne ne peut venir nous secourir, je vais épuiser toute ma réserve d'oxygène. Et je vais mourir. Jason et moi allons mourir.

– Pardon, Jason. Je n'ai pas réussi à te sauver. Est-ce qu'au moins tu es encore vivant ?

Mourir ici. C'était peut-être mon destin dès le départ.

– Habcom. Esther, qu'est-ce que tu dis ? *Over.*

Sa voix me paraît très lointaine.

– Habcom. Reviens, Esther ! Reviens…

Peut-être suis-je en train de perdre connaissance.

– Reeeevieeeens…

Tout ce rouge… Je distingue Chloé au loin, étoile de mer blanche sur la tête, qui me dit au revoir, et à ses côtés, Hugo, qui au contraire me tend la main et semble me supplier de tenir bon. Tu es vivant, Hugo ? Tu penses encore à moi ? Mais n'insiste pas, c'est fini. Fini…

Non.

NON !

Non. Mon heure n'est pas venue. Et je ne peux pas abandonner l'un de mes camarades comme ça. Rien n'est jamais perdu tant qu'on est encore en vie. J'ai encore quelques forces, et je dois les utiliser. Je dois puiser en moi, très loin. Je produis un effort surhumain pour, encore une fois, tenter de déblayer tout le sable rouge qui me recouvre, malgré le chaos naturel qui m'entoure. J'y parviens. J'arrive à me relever. Où est Jason ? Je fouille dans le sable et la poussière pour le retrouver, le dégager. Je suis à bout de forces mais soudain il est là, sous mes doigts, et cela me redonne un coup de fouet. Je le tire par les pieds, encore une fois.

Je ne fais que quatre pas en arrière, après quoi je me heurte à quelque chose. J'étais tout près de l'habitat ! J'ai failli me laisser mourir, si proche du but. L'espoir me donne une nouvelle vigueur. Je progresse jusqu'au sas. Le voilà ! J'actionne l'ouverture, mais le vent est si fort que l'écoutille me heurte et m'envoie un mètre plus loin, étourdie. C'est la corde qui me relie à Jason qui m'empêche d'atterrir plus loin. Nouvel effort pour me relever, tirer le corps de Jason à l'intérieur du sas, y entrer à mon tour, fermer l'écoutille et… pouvoir m'écrouler, enfin.

Je n'ai laissé le sas ouvert que quelques secondes, pourtant le sol est rempli d'une couche de 5 centimètres de poussière rouge et des particules se sont déposées partout sur les parois. Le ménage ne va pas être simple… La lumière elle-même est rouge en attendant que la repressurisation s'effectue, et jusqu'à ce qu'elle redevienne blanche je n'arrive pas à bouger, pas même pour voir le visage de Jason derrière la pellicule de sable posée sur sa visière. J'ai peur qu'il soit mort… Il n'a pas bougé d'un pouce.

Pendant toute la durée de la repressurisation, bien que plus courte qu'après une EVA dans l'espace, je lâche un flot de paroles décousues. Tout en pleurant, je parle de Hugo, de mon amour disparu, volatilisé, dont je ne sais plus rien – est-il mort ou amoureux d'une autre ? –, de la partie de moi morte, et j'évoque la possibilité de rester pour toujours sur Mars puisqu'il ne m'attend plus sur Terre. Bref, je délire complètement. Mais avec ces pleurs et ces lamentations indignes, je me décharge d'un poids immense. Une sorte de soulagement remplace le trois-tonnes de ma douleur.

Lorsqu'on peut enfin enlever son casque, Mitchell me l'interdit dans mes écouteurs, et je réalise à peine qu'elle a pu entendre tout cette logorrhée. Il n'est pas exclu que le rouge me vienne aux joues. Au moins, je suis raccord avec cette planète.

– On ne sait pas ce que produit ce sable martien dans nos poumons, m'explique-t-elle. Mieux vaut éviter d'en respirer.

– Bien reçu.

– Ne t'inquiète pas, Esther, ajoute Micaela, le cœur de Jason bat encore. Il est vivant.

Le soulagement que je ressens est intense. Je n'ai pas fait tout ça pour rien.

Il me faut donc attendre qu'on nous extirpe du sas, et qu'on aspire nos combinaisons pour en retirer le maximum de particules, pour enfin pouvoir déverrouiller mon casque. Micaela écoute les consignes médicales d'Aoi par radio. Elle a étendu Jason sur une civière et enlève le sien avec précaution. Il n'a aucune blessure apparente, mais son casque porte la marque d'un impact violent. Il a certainement chuté sur une pierre à l'arête vive, ce qui l'a mis KO.

– Comment va-t-il ?

– Il est bien secoué et sa tension est basse. Il a certainement une commotion cérébrale, mais rien de très sérieux d'après ce que je vois sur mes écrans. Il va bien, Esther.

Sans pouvoir juguler davantage mon émotion, je laisse de nouveau les larmes couler sur mes joues. Olga me prend la main.

– Tu lui as sauvé la vie, me dit-elle.

– Et tu as sauvé la tienne, aussi, ajoute Mitchell.

# 41.

**Sol 7**

La tempête a duré cinq heures. Cinq heures d'inquiétude constante et intense, tant les éléments se déchaînaient avec fureur, contredisant tout ce que les spécialistes nous ont appris sur les tempêtes martiennes, durant notre formation. Des volutes de particules très fines, certes aveuglantes mais inoffensives, voilà ce qu'on nous en avait dit ! Tu parles. Ils ont largement sous-estimé la vitesse des rafales et de la poussière, et la tempête a été bien plus dangereuse que prévu. On ne pouvait pas s'empêcher de penser que c'était la planète tout entière qui nous enjoignait de partir, irritée qu'on ait eu le toupet de venir s'y installer. Si elle savait ce que certains rêvent de voir construire sur la surface de la croûte martienne…

Il y a eu des dégâts mais la parabole a tenu bon. Les ingénieurs ont tous lu ou vu *Seul sur Mars*, ce qui leur a donné comme priorité d'en concevoir une rétractable, pour prévenir ce type d'accident. Même si aucun vent martien n'est capable de l'arracher et de la faire s'envoler comme dans l'histoire imaginée par Andy Weir, elle aurait pu être endommagée. En revanche, le rover a été mal refermé, et il est dans un sale état, entièrement rempli de sable rouge. Il nous a fallu un moment pour le retrouver : il était enseveli. Nous avons dû partir en quête du deuxième rover et de quelques caisses que nous n'avons pas encore eu le temps d'emmener dans le module de stockage de l'habitat. Le générateur a aussi souffert : il va falloir aspirer chaque interstice pour en ôter les particules qui s'y sont insérées. Et enfin deux panneaux solaires sont abîmés. Il faudra prévoir plusieurs sorties pour réparer tout ça, mais heureusement, notre habitat lui-même est intact. Il a été pensé et conçu pour ce type de tempête, et pour la millionième fois depuis notre départ de la Terre, je remercie les ingénieurs qui sont derrière cette merveilleuse construction. Je les remercie silencieusement du fin fond de moi-même, comme si je m'adressais à des petits dieux lointains.

En revanche, tous ces travaux de réparation s'ajoutent à ceux du VAM, et on n'avait pas besoin de ça, dans notre course contre la montre… Notre angoisse s'en trouve accentuée.

Jason souffre d'une foulure à la cheville et d'une commotion cérébrale, mais rien de grave. Il semble juste choqué à l'idée d'avoir frôlé la mort… Et, j'imagine, à l'idée qu'il me doive la vie. Il a repris une existence normale, quoique boitant – disons normale pour un astronaute en mission sur Mars… Mais il paraît absent, le regard souvent perdu dans le vide, et il n'a pas voulu reparler de l'incident alors que la tempête date d'il y a trois jours déjà. Il ne m'a pas même soufflé un merci. Je n'attends rien, mais je trouve cela étrange. Mitchell aussi regarde Jason avec inquiétude. Je suis certaine qu'elle se pose de nouveau des questions sur sa santé mentale.

Sans doute prise de pitié, Olga fait un effort de rapprochement envers Jason, et il semble apprécier sa sollicitude. Il doit se sentir si seul… De plus, il est le seul garçon de la mission, désormais. Le seul homme sur Mars. Peut-être que c'est plus dur que je ne me l'imagine. Abigail m'a demandé des précisions sur la nature des relations entre Jason et Olga. Les équipes de Houston ont dû avoir connaissance de leurs discussions plus fréquentes par l'un des comptes rendus de Mitchell. Je ne suis même plus étonnée par cette surveillance perpétuelle. Nous sommes des objets d'étude, nous le savons, aussi bien que les algues de Micaela. Je n'ai évidemment pas révélé les préférences d'Olga en matière d'amour et de sexualité, mais j'ai essayé de doucher les espoirs de rapprochement que semblaient éprouver Abigail. Je l'ai sentie véritablement déçue !

Les équipes de MarSpace et de la NASA espéraient certainement qu'une idylle naîtrait entre eux. Dans l'hypothèse où nous n'aurions pas à repartir dans trois semaines, et où notre mission ici s'allongerait de plusieurs mois, un jeune et nouveau couple ici constituerait non seulement une source d'expériences passionnantes mais aussi un symbole fort pour une colonie naissante sur Mars. Je suis sûre que les médecins de Houston feraient une crise cardiaque sous le coup de la joie si on leur annonçait une grossesse.

Enfin, ça, c'est dans l'hypothèse où ils sont encore vivants.

Nous n'arrivons toujours pas à savoir ce qui se passe réellement sur Terre. Quelle est l'ampleur réelle de la pandémie ? Sa gravité ? Son taux d'incidence ? Tout le monde essaie certainement de minimiser les faits pour ne pas nous inquiéter. Et il est évident que tous nos proches ont reçu d'autres consignes strictes, même maintenant que le « secret » n'est plus. Nous savons désormais à quel point ils sont capables de les appliquer. La force de persuasion de la NASA est phénoménale.

Dans mon sommeil, je rêve d'eau et d'océans à perte de vue. Je rêve que je m'y baigne. Tout est si sec ici que l'eau me semble plus précieuse que de l'or. Plus précieuse que la vie même. Hugo a raison (*avait* raison ?) : les océans de la Terre sont un trésor à préserver. Je dialogue avec lui.

– Hugo, raconte-moi la Terre, s'il te plaît… Raconte-moi la mer.

Je l'imagine au beau milieu de l'Antarctique, sa destination finale. D'un pôle à l'autre. Il aurait réussi. Il me raconterait la glace, la banquise, me montrerait un paysage aussi désertique qu'ici, mais blanc. Blanc, aussi blanc que la peau des malades du virus de l'étoile de mer. La Terre m'apparaît entièrement blanchie. Entièrement malade. Flétrie. Asphyxiée. Qu'avons-nous fait ?

Je peux en revanche contacter mes parents sans que cela soit un rêve, même si le délai de transmission et de réception est grand. Mais j'ai du mal à savoir ce qu'ils me cachent ou pas. C'est si difficile d'être loin. Que vivent-ils ? Quelle détresse ? J'éprouve un désir viscéral de prendre ma petite sœur Lily dans mes bras. Enfin j'envoie des e-mails à mes amis survivants. Ils ne me répondent pas tous, pas tout de suite, et voilà l'inquiétude qui commence à me ronger. Ceux qui ne me répondent pas ont-ils succombé à ce virus ? Les visages blancs des astronautes du vaisseau fantôme me hantent. Le visage de Stephen, blanc lui aussi, s'y ajoute. Stephen…

**Sol 10**

Dans les jours suivants, nous faisons plusieurs sorties, pour les réparations, mais aussi pour prélever des roches et du sable afin de les étudier. Aujourd'hui, Olga et moi sortons seules, afin de rapporter des échantillons du sol en petite profondeur.

Accroupies, nous stoppons nos gestes en même temps, mues par une intuition commune. Nous levons la tête. Un rover roule vers nous. Il ne s'agit pas de l'un de ceux qui ont été envoyés à proximité de notre camp, pour notre usage. Il ne peut donc s'agir que d'un des cinq robots expédiés sur Mars durant ces dernières années.

Nous nous levons pour le regarder approcher, nimbé d'un halo rouge. Peu à peu, il est reconnaissable.

– Power, souffle Olga.

Je hoche la tête. C'est bien le rover Power largué sur Solis Planum… il y a treize ans. Je m'en rappelle bien, j'avais 10 ans, cette année maudite de mes 10 ans où Chloé… Je me raccrochais à ce genre d'informations spatiales : le rover Power avait atterri sur Mars. Il nous avait envoyé de superbes photos, avant qu'on le croie détruit par une tempête ! Le centre de contrôle avait perdu tout contact avec lui et on l'avait cru tombé dans un cratère. Or le voilà qui roule vers nous, salement amoché, mais encore vaillant.

– Comment est-ce possible ?

– Il est attiré par nos ondes radio, dis-je. Cela fait des années qu'il attend des instructions.

Lorsqu'il arrive à notre hauteur, j'ai envie de le flatter comme un brave petit chien retourné vers son maître. Il va nous apporter de précieuses informations sur la géologie de la planète. Olga et moi le ramenons au camp, pour que Micaela en extraie les carottes de prélèvement.

Mars n'est donc pas complètement désert et nous réserve déjà des surprises.

Quelles seront les suivantes?

★

– Tu es bien lente, Esther! se moque Olga alors que nous repartons vers l'habitat.

– C'est pour mieux profiter de ce merveilleux paysage, qu'est-ce que tu crois?

En réalité, je me sens lasse, depuis deux jours. C'est sans doute le contrecoup de la tempête qui me tombe dessus à retardement.

**Sol 11**

Micaela et Mitchell sont de sortie pour mettre en place le rappel qui nous servira à descendre dans le cratère, à l'endroit que nous avions repéré avant d'être assaillis par la tempête. Olga travaille au remplacement de la tuyère et Jason et moi avons pour mission, pendant ce temps, de consolider le recycleur d'oxygène de l'habitat, qui a montré des signes de faiblesse. Comme dans le Starship 300, l'odeur alterne entre l'antiseptique et le vieux sac-poubelle. Normal et inévitable puisque l'air n'est recyclé qu'en milieu fermé. Mais hier l'odeur était plus dérangeante qu'en temps normal, signe qu'il faut rapidement changer les filtres, et réviser le déshumificateur à base de gel de silice.

Jason va mieux, ce qui se voit à son visage moins crispé, et à ses gestes moins brusques. Il a aussi cessé de se frotter convulsivement le bras. L'épisode de la tempête l'a beaucoup ébranlé, mais ça y est, il a recommencé à nous parler et à travailler en équipe. Son suivi psy par Houston est étroit, malgré les délais de transmission, m'a confié Mitchell. Cela l'a sans aucun doute aidé. Et puis, même restée en orbite, sa tutrice Aoi continue de lui donner des consignes et indications. Ne pas rester oisif aide aussi à surmonter un traumatisme.

Pour travailler dans la bonne humeur (Jason s'occupe des filtres, et moi du déshumificateur), et aussi pour ne pas subir un silence trop pesant entre Jason et moi, j'ai lancé une playlist de funk rock américain des années 90-2000 sur ma tablette. J'aime particulièrement les Red Hot Chili Peppers. Ça pulse, et ça donne la pêche.

*You don't know my mind*
*You don't know my kind*
*Dark necessities are part of my design, and*
*Tell the world that I'm falling from the sky*
*Dark necessities are part of my design*

– Arrête ça ! finit par aboyer Jason.

– Quoi ? De quoi tu parles ?

– Cette musique, là, c'est insupportable.

– T'aimes pas les Red Hot ? T'aimes écouter quoi, alors ?

– J'aime rien.

– Ni personne, pas vrai ?

– Tu ne me connais pas. Alors la ferme, OK ?

J'arrête la musique et le considère avec sévérité. Quel que soit son traumatisme, il n'a pas à me parler comme ça. Surtout que bon, objectivement, je lui ai sauvé la vie.

– C'est quoi ton problème, sérieux ? Je t'ai jamais rien fait, et pourtant ça fait des mois que tu me parles comme si j'étais de la merde. On a encore au moins autant de temps à passer confinés ensemble, donc j'aimerais bien que ça cesse, maintenant.

– Ne fais pas l'étonnée, Miss Parfaite. Enfin, un peu moins parfaite depuis que ton mec t'a plaquée pour une autre.

Le pire, c'est qu'il t'a ghostée sans rien oser t'avouer. C'est le comble du mépris, non ? J'aimerais pas être à ta…

Je me suis élancée vers lui pour lui coller une gifle. Non seulement il m'insulte, mais en utilisant toutes les paroles que j'ai déversées dans le sas, alors que je venais de l'extirper de la tempête. Dire que je le croyais inconscient !

Il attrape ma main avant que je puisse regretter mon geste. Son visage est si tordu de haine qu'il me fait peur, mais quelque chose d'autre y passe, de doux et de douloureux. Il attrape alors mon autre poignet et… il m'embrasse ! Il a collé ses lèvres contre les miennes sans que je puisse me dégager de cette tenaille. Cela dure une seconde, une seconde horrible d'impuissance et d'atteinte à mon intégrité. Une seconde de sidération pure. Après quoi, je lui mords la lèvre et il me lâche enfin en gémissant, l'air profondément surpris. Mais qu'est-ce qu'il s'est imaginé ? Je recule avec l'envie de me laver la bouche à l'eau de Javel. Je m'apprête à lui hurler dessus, mais la stupeur a laissé la place à la tristesse sur son visage. Il éclate en sanglots.

L'image qu'il m'offre est consternante. Après cet accès de violence, le voilà qui s'écroule. Il se laisse glisser à terre, dos contre la paroi de l'habitat, coudes sur ses genoux pliés et tête dans les mains. Ses épaules sont secouées de spasmes.

– Pardon, Esther. Pardon, je n'ai pas pu m'empêcher, je…

– Mais qu'est-ce qui t'a pris, bon sang ?

– Je suis sous pression depuis le début. Je n'en peux plus. Je n'en peux vraiment plus. Tu ne te rends pas compte. Il fallait que je sois le premier à poser le pied sur Mars. Mon père m'aurait tué, sinon.

– Eh ben t'as réussi, t'as été le premier, c'est bon, papa doit être content.

Il lève son visage baigné de larmes. La détresse que j'y lis est réelle.

– Tu sais pourquoi il voulait ça, mon père ?

– Pour être fier de toi, j'imagine, non ?

– Fier de moi ? Tu n'y es pas du tout. Sa compagnie d'extraction minière sera la mieux placée pour exploiter les ressources sur Mars. L'homme dont le fils a été le tout premier à poser le pied sur Mars ! On ne peut pas rêver meilleure pub.

– Quoi ? Il se positionne déjà pour ça ? Alors qu'on ne sait même pas si des êtres humains pourront vivre ici ?

– Évidemment. Tous les jours il m'écrit, et tu crois que c'est pour s'assurer que je vais bien ? Non, il me demande si on a enfin trouvé de l'eau ou des bactéries vivantes. C'est tout ce qui l'intéresse. Beaucoup d'entrepreneurs ne voient dans Mars qu'un nouvel eldorado économique. Tu ne t'en doutais pas ? Tu es si naïve ? Tu crois vraiment que l'état d'esprit de tous ces gens qui détruisent la Terre va se modifier en la quittant ?

Ils sont prêts à détruire Mars peu à peu, comme on l'a fait de la Terre. Voilà ce qui se profile. Je réalise peu à peu l'entière portée de ce qu'est en train de me révéler Jason. Il a raison : ma naïveté est consternante.

– Et toi, ton seul objectif dans tout ça, c'est juste de faire plaisir à ton père ?

– Et à ma mère. Depuis tout petit mes résultats scolaires ou sportifs ou même amoureux les obnubilent. Ils en parlent à leurs amis haut placés, avec qui ils passent plus de temps qu'avec moi. Ils s'en rengorgent. Je n'existe que pour les faire briller. Je le sais. Je le sais depuis longtemps, mais je cours désespérément après la moindre miette d'attention. Je crois encore qu'ils vont m'aimer davantage, et enfin me le montrer, à chaque étape franchie. Mais…

Il se remet à sangloter.

– Jason, est-ce que c'est toi qui as dégradé la combinaison d'Olga ?

Il secoue la tête comme pour dire non mais ses paroles le contredisent.

– Je n'imaginais pas qu'elle risquait de mourir ! Je te le jure ! Je croyais que ça allait juste écourter l'EVA. Il le fallait, pour qu'elle n'en tire pas trop de gloire, sinon c'est elle qui aurait été choisie pour poser la première le pied sur Mars. Il le fallait, tu comprends ?

J'essaie de cacher l'horreur que m'inspirent ses paroles.

– Mais Jason… tu savais parfaitement qu'elle risquait la mort. On a eu la même formation ! Tu sais bien que le moindre petit problème est mortel dans l'espace !

– Je ne voulais pas le voir. Mon objectif occultait tout le reste. Quand la pandémie s'est déclenchée sur Terre, mon père a été encore plus pressant. Il a compris que l'enjeu martien était encore plus fort, alors…

– Tu veux dire que tu savais, pour la pandémie ? Ton père a pu te le dire ?

– Oui. Il a les moyens pour beaucoup de choses. Il a réussi à déjouer la surveillance de Houston. Oui, je savais. Et… je te jure, Esther, j'ai vécu mille morts quand j'ai su que tu allais sur ce vaisseau. Je savais que tu risquais d'être contaminée. Et je ne voulais pas que tu prennes ce risque. J'ai tout fait pour empêcher que tu fasses cette folie. Vous ne m'avez pas écouté… J'ai souffert comme jamais je n'ai souffert pendant ton EVA. Jamais je n'ai autant craint pour une autre vie que la mienne. Parce que… parce que je t'aime, Esther. Je t'aime depuis la grotte de Nutty Putty… il y a une éternité. Je t'aime depuis une éternité.

Je reste tétanisée. Qu'est-ce qu'il raconte ? On ne peut pas être aussi odieux qu'il l'a été avec moi quand on aime ! Ou bien il faut être vraiment tordu.

– Je ne voulais pas l'admettre. J'ai lutté contre ce sentiment. Je voulais tellement te détester ! D'autant plus que tu étais une rivale aux yeux de mon père. Je *devais* te détester. J'ai tellement essayé… Mais je t'aime, Esther. Je t'aime. Je n'y peux rien.

Il se remet à pleurer à chaudes larmes.

Malgré tout le dégoût et le mépris qu'il m'inspire, j'ai le cœur serré pour Jason. Mon éducation de fille, certainement ! On est formatées pour éprouver une compassion qui mène direct au pardon. Dans un film hollywoodien, je tomberais peut-être même dans ses bras. Mais ce vernis éducatif se craquelle au fur et à mesure que ma raison et ma dignité me hurlent que ce type a essayé de me tuer pendant la sortie spéléologique (maintenant, j'en suis certaine), et qu'il n'a fait que me rendre la vie impossible pendant les sept derniers mois. L'amour, ce n'est pas cela. Et je n'ai pas à être attendrie par ses révélations.

– Je suis peut-être célibataire, Jason, désormais, je n'en sais rien, mais cela ne veut pas dire pour autant que je suis disponible pour toi. Tu avais raison, on n'est pas des robots. Je ne partage pas les sentiments que tu crois avoir pour moi.

Je devrais dire que j'en suis désolée mais j'avoue que je ne le suis pas du tout. Et j'attends toujours des remerciements pour t'avoir sauvé la vie. J'attends de toi une attitude respectueuse envers moi, Jason. Qui me prenne en compte. En considération. C'est seulement lorsque tu auras compris que je suis une personne, au même titre que toi, que tu pourras analyser les sentiments que tu as pour moi. Parce que je ne crois pas que tu m'aimes vraiment. Je crois juste que tu te sens très seul, et mal aimé par tes parents, et que tu confonds tout. Tu crois que je suis un problème sans solution, mais tu te trompes : tu as juste mal identifié le problème.

Après cette tirade, je lui tourne le dos pour finir mon travail.

Je l'entends s'y remettre, lui aussi, au bout de quelques minutes.

Je ressens subitement une chape de fatigue me tomber dessus. Les émotions trop fortes me laminent, ces derniers temps.

# 42.

**Sol 12**

– Alors, comment ça avance, la réparation du VAM ? s'enquiert Micaela pendant le déjeuner. Ce n'est pas moi qui m'en suis occupée, ces derniers sols.

– On est en retard, souffle Olga.

– Et on n'a toujours pas trouvé une seule goutte d'eau, je continue.

– Nous devrons certainement repartir dans moins de vingt sols, et on vient à peine de finir de démonter la tuyère d'Orion, explique Mitchell. La durée limitée de nos sorties à cause des radiations nous freine beaucoup. Et puis on a aussi les autres réparations dues à la tempête, ainsi que l'entretien courant de l'habitat. On a du mal à s'en sortir. On est encore dans les temps, mais le moindre imprévu serait fatal.

Le souvenir de la tempête plane parmi nous. Celle que nous avons vécue n'a duré que cinq heures, mais la plupart des tempêtes martiennes persistent plusieurs jours. Si cela arrivait, plus aucune réparation ne pourrait avancer, et nous serions perdus…

– Et ça ne s'arrange pas sur Terre, laisse tomber Jason.

Nous le savons bien. Le taux de contamination du virus étoilé semble s'accroître, d'après les témoignages et les quelques informations que nous arrivons à obtenir malgré la rétention qu'on nous oppose encore.

Le stress me cause un tic semblable à celui de Jason qui se frotte toujours le bras : moi, c'est la main droite que je me sens obligée de gratter de plus en plus fréquemment.

– Tout espoir est encore permis, lance Mitchell le plus joyeusement possible. Ne nous laissons pas abattre. On a le temps de réparer le VAM et de trouver de l'eau. Vous allez voir qu'on va réussir les deux. Allez, au travail !

Aucun d'entre nous n'arrive à la croire, mais j'essaie de lui sourire par politesse.

Je me sens si fatiguée que j'y arrive à peine…

**Sol 13**

J'ai le sommeil lourd et peuplé de paysages rouges et vallonnés ornés de deux lunes. Mon corps pesant moins sur le matelas qu'il ne le fait sur Terre, mes rêves ont cependant une légèreté particulière. Une forme de bonheur m'enveloppe dans ce songe contemplatif et voyageur, comme si j'étais un petit hélicoptère, semblable à Ingenuity, le premier *Mars Helicopter Scout* qui a réussi à voler sur cette planète. Puis la main droite me démange de nouveau. J'ai la sensation qu'un insecte s'y est posé et s'amuse à arpenter la surface de ma peau en la grignotant et en la piquant ici ou là. J'aimerais le chasser, mais dans mon rêve je porte les gants de mon scaphandre martien. Et puis il n'y a pas d'insectes sur Mars. Je me gratte à travers les différents tissus et bien sûr cela n'a aucun effet. La démangeaison finit par me réveiller. Je gratte sans doute mon poignet depuis un certain temps dans mon sommeil, car il est en feu. J'ouvre les yeux pour voir ce qui me dérange ainsi.

Une tache s'est formée à la naissance de mon pouce droit.

Elle est blanche, auréolée de rouge.

Mon cœur manque une pulsation.

Le même blanc

La même apparence rugueuse et striée

Le même effritement crayeux

Que…

Panique.

Pendant une minute entière, j'y cède. Les battements de mon cœur s'emballent et mon regard se voile. L'image du chimpanzé fou qui m'agrippe la main tournoie dans ma tête. Je crois entendre ses cris stridents, encore et encore. Je me cramponner aux montants de mon lit pour ne pas basculer à cause de mon agitation et j'ai le réflexe de crier pour appeler de l'aide. Ou plutôt du réconfort. Car qui peut m'aider ?

Je ne crie pas.

Cette idée toute simple quoique tout à fait désespérante – personne ne peut m'aider – m'oblige à me reprendre. Les médecins qui ont observé la griffure du chimpanzé se sont lourdement trompés. Voilà la vérité nue.

Je me calme en me concentrant sur ma respiration et en régulant ainsi les pulsations de mon cœur, jusqu'à un retour proche de la normale.

Puis c'est un calme froid qui tombe sur moi, subitement.

Jamais je n'ai eu les idées aussi claires de ma vie.

Le temps que cette clarté tombe en moi, dans chaque recoin de moi, cela dure plusieurs dizaines de minutes, une décision brille dans mon esprit à la façon d'un astre éblouissant. Jamais je ne me suis sentie aussi déterminée.

★

Il est encore très tôt, 3 heures du matin à peine. Tout le monde dort. Tant mieux. Je m'installe au petit bureau de ce que j'ai pris l'habitude d'appeler ma chambre pour y griffonner un mot, puis je plaque sur mon visage un masque de protection, et enfin j'enfile des gants. Je fixe le mot sur la cloison que je referme avec précaution. J'en scelle les contours avec le même rouleau de Scotch.

Voici ce que j'ai inscrit sur le papier :

*Laissez cette porte scellée pendant 48 heures.*
*Ne l'ouvrez ensuite que si vous portez une protection.*
*Puis désinfectez la porte entièrement.*
*Ne cherchez pas à me retrouver. Ne vous inquiétez pas pour moi. Je vous promets de tout faire pour ne pas infecter cette belle planète toute neuve. Comptez sur moi.*
*Vivre cette aventure avec vous aura été ce que j'ai vécu de plus fort dans ma vie. Oui, même avec toi, Jason :-).*
*Et puis, hé, on a mis les pieds sur Mars ! On est les meilleurs !*
*Embrassez pour moi mes parents quand vous serez de retour.*
*Dites-leur que je les aime.*
*Esther*

Pas de mot pour Hugo, mais j'ai longtemps regardé un selfie de lui sur l'*Ahora* avant de quitter la chambre. Dans ma tête, je transforme les paroles de David Bowie, dans Space Oddity : "tell my boyfriend I love him very much, he knows..." J'ai aussi fait défiler les photos de mes amis, ceux de Paris-Saclay et ceux de la formation sélective. J'ai eu une pensée pour chacun d'eux. Peut-être sentiront-ils que quelqu'un, tout là-haut dans les étoiles, vient de leur souffler quelques mots.

Je traverse l'habitat, dont la lumière s'est placée en économie d'énergie. Tout est si calme, si apaisé… Une nuit ordinaire sur Mars. Je veille à ne toucher à rien. J'ai peur de respirer, même à travers mon masque.

J'enfile ma combinaison. Puis j'ouvre le sas.

★

Il fait nuit. Le vent souffle et joue à créer des spirales de poussière au-dessus du sol, sous la faible lumière de Phobos et Deimos. Je monte dans l'un des rovers. Je suis sûre qu'ils le retrouveront. Je ne vais pas si loin. En tout cas géographiquement.

Je roule sur le sol de cette planète couleur sang, déserte, farouche et fière. Que sait-elle de sa grande sœur jumelle bleue ? Connaît-elle ses souffrances ? Saura-t-elle mieux se défendre de nous ?

Je roule, le véhicule caressé de ses volutes comme par des mains. Elles ne cherchent pas à m'arrêter. Elles m'accompagnent, plutôt.

Je n'ai pas ôté ma combinaison, même si l'intérieur du rover est respirable. Je ne veux pas le contaminer. Je suis une bombe humaine, capable non seulement de tuer mes compagnons, mais aussi de dérégler une planète entière. Je n'aurais jamais dû venir ici. Ce n'est pas chez moi. Je suis une parasite. Un pur produit de ce que la Terre a fait de pire. Je n'aurais jamais dû la quitter. J'aurais dû mourir avec les miens.

– Pardon, dis-je alors que je sors du rover.

J'ai choisi l'endroit du cratère que nous avions repéré avant la tempête. Je ne sais pas ce qu'il y a, au plus profond. C'est noir, inconnu, effrayant. Je descendrai d'abord encordée, puis je me détacherai pour qu'on ne me retrouve pas. Je ne souhaite pas être sauvée.

Je m'attache et entame la descente en m'agrippant aux anfractuosités de la roche, éclairée par les projecteurs disposés de chaque côté de mon casque, comme sur les scaphandres. Je manque glisser plusieurs fois, et me rattrape juste à temps grâce à un trou ou une avancée dans la roche. Parfois, je m'arrête un long moment pour reprendre mon souffle. Ou pour verser quelques larmes. Je lève les yeux vers le ciel, et je le rêve parcouru d'oiseaux. Je rêve de voir de petits insectes tournoyer, tenter de piquer ma peau. Je rêve de senteurs d'herbe la nuit, de coassements, de glissements de lézards et de *hou-hou* de hiboux. Je rêve de terre humide et de rosée. Mais ici tout est sec et sans vie.

Je rassemble mes dernières forces, torturée par la démangeaison à ma main que je ne peux pas soulager. J'ai l'impression qu'elle s'étend à mon bras et à mes doigts. Bientôt, je serai entièrement blanche, et je mourrai en suffoquant. À moins qu'avant, je ne parvienne à mes fins.

Je pose mon pied en appui sur un roc… qui se dérobe. J'essaie de me raccrocher à quelque chose mais je ne trouve que de la terre qui s'effrite sous mes doigts gantés. Je glisse dans le néant à une vitesse croissante. Je me cogne à une irrégularité ici ou là. Un de ces coups me déboîte l'épaule, mais pas le temps de m'attarder sur la douleur. Je suis en train de dégringoler dans les entrailles d'une planète hostile, qui n'est pas la mienne.

J'ignore quelle distance je parcours jusqu'à ce que mon corps atterrisse sur une surface plane et horizontale. L'un des projecteurs, celui de gauche, s'est cassé dans la chute. Tout mon corps est meurtri. Mais mon système de support de vie semble miraculeusement intact, ainsi que mon casque.

Je m'accorde le temps de reprendre mes esprits. Et de verser quelques larmes en cherchant une lumière au-dessus de moi. Mais rien. Même les deux lunes sont hors de ma vision. Machinalement, je lève la main pour me sécher les yeux, oubliant mon casque.

Une goutte tombe sur ma visière.

Est-ce une larme ?

Non, cette goutte vient de l'extérieur de mon scaphandre. Elle est tombée de mon gant... Il est mouillé.

Je réalise enfin que je suis allongée dans une flaque d'eau.

De l'eau !

J'essaie de me relever sur un coude pour orienter ma lampe autour de moi mais une douleur vive m'en empêche. Je me suis bien fait mal à l'épaule. Alors je roule sur moi-même et... ce que je découvre va au-delà de toutes nos espérances. Plus bas, c'est une étendue d'eau de la taille d'un lac qui s'étend, tranquille et silencieuse.

DE L'EAU !

Mitchell avait vu juste. Il y a bien de l'eau sous forme liquide en sous-sol, et pile à l'endroit où elle comptait explorer le cratère. Cette femme a un instinct extraordinaire. J'espère qu'elle ira au bout de son idée, et qu'elle descendra assez profondément pour trouver cet endroit. Ensuite, il sera aisé de puiser l'eau d'ici pour construire la maison de glace, qui pourra accueillir la deuxième fournée de visiteurs humains sur Mars. Ils pourront ainsi rester plus longtemps. Et transformer la surface de Mars en faisant remonter cette eau à la surface. C'est certain, les humains pourront coloniser Mars. J'espère que c'est une bonne nouvelle.

Je ne serai pas là pour le voir, ni d'ici, ni de la Terre. Je vais me laisser mourir. J'espère que ma combinaison restera étanche longtemps après ma mort. J'espère que cette eau va rester pure. J'espère que mon agonie ne sera pas trop longue…

Je ferme les yeux pour puiser du courage quelque part. Pour tenir bon. Si ça se trouve, je ne mourrai pas avant des jours. Et la progression de la maladie risque d'être douloureuse. Je n'ai même pas pensé à une façon plus rapide de me faire mourir. Je suis vraiment stupide. Ouvrir mon casque serait une solution, mais si je le faisais, je contaminerais Mars avec ce fichu virus. Ce serait une catastrophe.

Pile au moment où je me dis cela, je sursaute à cause d'une décharge de douleur vive, irradiant de mon épaule probablement démise. Et je bascule dans le miroir d'eau ! Je suis si meurtrie que je n'arrive à me raccrocher à rien. Ma cuisse gauche glisse contre l'arête vive d'une roche, semblable au tranchant d'une lame. Je hurle.

Et je m'enfonce dans le lac.

Je descends de plusieurs mètres, entourée par les ondes.

Je descends vers le cœur de Mars. C'est peut-être une mort encore plus belle. Une mort flottante. Ondoyante. Qui me rappelle quand j'enfonçais la tête sous la surface de l'océan à Ti Melen. Ce mystère sourd et enveloppant.

Reposant…

Soudain, le deuxième projecteur s'éteint. Je suis dans le noir total.

C'est presque comme dans l'espace.

Je me laisse tomber. La chute est lente. Entourée d'ondes invisibles.

Mais peu à peu, le noir se pique de lumières phosphorescentes, de plus en plus nombreuses. Est-ce que je rêve ? Est-ce que je meurs ? Oui, je dois être en train de mourir. L'eau autour de moi paraît pétiller de bleu crépitant. Elle forme un halo, comme pour me protéger. Ou me parler. C'est si beau. Si magique. Que voulez-vous, paillettes phosphorescentes ?…

La douleur vive à mon épaule me réveille. Une autre lui succède, palpitante, celle-ci dans la région fémorale gauche. Je baisse les yeux. Ma cuisse est encore plus phosphorescente que le reste ! Entièrement bleue, d'un bleu duveteux, brillant, mouvant, pétillant. Subitement prise de crainte, je la secoue. Et c'est la panique qui me prend à la gorge. Ma combinaison s'est déchirée dans la chute ! Une entaille large d'une dizaine de centimètres troue la couche de tissus, mais aussi la peau de ma cuisse, assez profondément.

Vite, du scotch. Dans l'une des poches sur le côté de mon système de support de vie, j'en ai un rouleau qui résiste à l'eau. Vite, vite ! Je retrouve les gestes et les réflexes appris en formation. Je les fais presque sans réfléchir. Difficile avec mes blessures qui me font souffrir, sous l'eau, mais je parviens à sortir le rouleau.

Je retiens ma respiration, le temps de dérouler puis plaquer le scotch sur l'ensemble de l'estafilade, même si mon épaule manque me faire défaillir de douleur. Apparemment, la pression est légèrement plus forte dans le milieu extérieur que dans ma combinaison puisqu'un peu d'eau a eu le temps d'y pénétrer. Cela me rassure : si ç'avait été l'inverse, j'aurais exfiltré dans l'eau de l'air contaminé.

J'attends quelques instants. L'adhésif a l'air de tenir. J'ignore pour combien de temps.

Mon agitation a fait fuir les paillettes bleues.

Je suis de nouveau plongée dans le noir.

Plongée dans l'eau martienne.

Et étrangement, je ne me sens pas seule.

Chloé s'approche, lumineuse. Réellement lumineuse, d'une douce lumière clignotante qui réchauffe. La grande Chloé, sans scaphandre, parfaitement à l'aise dans sa respiration et ses mouvements. Elle nage vers moi. Elle me sourit, s'accroche à mon bras et pose l'étoile de mer qui ne la quitte jamais sur la partie de ma cuisse recouverte d'adhésif. Puis elle fredonne. C'est une chanson que nous chantait maman quand on était petites. Au bout de plusieurs heures, quelqu'un d'autre vient vers moi, tout autant nimbé de lumière.

– Hugo, que fais-tu là ? Tu vas mourir sans combinaison ni bouteille d'oxygène !

– Je suis venu te tenir compagnie. Est-ce que tu sens à quel point je t'aime, Esther ?

– Qu'est-ce que tu dis ? Pourquoi es-tu là ?

Chloé se serre davantage contre moi. Elle me souffle :

– Baisse ta défense, grande sœur. Ce garçon est amoureux de toi, tu ne le vois pas ?

– Mais il ne me parle plus. Je ne sais même pas s'il est mort ou vivant.

– J'aimerais vraiment souligner combien je t'aime, Esther, murmure Hugo.

– Mais pourquoi ne m'as-tu plus écrit, Hugo ? Pourquoi ?

– Je t'expliquerai quand tu seras de retour. Promis. Cas de force majeure.

Hugo vient s'accrocher à mon bras gauche. Je me sens parfaitement bien, entourée par lui et Chloé. Complète et heureuse. Je vais pouvoir quitter la vie sereinement. Heureuse d'avoir épargné mes collègues. Ou de leur avoir épargné mon agonie, impuissants. J'ai pris la bonne décision. Je leur ai épargné beaucoup de souffrance. Je leur ai sans doute épargné la mort.

Et je rejoins enfin Chloé. Comme il se doit. Comme il aurait depuis longtemps fallu que ce soit. Le halo bleu revient peu à peu.

Mon corps devient soudain extrêmement léger.

Combien pèse une âme déjà ? Vingt et un grammes sur Terre, dit-on. Sur Mars, ça ne fait plus que huit grammes environ. J'ai le sentiment de rejoindre la surface, et de m'envoler vers le ciel.

# 43.

Je me fonds dans l'aube bleue.

# 44.

J'ouvre les yeux avec difficulté puis les referme aussitôt. Le peu de lumière qui y entre me fait mal.

– Chloé ?

Ma bouche est pâteuse.

– Hugo ?

L'image de mes parents traverse mon esprit. Côte à côte comme lorsqu'ils étaient amoureux, ils semblent me dire au revoir… Je leur dis au revoir à mon tour, prête à me laisser sombrer définitivement dans le néant.

– Esther ! Reviens, Esther !

– Une décharge, vite !

Quelque chose de froid se plaque sur ma poitrine et une onde électrique secoue mon corps tout entier. Mon cerveau semble parcouru de multiples éclairs lumineux, comme si mes neurones se reconnectaient. Mes paupières se soulèvent de nouveau, quasi machinalement.

Les visages de Micaela et Jason sont penchés vers moi.

– Elle est de retour.

J'expire et j'inspire avec douleur, puis je tousse. Et enfin je panique.

– Éloignez-vous ! Je suis contagieuse !

Micaela pose sa main sur mon bras.

– Tranquillise-toi, Esther. Tu as dormi deux jours, et au début on a pris toutes les précautions possibles. On a lu ton mot… puis on a analysé ton sang. Tu n'es pas malade.

– J'ai… rêvé tout ça ?

– Non, tu es bien sortie seule puis descendue, ou plutôt tu as dégringolé dans le cratère. Dès qu'on s'est aperçus de ton absence on est allés à ta recherche. On a vite retrouvé le rover, puis les traces de ta chute. Jason s'est porté volontaire pour aller te chercher, en étant encordé. Heureusement que toi aussi tu étais restée attachée à une corde, sinon nous ne t'aurions jamais retrouvée, dans cette large étendue d'eau.

– Jason ?

Il esquisse un sourire, qui se transforme en rictus par manque d'habitude.

– Il t'a ramenée. Tu étais inconsciente, pas loin de mourir. On t'a le plus rapidement possible reconduite dans l'habitat, avec le rover.

J'essaie de me lever, mais Micaela m'en empêche en appuyant sur mon épaule, celle qui n'est pas meurtrie.

– Tu es encore faible, Esther. Tu as eu un excellent réflexe en rendant ta combinaison étanche, et on t'a bien soignée grâce aux conseils d'Aoi, mais avec ce que tu as vécu tu mérites bien encore quelques jours de repos.

Mitchell s'approche. Elle me caresse chaleureusement le bras.

– Il va falloir que tu nous racontes ce qui s'est passé dans l'eau, Esther, parce que… nous avons été témoins d'un phénomène étonnant lorsque nous avons ôté ta combinaison pour recoudre ta cuisse. Elle était parcourue de minuscules points bleus mouvants à l'endroit de ta blessure. On n'a pas eu le temps de les prélever qu'ils avaient déjà disparu. Et tu avais encore une tache blanche à ce moment-là, ici, autour de ton pouce droit, qu'on a vue se réduire peu à peu, au fil des heures. Un vrai miracle. J'en ai parlé aux médecins de Houston, ils sont formels : d'après les analyses, tu as bien été infectée par le virus… et tu en as guéri. Jamais encore cela ne s'est produit sur Terre. Autrement dit, il y a ici sur Mars quelque chose qui peut sauver la Terre de la pandémie qui la décime. Quelque chose qui a peut-être à voir avec ces paillettes bleues qui sont entrées dans ton corps.

– Une bactérie ? Une forme de vie ? Une forme de vie martienne ?

Je n'en reviens pas. Nous venons de faire la découverte la plus extraordinaire qui soit. La mine resplendissante d'Aoi, sur l'écran fixé au-dessus de moi, témoigne de son état d'excitation. Elle n'osait pas imaginer une telle découverte.

– Je ne suis pas morte… Mais est-ce que… est-ce que cette chose ne va pas entraîner d'autres effets ? Des effets néfastes ?

– Aoi m'a expliqué quoi faire, répond Mitchell. J'ai effectué des prélèvements un peu partout sur ton corps, dans ta salive, ton sang, ton urine et tes selles. Je pense que tu me pardonneras ! Je n'ai pas fini de tout analyser, mais avec son aide, on en saura plus très vite. En attendant, tu es tirée d'affaire, et plus du tout contagieuse.

Je mets un petit moment à digérer toutes ces informations, puis je me redresse et regarde Jason.

– Merci.

– Je n'ai fait que te rendre la monnaie de ta pièce. On est quittes, maintenant… Merci aussi, Esther. J'ai mis longtemps à te le dire mais… Voilà.

# 45.

Mars nous offre un cadeau miraculeux.

Un remède à notre propre folie.

Mais que signifie-t-il ?

Signifie-t-il : « Bienvenue »…

Ou : « Ouste, retournez chez vous puisque ce cadeau vous permet de survivre sur Terre… Prenez-le et partez » ?

# 46.

Je me sens encore très faible, trois jours après mon séjour dans le cratère. Je dors beaucoup, et mes rêves sont peuplés de paysages martiens où marchent tranquillement les gens que j'aime. Le soir, c'est Mitchell qui vient m'apporter mon repas.

– Waouh, servie par la commandante ! Qu'est-ce qui me vaut cet honneur ?

– Je ne voulais surtout pas que quelqu'un d'autre que moi t'annonce tout ce qu'il y a à t'annoncer.

Ses yeux brillent alors qu'elle pose le plateau sur mes genoux.

– D'abord, on est retournés sur le site que tu as découvert. C'est extraordinaire. On va construire la maison de glace juste là, au-dessus de l'eau.

– On a réussi la mission, c'est ce que ça veut dire ?

– Oui. On va pouvoir rester deux ans. Enfin, ceux qui le souhaiteront. Il y a toujours la possibilité de repartir dans quelques jours avec le Starship 300. On a commencé à remplacer la tuyère du VAM et tout se passe bien. Comme on n'est plus du tout pressés pour le reste de la mission, on peut se concentrer là-dessus. C'est bien parti pour être fini dans les temps. Tout juste, mais dans les temps. Un deuxième VAM est déjà en route et va arriver ici dans quelques mois, pour commencer sa fabrication de carburant, qui va durer près de deux ans. Ce sera un autre vaisseau qui viendra rechercher ceux qui seront restés. Prends ton temps pour décider…

Rester deux ans sur Mars ? C'est vertigineux.

Elle me sourit.

– On a fait mieux que réussir notre mission, Esther. On a trouvé ce qui t'a guérie.

– Quoi ?

– C'était, comme on s'en doutait, ce qui courait sur ta peau, là, comme en terrain de connaissance.

Elle effleure mon pouce de ses doigts. Moi, je frémis par réflexe. Une espèce martienne sur ma peau…

– Et cela ne vient pas de Mars.

– Quoi ?

– C'est une espèce qui a été transportée ici par le rover Power, il y a treize ans. Plusieurs bestioles venues de Terre. On voulait étudier leur comportement dans l'espace, puis sur Mars si elles avaient survécu. Or, elles ont bien survécu.

Pendant la tempête qui a endommagé Power peu après son arrivée ici, la boîte qui les contenait s'est détachée, puis s'est ouverte. Les bestioles ont dû être bien secouées, ont certainement failli mourir, mais elles se sont adaptées. Quand elles ont trouvé de l'eau, elles se sont recréé un chez-soi. Et en treize ans, elles ont muté, sont devenues légèrement plus grosses, et lumineuses.

– Mais quelle espèce terrienne peut bien avoir une telle résistan…

Mitchell secoue la tête de haut en bas pour signifier que je suis sur la bonne voie.

Je suis transportée d'un coup à Ti Melen, dans le laboratoire-sous-sol personnel de mon père.

★

– Ça ressemble à des petits noursons !

– Tu as raison, Chloé, c'est pour ça qu'on les surnomme « oursons d'eau ». Attention, c'est fragile, un microscope.

– Attends, papa, laisse-moi encore regarder. Ils sont trop marrants !

– Tu sais qu'ils existent sur Terre depuis plus de 540 millions d'années ? Ils sont plus vieux que les dinosaures !

– Ils doivent toujours être dans l'eau ?

– C’est là qu’ils sont le mieux, mais ils sont hyper coriaces, et ils peuvent survivre longtemps sans eau. Ils ont des super-pouvoirs !

– Mais qu’est-ce que tu racontes, papa ?!

– Je t’assure, ma Chloé. Ils peuvent résister à des conditions incroyables ! Par exemple, à une plongée dans de l’hélium liquide à – 272 degrés ou à une chaleur de 151 degrés. Il paraît même qu’ils arrivent à survivre au vide de l’espace. Ils ont encore sans doute plein d’autres capacités qu’on ne connaît pas.

– Ils peuvent nous protéger, aussi ?

– Ils sont bien petits pour ça mais… qui sait, Chloé ? Qui sait ?

– Un jour, avec Esther – pas vrai, Esther ? –, on ira dans l’espace pour voir les étoiles de plus près. Tu nous prêteras tes tarditrucs pour qu’ils nous donnent leur super-pouvoirs de résistance ? Comme ça, on pourra rester encore plus longtemps avec les étoiles.

– J’y penserai, Chloé. J’y penserai.

– N’oublie pas, papa. Moi je suis sûre que les noursons d’eau pourront nous aider à nous rapprocher des étoiles. Pas vrai, Esther ?

★

– Les tardigrades…

Les tardigrades envoyés ici par mon propre père. Ces tardigrades nés et élevés chez moi m'ont sauvé la vie sur Mars, à des dizaines de millions de kilomètres.

– Exactement. Des tardigrades. Par bien des aspects, on méconnaît encore les capacités de ces organismes microscopiques. Il semble qu'ils n'aient pas fini de nous surprendre.

– Mais comment…

– Comment cela t'a guérie ? Alors ça, c'est à des spécialistes d'étudier les ressources imprévues des tardigrades, mais il est probable qu'ils aient été en contact avec la première forme du virus étoilé, avant d'être expédiés ici.

Le virus de dépérissement de l'étoile de mer. Celui qui a tué Chloé…

– Ils ont transformé ce virus en eux, tout en mutant. Ce serait ce qui les aurait rendus bleus. Les médecins de Houston t'expliqueront cela mieux que moi, mais il semblerait qu'ils agissent comme un remède en passant par le sang. Un remède puissant, et rapide. Les chercheurs là en bas sont sur le pied de guerre. Plus vite ils découvriront comment ça fonctionne, plus ils sauveront de vies.

– Les gens meurent si vite, sur Terre ? je demande d'une voix blanche.

– Maintenant, on ne nous cache plus rien. Ils nous doivent bien la vérité, avec ce qu'on leur apporte. Et… on était loin de se douter de ce qui se passe sur Terre, Esther. C'est épouvantable…

# 47.

*Ouste* ou *bienvenue* ?

Et s'il n'y avait pas de message ?

Juste un processus de vie et de survie, qu'il faut chérir ?

Juste une force de vie incroyable.

Est-ce un miracle ?

Une dernière chance ?

Une ironie ?

Ou une aumône ?

En serons-nous enfin dignes si c'est le cas ?

# 48.

23 avril

**BANGKOK**

Mon Esther, mon étoile, mon amour!

Dire que j'ai tenté de te dissuader d'aller sur Mars... C'est grâce à toi, et à ta pugnacité, à ton puissant désir d'exploration, que l'espèce humaine est sauvée de la pire pandémie qu'elle ait connue jusqu'ici. Sauvée pour un temps, si la planète se calme vraiment. Si on arrête enfin de faire n'importe quoi avec elle.

Les chercheurs sont allés aussi vite qu'ils l'ont pu, et ont réussi à élaborer à la fois un remède et un vaccin grâce à l'étude des tardigrades. Quand on sait où chercher, tout va beaucoup plus vite. Ces bestioles contiennent une substance, une sorte d'antigel (je n'ai pas tout compris) qui est l'ingrédient miracle pour contrer le SARS-CoV-5. La rencontre de la substance avec le virus formerait une espèce de précipité bleu en laboratoire, et c'est ce précipité qui annihilerait le virus.

La vaccination s'opère aussi vite que possible dans le monde. Le remède est donné à tous les nouveaux malades. Ce n'est pas facile, mais c'est un défi joyeux. Nous avons tous eu tellement peur. Beaucoup sont morts… J'ai perdu mon plus jeune frère, comme tu le sais désormais. J'en étais si proche, il était si prometteur, si heureux de vivre, que cela m'a plongé dans une profonde dépression.

Mais ce n'est pas ce deuil qui m'a empêché de t'écrire. Aucune peine, aucun découragement, aucune fatigue, aucune maladie, aucune dépression n'aurait pu avoir ce pouvoir. Même si j'avais contracté le virus, au seuil de la mort, je t'aurais écrit. Ce qui m'en a empêché, c'est une mutinerie. La tension montait parmi l'équipage, lorsque nous étions au large de l'Uruguay, début mars. Les nouvelles des morts tombaient régulièrement parmi nos proches. La situation mondiale devenait dramatique. L'effondrement tant craint semblait plus proche que jamais, à cause du désordre, de la disparition de forces vives à des postes clés, et de l'affolement général. Certains parmi nous voulaient accoster au plus vite, pour rejoindre leur famille, ou ce qu'il en restait. Salomé était de ceux-là. Mais le port le plus proche, Montevideo, était trop dangereux. L'Uruguay était l'un des pays les plus contaminés au monde. Malgré les derniers approvisionnements à terre, nous avions par miracle été épargnés par le virus. Accoster aurait été un trop grand risque. De la folie, pensais-je. Salomé était persuadée du contraire et a monté des hommes et des femmes contre la partie de l'équipage qui ne voulait pas approcher de la capitale.

Malgré ces dissensions, nous essayions de continuer notre travail. Personnellement, je serais devenu fou, sinon. Des chalutiers lançaient des filets non loin de nous. Un bel exemple de surpêche... Nous nous sommes approchés pour les filmer. La mer était agitée. Je me suis calé contre le bastingage avec mon caméscope. Mais l'*Ahora* a percuté l'un des chalutiers. Le choc m'a fait basculer en avant. Je suis tombé. Et j'ai atterri... sur le pont d'un bateau de pêche. J'ai crié, mais les vents violents empêchaient ma voix de porter. Seule Salomé s'est retournée vers moi. Elle m'a regardé longuement, sans rien dire, puis a crié quelque chose à l'équipage: « Un homme à la mer ! » Je n'étais pas à la mer. Seule ma caméra l'était. J'ai crié, crié. Mais l'*Ahora* s'est éloigné. J'étais coincé sur ce chalutier. Trahi par Salomé.

J'ai appris plus tard que, manœuvre après manœuvre, en éliminant ses opposants, elle a réussi à convaincre tout l'équipage d'accoster. Le bateau a été placé en quarantaine. Je ne sais pas ce qu'ils sont devenus, mais je sais que Salomé a contracté le virus, dès le pied posé à terre. Elle a succombé depuis. Je ne suis pas heureux d'avoir eu raison contre elle...

Pendant ce temps, moi, j'étais sur un bateau chinois, rempli de Chinois qui ne parlaient que chinois. Au début, je me suis caché. Puis j'ai bien dû me montrer, si je ne voulais pas mourir de faim. J'ai gagné leur confiance. De passager clandestin, je suis devenu matelot. Pendant des semaines, j'ai essayé de les convaincre de me laisser utiliser la radio. Mais d'abord on ne se comprenait pas, ensuite j'ai fini par me rendre compte qu'ils n'avaient qu'une radio marine, à portée courte. Cela ne m'aurait servi à rien.

Lors d'une escale, en chemin vers la Chine, ils m'ont débarqué à Palawan, dans les Philippines. Hors de question pour eux d'arriver en Chine avec un clandestin. On s'est quittés chaleureusement. Certes ils pratiquaient la surpêche, mais humainement, on s'est bien entendus... J'ai aimé apprendre à pêcher avec eux, Esther. J'ai apprécié leur compagnie. Je me suis ému de leur pauvreté. Je m'en doutais déjà mais décidément rien n'est manichéen, rien n'est

simple… À partir de Palawan, j'ai dû trouver un bateau pour rejoindre la Thaïlande. Heureusement, j'avais depuis le début quelques dollars cousus dans une poche.
Et me voilà à Bangkok, après un périple que je te raconterai. Il y a tant à raconter. Dire que toi tu es sur Mars depuis déjà plusieurs semaines ! Tu as réussi. Tu as réussi…
Depuis que j'ai quitté l'*Ahora*, je suis terrifié à l'idée d'être contaminé. Jusqu'ici, j'ai réussi à éviter le virus étoilé, mais par précaution, je ne quitte jamais ma chambre d'hôtel. J'ai contacté l'ESA, MarSpace et la NASA, qui se chargent de la payer, et qui ont accepté de nous mettre en contact. Je leur ai envoyé ce message en me risquant une seule fois dans un cybercafé, et ils se chargent de te le transmettre. Ils font tout pour me rapatrier, et me vacciner au plus vite. Je leur ai causé une belle surprise : ils me croyaient mort, et cette fois, je suis content qu'ils t'aient encore caché ce qui t'aurait fait tant de mal. Je ne suis pas mort, Esther.
Je revis. Jamais je ne me suis senti aussi vivant depuis que je sais que toi aussi, tu vis.

Je ne me suis jamais découragé ici-bas, mais c'est grâce à toi que j'ai compris à quel point l'Univers est vaste, et la nature pleine de ressources. Et que rien ne s'oppose à rien.

Mars et la Terre peuvent se compléter pour le bien des êtres humains. C'est une magnifique leçon que tu me donnes. Pardon de ne pas t'avoir assez écoutée. Oui, l'exploration spatiale peut beaucoup nous apporter, peut même nous sauver, sans pour autant signifier qu'on doive abandonner la Terre.

D'ailleurs, figure-toi que, rassérénés par ta découverte, les politiques reprennent leurs esprits. Jusqu'ici, on ne faisait que parer au plus urgent, en guerre contre un virus. Et l'une des premières décisions qui a été prise, je l'ai appris hier, est la signature d'un accord international qui actera enfin la protection des océans. Une réserve constituée de 50 % des océans a été décidée. C'est plus que les 30 % que nous demandions ! D'autres accords sont en cours pour préserver aussi les forêts. Globalement, les décideurs ont enfin compris, avec ce virus plus virulent que les autres, et avec cette petite bestiole microscopique qui est en train de nous sauver, que l'espèce humaine n'est pas toute-puissante, et qu'elle a besoin de s'allier avec la nature.
La protéger n'est même plus d'actualité. Nous devons nous placer à égalité avec elle. Vivre en bonne entente avec elle. En cogestion avec elle. Plusieurs dirigeants sont en train de réfléchir à la rédaction d'un pacte d'alliance avec la planète.

Mon Esther, mon amour, tout cela, c'est grâce à toi, t'en rends-tu compte ? Si j'avais su tout cela lorsque je t'ai vue pour la première fois sur ce toit ! Peut-être bien l'ai-je vu, en réalité. J'ai tout de suite su que tu étais spéciale…

Quelle décision as-tu prise, finalement ? Rester, ou rentrer sur Terre ? Je ne veux t'influencer en rien. Si tu restes là-bas, je ferai des pieds et des mains pour faire partie des premiers colons, malgré mon amour viscéral pour la Terre. Je t'aime encore plus.
Tu me manques.

Hugo

# 49.

– Aoi !

Elle et moi tombons dans les bras l'une de l'autre.

Je viens de sortir du véhicule d'ascension martienne, qui s'est arrimé au Starship 300. Aoi apparaît extrêmement soulagée de me voir. Cela n'a pas dû être facile de rester seule ici pendant un mois, alors que nous étions en bas, en train de vivre des choses incroyables.

Maintenant que je suis là, Aoi va pouvoir enclencher la procédure de retour vers la Terre. Sept mois en sa compagnie, ce ne sera pas difficile. Nous nous apprécions et nous nous respectons beaucoup.

Je suis la seule de tout l'équipage martien à avoir pris la décision de rentrer maintenant. J'ai beaucoup hésité. L'aventure que vont vivre Olga, Mitchell, Micaela et Jason sera extraordinaire, et j'aurais beaucoup aimé la partager avec eux. Mais… Hugo me manque. Et pas seulement lui.

Je dois être auprès de Morgane et de Farid pour qu'on surmonte ensemble la perte de Stephen. Je veux enfin prendre dans mes bras ma petite sœur Lily. Je veux embrasser ma mère. Et embrasser très, très, très fort mon père.

Mon père, ce héros inattendu.

Dire que j'ai maudit ses tardigrades pendant une bonne partie de mon enfance ! Ces bestioles qui accaparaient tant mon petit papa ! Ce sont eux, précisément, ceux que j'ai côtoyés à Ti Melen, qui ont sauvé toute l'humanité. Je dois dire à mon père qu'il a été un père parfait. Tellement meilleur que celui d'Olga ou, pire, celui de Jason ! Il a su me laisser grandir sans pression, pour que je devienne ce que je voulais devenir.

Tant de gens précieux m'attendent sur Terre...

Je dois aussi y retourner pour faire la paix avec le fantôme de Chloé. Elle est redevenue petite dans ma tête. Elle a toujours 8 ans parce que, non, elle n'a jamais grandi. Je suis enfin prête à l'accepter. J'en ai enfin la force. Je ne ressens plus le besoin de vivre deux fois plus intensément pour compenser son absence. Je n'ai plus à m'empêcher de vivre une vie ordinaire. Je n'ai plus à m'empêcher de construire ma vie d'adulte. Hugo, attends-moi, j'arrive.

Olga a choisi de rester sur Mars, et c'est un choix guidé par son seul désir, pas par la crainte de déplaire à sa famille ou à son pays. L'histoire de Jason l'a beaucoup fait réfléchir. Elle a compris que vivre pour plaire à quelqu'un d'autre pouvait conduire à se perdre, et à faire du mal à autrui.

« Je veux vivre cette aventure exceptionnelle, m'a-t-elle annoncé et peu importe ce qu'en pensera mon père, ou ce qu'en pensera ma mère. Dans deux ans, d'autres colons arriveront et un autre départ vers la Terre sera possible. Je repèserai alors ma décision. Mais en attendant... je ne sais pas comment dire... Mars m'appelle. Elle m'a accueillie. Je me sens un peu chez moi. J'y ai des choses à faire. »

Je l'ai embrassée bien fort. Sans elle, je ne sais pas comment j'aurais tenu le coup dans cette aventure. Micaela a aussi choisi de rester avec l'idée que c'était ici qu'elle devait faire son deuil de Robert. Elle va se recueillir tous les jours auprès de sa tombe improvisée. Elle semble à sa place, sur Mars. Et Mitchell a passé une bonne partie de sa vie à rêver de pouvoir vivre cela. Elle s'y est préparée intensément. Il est normal, logique et naturel pour elle de continuer à superviser la mission Hyperion, qui a pris un si beau départ.

Quant à Jason, son cas a été pesé par la justice américaine. Il a avoué avoir saboté la combinaison d'Olga, ce qui est considéré comme une tentative de meurtre. Il a demandé l'autorisation de rester sur Mars dans l'attente d'être jugé, sous l'étroite surveillance de Mitchell. Cette requête a été étudiée après consultation d'Olga, la première concernée. Elle a beaucoup hésité à l'idée de devoir côtoyer de si près sur cette planète déserte celui qui aurait pu la tuer. Elle a finalement accepté. Olga, qui a une grande foi dans l'âme humaine, croit en la rédemption. L'État américain a donc accordé à Jason le droit de rester sur Mars, mais la décision finale revenait à Mitchell. Sur Mars, aucune législation d'aucun pays terrien ne peut prévaloir. Aucun texte de loi ne concerne encore cette planète. Tout est à inventer (et à peser très consciencieusement), et en attendant l'avis de la seule commandante de Mars est souverain. Elle a choisi d'aller dans le sens d'Olga. La paie de Jason sera suspendue, et il devra montrer un comportement exemplaire.

Il a tenu à me parler, avant que je quitte l'habitat.

« Esther… J'ai tellement espéré que notre baiser m'ait contaminé, quand j'ai lu le mot que tu avais laissé sur ta porte ! Je voulais mourir… »

Le baiser… Je l'avais complètement oublié.

« Mais on n'est contagieux que lorsque apparaissent les taches blanches sur la peau. Tu ne l'étais donc pas, quand… quand c'est arrivé. »

Sacré Jason… On le sait, ça, depuis que Houston a été contraint de nous révéler l'existence de la pandémie, c'est même l'une des rares choses qu'ils ont comprises rapidement, là-bas, sur Terre. Croyait-il que j'étais allée me laisser mourir seule sans raison ? Ou par simple caprice, peut-être ?...

« Je me sens beaucoup mieux maintenant que tu es saine et sauve, mais... je m'en veux pour tout ce que je t'ai fait. Je ne sais même pas comment j'ai pu en arriver là. J'étais aveuglé par mon désir de reconnaissance. J'espère qu'Olga saura un jour me pardonner. C'est une fille géniale et surprenante. Moi qui la croyais fade et inintéressante... j'apprends à la connaître petit à petit et je réalise la perte que ç'aurait été pour l'humanité si elle était morte à cause de moi... Je veux rester ici pour contrer les plans de mon père. Je ferai tout ce qui est en mon pouvoir pour qu'on ne dévaste pas cette planète comme on a dévasté la Terre. Je ferai savoir au monde ses petites manœuvres politiciennes, et sa cupidité égoïste. J'en ai déjà parlé aux responsables de MarSpace, ceux qui sont directement sous ses ordres. Ils m'ont assuré qu'un protocole international était déjà en cours de rédaction afin d'éviter que des entreprises privées comme celle de mon père ne s'emploient à détruire Mars, par pur profit... »

J'ai hoché la tête, puis il m'a saisi la main. J'ai lutté pour ne pas la retirer. Il avait l'air si malheureux (je suis bien bête, parfois).

« Je voulais aussi que tu saches que tu te trompes à mon sujet. Je t'aime vraiment. C'est cet amour qui m'ouvre les yeux sur moi-même. Qui me rend meilleur. Je le sens dans toutes les fibres de mon corps. Je… je t'aimerai toujours, même si je sais que toi, tu ne m'aimeras jamais. »

Son regard plein d'espoir contredisait ses paroles, si bien que je n'ai pas pu surmonter mon dégoût. Je me suis dégagée et lui ai dit adieu. Un peu froidement, je crois.

J'ai enlacé Micaela avec tendresse, puis Mitchell.

« La meilleure commandante du monde », lui ai-je soufflé avec un clin d'œil.

Elle a éclaté de rire puis a posé sa main sur mon épaule.

« Quant à toi, tu es une grande astronaute. Une très grande, même. Tu as à faire sur Terre, et je le comprends, mais je sais que tu n'en as pas fini avec l'espace immense qui entoure ta planète natale. Un jour, tu ressentiras de nouveau l'appel de l'aventure. À bientôt, Esther. »

★

Devant la grande cupola, je regarde Mars s'éloigner, tout en caressant le pendentif en forme d'étoile qui flotte à mon cou. Chaque seconde qui passe me rapproche toujours un peu plus de la Terre, cette planète habitée par des parasites complexes et attachants, égoïstes et généreux, hostiles ou avenants, capables du pire comme du meilleur.

Irons-nous enfin vers le meilleur, après avoir été capables du pire ?

Quoi qu'on fasse, l'Univers nous le rendra.

# Sources

N.B. : tout ce qui est décrit dans ce roman se veut au plus proche de la réalité technologique actuelle ou en cours d'élaboration.

Stephen L. Petranek, *Comment nous vivrons sur Mars*, Conférence TED, Marabout.

Tim Peake, *Y a-t-il du wifi dans l'espace ?*, Alisio.

Tim Peake, *Objectif astronaute*, Éditions Leduc.

Alain Tixier, Vincent Pérazio, *Thomas Pesquet : objectif Mars*, documentaire, 2017.

Cyprien Verseux, *Vivre sur Mars*, Michel Lafon.

Ben Young Mason, Justin Wilkes, *Mars*, série docufiction basée sur l'ouvrage de Stephen Petranek (deux saisons, 2016 et 2018).

Andy Weir, *Seul sur Mars*, Bragelonne.
*Le Petit Manuel de l'astronaute*, Usborne.
Et toutes les vidéos de Thomas Pesquet et de Meghan McArthur postées sur leurs réseaux sociaux.

**Liens**

**Voyage vers Mars**

https://fr.wikipedia.org/wiki/Mission_habitée_vers_Mars

**Sorties extravéhiculaires**

https://www.clubic.com/mag/sciences/conquete-spatiale/dossier-352566-comprendre-une-sortie-eva-comment-ca-se-passe.html
https://www.clubic.com/mag/sciences/conquete-spatiale/actualite-871594-nasa-prevoit-10-sorties-extravehiculaires-iss-2020.html
https://fr.wikipedia.org/wiki/Sortie_extravéhiculaire
http://capcomespace.net/dossiers/espace_US/shuttle/sts/EMU_MMU/EMU.htm
http://www.capcomespace.net/dossiers/espace_US/apollo/astronautes/scaphandre/index.htm
http://www.astrosurf.com/luxorion/astronautique-combinaison-spatiale5.htm

http://www.de-la-terre-a-la-lune.com/vehicules-et-technologies/EMU/A7l.htm
https://www.bfmtv.com/sciences/infographie-l-interieur-de-la-combinaison-spatiale-de-thomas-pesquet_AN-201701130083.html
https://www.francetvinfo.fr/sciences/espace/thomas-pesquet/espace-un-atelier-italien-a-realise-une-combinaison-sur-mesure-pour-thomas-pesquet_4384975.html
https://www.guideautoweb.com/articles/15515/gm-et-la-nasa-s-associent-pour-concevoir-des-gants-robotises-pour-la-main-humaine/

**Atterrir sur Mars**

https://fr.wikipedia.org/wiki/Low-Density_Supersonic_Decelerator

**La vie sur Mars**

https://fr.wikipedia.org/wiki/Exploration_du_système_martien
https://fr.wikipedia.org/wiki/Colonisation_de_Mars
https://planete-mars.com/le-scaphandre-martien-de-la-nasa/
https://planete-mars.com/posez-vos-questions/
https://lejournal.cnrs.fr/articles/peut-vraiment-rester-seul-sur-mars

**Carte de Mars**

https://pubs.usgs.gov/sim/3292/pdf/sim3292_map.pdf

**Habitat sur Mars**

https://www.maxisciences.com/mars/voila-a-quoi-pourrait-ressembler-la-premiere-maison-humaine-sur-mars_art39084.html

https://www.agences-spatiales.fr/nasa-pense-faire-igloo-sur-mars/

https://sites.google.com/site/tpemarsgr17/II-la-vie-sur-mars/II-2-installation?tmpl=%2Fsystem%2Fapp%2Ftemplates%2Fprint%2F&showPrintDialog=1

https://www.space.com/39760-mars-ice-home-concept-in-pictures.html

**Traité de l'espace**

https://fr.wikipedia.org/wiki/Traité_de_l %27espace

**Expédition de Hugo**

https://www.greenpeace.fr/espace-presse/protection-oceans-greenpeace-lance-expedition-de-larctique-a-lantarctique-demander-traite-international-ambitieux/

# De la même autrice

FLORENCE HINCKEL
U4
.YANNIS
SYROS
NATHAN

LE
GRAND
SAUT
FLORENCE HINCKEL
NATHAN

Florence Hinckel
nos éclats de Miroir
NATHAN

# FLORENCE HINCKEL

# COMME UN HOMME

COURT TOUJOURS

Nathan

FLORENCE HINCKEL
L'ÉNIGME EDNA
NATHAN

MIXTE
Papier issu de
sources responsables
FSC® C022030

Cet ouvrage a été composé par IGS-CP
à L'Isle-d'Espagnac (16)

N° d'éditeur : 10274304
Achevé d'imprimer sur Roto-Page en juin 2022
par l'Imprimerie Floch à Mayenne
N° d'impression : 100621
Imprimé en France